trois.

Zineb El aypani

F: 213

tout
sur
Rachel!

Sarah Mlynowski

tout sur Rachel !

Traduit de l'anglais (États-Unis)
par Marianne Bertrand

wiz
Albin Michel

Du même auteur chez Albin Michel Wiz :
Sortilèges et sacs à main
Crapauds et Roméos

Titre original :
Spells and Sleeping Bags
(Première publication : Delacorte Press, Random House Children's
Books, Random House Inc., New York, 2007)
© 2007, Sarah Mlynowski

Aux filles du dortoir nº 9

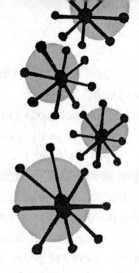

1
EN VOITURE !

Il me semble bien que le sac à dos que j'ai préparé pour le camp de vacances ne devrait pas léviter au-dessus du trottoir de la 5ᵉ Avenue. Oups. Je plonge – plus ou moins – discrètement sur l'une de ses bretelles rouges et le repose fermement à mes pieds.

Hi-hi !

Ma mère, qui, par bonheur, est trop occupée à regarder les autocars alignés le long de la rue pour remarquer mon infraction, demande :

– Vous savez où aller ?

– Oui, m'man, dit ma sœur, en levant les yeux au ciel. On sait lire. On est toutes les deux dans le même bus. Y a écrit « Filles, classes de cinquième à seconde » et comme c'est notre cas c'est là qu'on va. Malheureusement.

Miri n'est pas franchement heureuse de partir au camp de vacances de Wood Lake, dans les Adirondacks, pendant sept semaines. Elle resterait bien plus volontiers en ville, libre d'occuper l'été à sa guise, à aider les sans-abri. C'est son truc du moment. Pas de chance pour elle, elle ne peut pas venir en aide aux sans-abri dans un camp de vacances pour gosses de riches pourris-gâtés. Ce sont ses mots, pas les miens. Pour ma part, je suis ravie de passer l'été avec des gosses de riches pourris-gâtés. Non, attendez. Ce n'est pas ce que je voulais dire. Ce que je veux dire, c'est que je suis absolument enchantée de partir en camp de vacances, parce que *tout* m'enchante ces temps-ci. Me rend follement heureuse. Heureuse genre au-point-de-sauter-sur-les-lits-comme-si-c'étaient-des-trampolines.

Pourquoi ? Parce que je suis enfin une sorcière !

Pas *sorcière* au sens méchante ou revêche. Je ne tire pas sur les cheveux de ma sœur, je n'arrache pas la tête de ses Barbies. (Non pas qu'on ait encore des Barbies, elle ou moi. Bon, OK. Non pas que je joue encore avec. Soit, elles sont dans un sac au fond de mon armoire, et je les sors parfois juste pour voir comment elles vont, mais c'est tout, je le jure.) J'ai des pouvoirs, comme Hermione et Sabrina. Comme ma sœur. Et comme ma mère.

C'est en février que nous nous sommes rendu compte que ma sœur était une sorcière. Ma mère, qui a fait le choix d'être une sorcière non pratiquante, n'avait jamais fait mention de ce trait de famille particulier parce qu'elle espérait que ses enfants n'hériteraient pas, on ne sait trop pourquoi, de ses pouvoirs. Et on a cru pendant un moment que c'était le cas pour moi. Mais ils ne m'ont pas loupée, oh que non... Nous sommes toutes les deux des sorcières. De celles qui claquent des doigts, qui volent sur des balais, qui jettent des sorts. Ouais ! Et comme je suis une sorcière, rien de ce qui pourrait

10

arriver cet été ne peut crever ma radieuse bulle de bonheur. Je veux dire, allô ? J'ai enfin des pouvoirs magiques ! Je peux faire apparaître ce que je veux. Plus de sacs à main ? Abracadabra. Un repas plus appétissant ? Kazam. Des amis ? Zoum ! Nan... je vais sans doute m'abstenir de jeter des sorts sur des amis potentiels, parce que c'est trop moche d'ensorceler des personnes. Mais je pourrais si je voulais.

Pourquoi ? Parce que je suis une sorcière !

Et même si personne dans mon dortoir ne veut être mon amie cet été – et je ne vois pas pourquoi, vu qu'aucune des filles n'est dans mon lycée, et qu'en conséquence, elles ignorent tout de mes mésaventures (on a été un peu excessives et imprévoyantes avec les pouvoirs de Miri au tout début) –, ça m'est égal.

Pourquoi ? Parce que je suis une sorcière !

Et même si Raf ne tombe pas amoureux de moi cet été – oui, Raf Kosravi, le mec le plus canon de ma classe et, soit dit en passant, l'amour de ma vie, sera lui aussi à Wood Lake – alors quoi ? Ce sera tant pis pour lui.

Pourquoi ? Parce que je suis une sorcière !

OK, ça c'est un mensonge. Pas pour ce qui est de la sorcellerie (chouette !) mais en ce qui concerne Raf. Ça m'ennuierait beaucoup s'il ne tombait pas amoureux de moi. Mais vous voyez ce que je veux dire.

Mon ego a dû prendre plus de trois cents kilos depuis que j'ai découvert mes pouvoirs au bal le mois dernier. Ma mère et ma sœur étaient ravies pour moi, bien évidemment. Ravies que je sois heureuse – et ravies de ne plus avoir à m'entendre me plaindre de mon absence de pouvoirs.

Pendant la semaine qui a suivi le bal, je n'ai pas pu m'empêcher de tout zapper. Les lampes. La télévision. Les affaires de Miri.

– Ça marche ! Ça marche ! me suis-je écriée avec jubilation en faisant léviter son oreiller.

C'est là que maman est entrée et m'a demandé de me calmer avec mes pouvoirs.

– Si tu veux partir en colo, tu dois me promettre de te contrôler.

– Bien sûr, j'ai dit. Mais regarde-moi ça ! J'assure comme une bête !

Dans la mesure où ma mère est inculte en langage d'jeun, j'ai dû expliquer :

– Techniquement. Le talent. Le style.

– Pigé, a-t-elle lancé, avant de tourner les talons.

C'est là que l'oreiller a explosé. Les plumes et la taie d'oreiller rose de Miri ont été propulsées à travers sa chambre comme des confettis.

– Désolée, me suis-je étranglée.

– On ne joue plus ! a crié Miri, en se recroquevillant contre le mur.

– Incident mineur, ai-je fait, penaude. Pas un mot à maman.

Je ne voulais pas que notre mère ait une excuse pour me garder à la maison, loin de Raf.

Au fait, où est-il ? Je me hisse sur la pointe des pieds et jette tout d'abord un œil dans la rue animée, puis dans Central Park. Les six autocars qui attendent sont censés embarquer tous les campeurs en provenance de Manhattan, mais malheureusement, Raf n'a pas l'air de se trouver parmi eux. Je

12

sais qu'il vient à Wood Lake cet été. Il m'a dit qu'il s'était inscrit. Et il y va depuis des années. Alors où est-il ?

Ça ne manque certainement pas de beaux mecs, en tout cas. Pas que je cherche. Oh non !... mon cœur appartient à Raf.

Tut-tut ! Tut-tut ! Tut-tut !

Cette ville est tellement bruyante. Le soleil de midi est brûlant et tout le monde a l'air mal à l'aise et en nage. Contrairement à Miri, j'ai sérieusement hâte de quitter la pollution répugnante de l'île de Manhattan. Adieu lycée, métro, gratte-ciel. Bonjour été, crème solaire, et sacs de couchage !

Maman me serre dans ses bras.

– Vous allez vous asseoir ensemble, hein ?

– Oui, m'man, on va s'asseoir ensemble, je marmonne, coincée sous son aisselle gauche.

Elle a intérêt à ne pas massacrer mon mascara impeccablement appliqué ni mes cheveux parfaitement lissés. Il m'a fallu une demi-heure pour aplatir ma chevelure ondulée, et c'est sans doute la seule fois de tout l'été où mes cheveux seront dé-ondulés. Je me suis acheté une de ces plaques lissantes super-tendance, et, laissez-moi vous le dire, elles me font les cheveux plus plats que le trottoir sur lequel nous nous tenons en ce moment. Mais j'ai eu beau implorer (genre à genoux), mon ennuyeuse mère était convaincue que je mettrais le feu non seulement à mon bungalow mais au camp tout entier, et elle m'a interdit d'emporter mes plaques en céramique. Elle s'est méga-angoissée le mois dernier à l'idée que je mette le feu à l'appartement, et chaque fois que j'émergeais de ma chambre délestée de mon habituelle couronne frisée, elle se ruait à l'intérieur pour vérifier que j'avais débranché le fer.

Je ne comprends pas quel est son problème. Je ne l'ai laissé branché qu'une fois.

OK, deux fois, mais bon, je n'ai jamais mis le feu à quoi que ce soit.

Attendez une seconde. Je ne sais même pas pourquoi je m'inquiète. Si mes cheveux frisent, je n'ai qu'à leur jeter un sort pour les lisser. Ha ! Les plaques lissantes sont faites pour les simples mortels. Je suis une sorcière. Une sorcière brillante, super-puissante.

Zut. Mon crétin de sac à dos se soulève à nouveau. Pourquoi est-ce qu'il fait ça ? Je me détache de maman pour l'attraper, mais cette fois-ci je le cale sur mon épaule. Je lance un regard furtif alentour dans la rue noire de monde pour m'assurer que personne n'a été témoin de mon expérience de lévitation.

Nan. Apparemment, personne ne se gratte la tête de confusion ou ne s'étrangle de stupeur. Pfiouh...

Lex, le nouveau petit ami de maman, revient après avoir été garer la voiture, et lui prend la main. Ils sont inséparables depuis qu'ils ont commencé à sortir ensemble. Chaque fois que je les vois, ils se tiennent par la main, se regardent amoureusement, les yeux dans les yeux, ou bien se...

– Beurk, s'écrie Miri. Vous ne pourriez pas arrêter de vous peloter en public, s'il vous plaît ? Je vais avoir le mal des transports.

– Le mal du car, dis-je, en rentrant les épaules.

Voilà qui ferait une super-première impression. En même temps, je ne blâme pas ma sœur une seconde. Tout ce bécotage est... écœurant. Et, oui, maman et Lex sont bel et bien en train de s'embrasser. Ici même. Dans la rue.

Ils s'embrassent tout le temps. Ils s'embrassent dans la cui-

14

sine quand ils ne se rendent pas compte qu'on regarde. Au restaurant quand ils oublient qu'on est assises juste en face. Sur la 5e Avenue entre la 84e et la 85e Rue alors qu'on part en colo. Pas des baisers obscènes, bouche ouverte, mais des petits bisous amoureux que je trouve hautement embarrassants. Vraiment. Je ne peux pas m'empêcher de remarquer que des enfants et des touristes les observent en faisant la grimace. C'est l'une des raisons pour lesquelles j'ai supplié mon père et ma belle-mère de ne pas venir assister à notre départ aujourd'hui. Si ça me rend malade, imaginez l'effet que ça aurait sur papa. L'autre raison, c'est qu'il aurait fallu que maman parle à Jennifer, et que mon père fasse la connaissance de Lex, et honnêtement, l'idée de les voir réunis sur le même continent me donne envie de me cacher sous les couvertures, alors dans la même rue ! Problèmes de divorce, vous connaissez ?

Maman glousse comme une bécasse. Depuis qu'elle s'est recasée avec Lex (Lex le gériatrique, comme Miri et moi l'appelons en secret, puisqu'il a au moins cent ans – bon, d'ac, probablement seulement cinquante – et puisque ses sourcils broussailleux et les trois poils qu'il lui reste sur le caillou sont gris), elle glousse beaucoup.

– Miri, dit-elle maintenant, serrant toujours la main de Lex, tu garderas un œil sur ta sœur cet été, entendu ?

– Hé !

Est-il normal que ma mère demande à Miri, de deux ans ma cadette, de veiller sur moi ? Je ne crois pas.

– Je tiens à ce qu'elle s'assure que tu sois prudente avec ta... (elle baisse le ton) Glinda.

Glinda est-elle une poupée ? Une Barbie que j'aurais tenu à

15

emporter au risque d'être l'objet de la risée des autres campeurs à cause de cet attachement infantile ?

Nan.

Glinda est le nouveau nom de code qu'utilise maman pour la magie. Et oui, ça vient bien du nom de la gentille sorcière dans *Le Magicien d'Oz*.

– Promis, m'man, je déclare. Je prendrai bien soin de ma Glinda.

Lex nous regarde tour à tour, maman et moi. Manifestement, il ne sait absolument pas qui est cette Glinda ni pour quelle raison je dois prendre si grand soin d'elle. Si proches soient-ils devenus, maman ne lui a pas encore fait part de son grand, de son lourd secret. Mais puisqu'elle n'en a jamais parlé à mon père, je ne m'attends pas à ce qu'elle lâche le morceau de sitôt au nouvel homme de sa vie.

Elle passe les ongles rongés de sa main libre dans ses cheveux courts de fausse blonde.

– S'il te plaît, ne t'en sers pas, sauf si tu y es absolument obligée.

C'est ça.

– Amusez-vous bien, les filles, dit Lex, en nous pressant brièvement l'épaule.

Même s'il est tout le temps avec maman, il n'a pas encore atteint le niveau beau-père potentiel, accolade-aux-filles. Si gentil soit-il, on ne va pas se mettre à serrer un vieux monsieur dans nos bras.

Bon, d'ac, il n'est pas *si* vieux que ça. Mais il n'est plus tout jeune.

– Prends bien soin de maman, Lex, je lance en tirant Miri par le poignet. On y va.

16

– J'y manquerai pas, réplique-t-il. Amusez-vous, et n'oubliez pas d'écrire.

– Promis ! je réponds d'une voix chantante tout en gagnant un pouce en direction du car. Il est temps de prendre la route !

Maman a un air de chien battu.

– Bye, les filles. Je vous aime.

– Nous aussi ! nous exclamons-nous simultanément en nous rapprochant pour une dernière accolade de groupe (sans Lex).

– Vous allez me manquer, dit maman, la voix entrecoupée.

Aïe. Oh, non... Yeux qui piquent ! Yeux qui piquent ! Non, pas question, pas question...

– Tu vas nous manquer aussi, bredouille Miri avant de fondre en larmes.

Hoquet. Mes larmes vont ruiner mon mascara, couler le long de mes joues et de mon cou, et faire friser mes cheveux.

– Nom ? demande la fille qui mâche son stylo à bille en travers de mon portail pour le bonheur, j'ai nommé la portière du car.

Sa courte queue-de-cheval blonde dépasse de sa casquette de base-ball des Mets, et elle mâchouille le bout de son stylo comme si c'était un bretzel.

– Rachel Weinstein.

Chomp, chomp.

– T'étais dans quelle classe ?

17

– En seconde, je clame fièrement. Je rentre en première.

Dieu que je suis vieille ! J'ai pratiquement passé mon bac. Je suis pratiquement à l'université ! Je suis *pratiquement* une adulte. D'ici peu, je conduirai ma propre voiture, j'aurai des enfants, que j'enverrai en camp de vacances. Oh, mon Dieu, c'est trop chou ! Mes enfants dans le même camp que celui où j'allais ! Celui-là même où je vais aller, si cette mâchouilleuse de stylo à bille veut bien me laisser monter à bord du car.

– Dans ce cas, tu es une Lionne.

Rrrrrrrrrrrrrrrr ?

– OK-d'ac.

Elle reprend une bouchée de son stylo, qui explose en faisant un massacre bleu marine sur ses lèvres.

– Heu, tu t'es mis de l'encre, lui dis-je.

Elle se touche le visage, puis contemple le bleu collant sur ses doigts.

– Je déteste quand ça arrive, soupire-t-elle. (Elle coche mon nom.) Je suis Janice, la chef de ton unité.

Je n'ai pas la moindre idée de ce qu'est une chef d'unité, mais apparemment, c'est stressant. Je lui réponds :

– Bonjour, chef d'unité Janice.

Elle étudie son bloc-notes et pousse un soupir de plus.

– Tu seras dans le dortoir numéro 14. Et toi, qui es-tu ? demande-t-elle à Miri.

Tandis que Miri se présente, je franchis d'un bond les trois marches menant à l'intérieur du car, où règne une chaleur insoutenable. Les sièges du fond sont remplis d'adolescentes en nage et en train de jacasser, qui s'interrompent toutes brusquement à l'instant où elles me voient. Elles m'examinent collectivement de la tête aux pieds – je ne comprends absolument pas pourquoi, puisque nous portons toutes le même tee-shirt réglementaire en coton beige « Camp Wood Lake » avec short assorti – et reprennent leurs conversations.

Bien sûr, je me suis insurgée au début contre le principe de porter un uniforme, quel qu'il soit, mais celui-là est plutôt pas mal. Un peu rasoir, mais pas trop affreux. Sur le tee-shirt sont inscrits les mots *Camp Wood Lake* en grosses lettres blanches et orange arrondies, et en dessous il y a un mignon dessin d'une fille et d'un garçon dans un canoë blanc. Sur le short, on ne lit que Camp Wood Lake en travers du derrière. La brochure sur papier glacé intitulée *Bienvenue au camp* expliquait que la tenue ne serait exigée qu'aujourd'hui et pendant les excursions hors du camp. La brochure était accompagnée d'un super-DVD qui montrait des images de toutes les activités proposées (tennis, activités nautiques sur le lac, activités manuelles, natation) ; en fond sonore, des chansons comme « Time of your Life » (« Le meilleur moment de ta vie ») de Green Day et « Stay » (« Séjour ») de Frankie Valli mettaient dans l'ambiance du camp.

Quelques-uns des sièges du milieu sont encore vides. Je cherche un endroit où Miri et moi pourrions nous asseoir ensemble. Dieu soit loué, elle est dans le même car. Imaginez que je ne connaisse personne et que je doive m'asseoir toute seule ? Pendant tout l'été, je serais la fille qui s'est assise toute seule parce que personne ne voulait lui parler. Juste comme je m'apprête à me faufiler sur un fauteuil vide, une grande brune assise trois rangs plus loin s'arrête de parler aux deux filles derrière elle, tourne la tête, et me fait signe.

Allô ? Je regarde derrière moi pour voir si elle fait signe à quelqu'un d'autre. Nan, rien qu'à moi. À moins que ce ne soit une siphonnée qui fait signe à n'importe qui. Ou peut-être qu'elle vient de se faire les ongles et qu'elle les sèche ?

– Coucou toi, s'exclame la fille, en me regardant droit dans les yeux. Tu peux t'asseoir avec moi, si tu veux.

Je n'en reviens pas. Elle est souriante et pas du tout du genre loser. Ses cheveux bruns aux boucles crantées sont attachés en une longue queue-de-cheval, sa frange retenue en arrière par des pinces, encadrant une peau nette, des yeux brillants, et un grand sourire. Et elle est sympa.

– Bien sûr, dis-je, en me jetant à côté sur le siège de cuir collant, avec mon sac à dos à mes pieds.

Impec ! Miri peut s'asseoir dans la rangée libre de l'autre côté de l'allée. Ça sera comme si on était assises ensemble... sauf que non.

– Je suis Alison, se présente la fille.

– Rachel, je réplique.

– Trishelle et Kristin, dit-elle, en désignant les deux filles dans le rang derrière elle.

– Salut.

Je n'en crois pas ma chance : je ne suis à bord du car que depuis trente secondes et j'ai déjà fait la connaissance de trois personnes ! Trishelle a de longs cheveux avec des mèches blondes et elle est très maquillée : fond de teint, blush rose vif, crayon à lèvres marqué, plus épais trait d'eye-liner. J'espère que ça ne va pas lui dégouliner sur la figure. À côté d'elle, Kristin, avec ses cheveux blonds coupés court, ses traits fins, et les perles à ses oreilles (que jamais ma mère ne m'aurait, au grand jamais, autorisée à apporter en colo), me fait penser à une parfaite petite épouse du Connecticut.

– Vous êtes dans quel dortoir, les filles ? je demande.

– Le 15, répondent en chœur Trishelle et Kristin. Et toi ?

– Le 14.

– Moi aussi, dit Alison avec un large sourire.

Waouh ! Cette fille sympa qui m'a invitée à m'asseoir à côté d'elle sans raison est dans mon dortoir !

– Rachel ! me hèle ma sœur. Il y a une place ici.

Je fais demi-tour et j'aperçois Miri qui s'approprie le premier rang.

– Mir, je suis assise au fond. Viens nous rejoindre.

Au lieu de me rejoindre d'un bond – allez, Mir, fais un effort –, ma sœur me jette un regard noir.

– J'aimerais mieux rester à l'avant au cas où j'aurais mal au cœur. Ça secoue moins.

Pas question que je bouge d'ici.

– Très bien, mais je suis là si tu as besoin de moi. Ma petite sœur, j'explique à mes nouvelles amies (mes Pires Potes ? Mes futures Pires Potes ?). Alors, c'est la première fois que...

Je suis interrompue par une Janice aux lèvres bleues, qui a fait signe au conducteur de fermer la porte et balaie nerveusement des yeux l'autocar.

– Vous êtes toutes là ?

Janice nous compte ensuite du doigt une par une en silence.

– Très bien, on dirait que vous êtes toutes là. Tout le monde est prêt ?

– On est prêtes, annonce Trishelle.

Les lèvres bleues de Janice s'étirent en un demi-sourire.

– Prêtes à commencer l'été ?

Les filles autour de moi braillent et applaudissent.

– Alors que ce car démarre !

Tandis que le chauffeur prend le départ, les filles poussent des hourras. J'en ferais bien autant, mais je ne veux pas avoir l'air bizarre. Oh, et puis zut !

– Yeah ! dis-je d'une voix flûtée en me joignant aux autres.

Je lève mes genoux en position fœtale, et pose la semelle de mes baskets roses contre le dossier du fauteuil devant moi.

– C'est la première fois pour toi aussi ? je demande à ma nouvelle meilleure amie.

– Pas du tout, déclare Alison. La neuvième.

– Waouh.

– Je sais. J'y vais depuis que j'ai sept ans. Mon frère aîné allait à Wood Lake depuis des années, et j'ai supplié mes parents de me laisser venir dès que j'ai eu l'âge.

– T'as fait le séjour d'initiation pour les petits ? Ma demi-sœur y va le mois prochain.

– Nan, ça fait pas longtemps que ça existe. (Elle m'adresse un large sourire.) Alors, comment t'as entendu parler de Wood Lake ?

Quand je sortais avec Will Kosravi (ne me reprochez pas d'être sortie avec le frère de l'amour de ma vie ; mettez ça sur le compte d'un sortilège amoureux qui a mal tourné, à la Miri), il m'a raconté qu'il allait à Wood Lake pour l'été, et j'ai incidemment mentionné la chose à ma belle-mère, laquelle cherchait un moyen de se retrouver seule avec mon père : elle a décidé qu'il serait idéal que Miri, Prissy (ma demi-sœur), et moi partions en colo.

– Par l'intermédiaire de quelqu'un à l'école, je réponds, pas encore prête à faire des confidences.

C'est peut-être ma nouvelle PP (Pire Pote), mais je ne la connais que depuis dix minutes.

– Ton frère vient toujours au camp ?

Elle secoue la tête.

– Plus maintenant. Il a vingt-trois ans et fait des études de médecine.

– Vous avez une grande différence d'âge.

– Demi-frère, explique-t-elle. Son père s'est remarié avec ma mère.

Un divorce dans la famille ! On a quelque chose en commun à part le fait d'être dans le même dortoir !

– C'est nul qu'il ne soit pas là, d'ailleurs. Il faisait partie de l'encadrement. Hé, ta sœur te fait signe, m'indique Alison.

Je lève les yeux, et en effet, Miri agite la main de façon frénétique.

– Qu'est-ce qu'il y a ? lui dis-je de loin.

Viens voir, articule-t-elle.

Cinq minutes, j'articule à mon tour, en levant cinq doigts en l'air, avant de me retourner vers Alison.

– Désolée.

– Enfin bref, c'était sympa quand il était là. Notre dortoir n'était jamais inquiété pour quoi que ce soit. L'année dernière, on a fait une descente dans la cuisine, et on s'est fait choper par Abby, la chef des Koalas, mais mon frère l'a suppliée de ne pas cafter.

– Une chance. Ton frère encadrait quoi ?

– Les activités nautiques. Natation et canoë.

Même si l'idée de faire du canoë m'intrigue, la natation ne m'inspire pas beaucoup. Je veux dire, je sais nager, plus ou moins, si l'on tient compte de mes séances de rafraîchissement dans la piscine de mon père après le bronzage. Et je peux garder la tête sous l'eau pendant au moins six secondes.

23

Ça compte, non ? Au moins, j'ai deux nouveaux super-maillots de bain, un une-pièce top tendance noir et blanc et un bikini orange super-sexy. J'ai aussi emporté un vieux une-pièce extensible qui appartenait à maman et que je n'ai l'intention de porter qu'en dernier recours – ce serait comme de partager un Kleenex usagé.

– Ta sœur essaie à nouveau d'attirer ton attention, déclare Alison. Elle va bien ?

Une chose est sûre, elle me casse les pieds. Elle est en train de ruiner ma réputation.

– Je reviens tout de suite, je lance à Alison, avant d'avancer prudemment dans l'allée du car jusqu'à Miri.

Elle est d'une teinte verdâtre alarmante.

– Je me sens pas bien. Je crois que je vais...

C'est là qu'elle se vomit dessus, sur le siège, et sur moi.

Soudain, le car tout entier est plongé dans le silence. Puis un concert de « Dégueulasse ! » et « Ignoble ! » retentit, qui fait rougir ma sœur comme une tomate.

– Ça va ? dis-je, morte de honte pour nous deux.

Ses lèvres tremblent, elle est sur le point de pleurer.

– Ça serait trop flagrant si je disparaissais ? chuchote-t-elle.

– Oui, je lui chuchote en retour.

– Oh, non.

Janice a fait un bond pour venir constater le désastre.

– On a une dégobilleuse ! Arrêtez le car ! ordonne-t-elle au chauffeur.

Le conducteur quitte l'autoroute et s'arrête dans une station-service. Les joues me cuisent, mais ce n'est pas à cause de la chaleur. Tout ceci est embarrassant au dernier degré. Je ne peux pas croire que Miri ait fait une chose pareille.

Nous nous traînons jusqu'aux toilettes répugnantes, parfumées à l'œuf pourri. Une fois la porte verrouillée, Miri ôte son tee-shirt et le met dans le lavabo.

– Ça part ? je demande, en enlevant mon propre tee-shirt et en le passant sous le robinet.

Pendant ce temps, j'étudie mon reflet dans le miroir.

– Tu crois que mes seins poussent ?

Elle lève les yeux.

– Ton sein gauche a l'air plus gros.

– Plus gros que quoi ?

Elle inspecte plus attentivement.

– Que le droit.

Je redresse mes épaules et regarde à nouveau. Oh, mon Dieu, elle a raison. Mes seins poussent enfin ! Trop bien ! Le sein gauche est définitivement plus gros qu'il ne l'était la dernière fois que j'ai mesuré. (Non pas que je mesure souvent. Peut-être un jour sur deux, ou les deux.) Ça fait des siècles que je rêvais de plus gros seins. Je veux dire, vous trouvez ça juste que je fasse un bonnet A et ma petite sœur un B ? Moi pas. Yaouh ! Mais comment se fait-il que je ne l'ai pas remarqué quand j'étais sous la douche ? Attendez une seconde.

– Pourquoi est-ce que le droit ne pousse pas, lui ?

Miri hausse les épaules.

Oh, mon Dieu. Oh non... La panique se déverse sur moi comme une pluie acide. Non pas que je sache exactement ce qu'est une pluie acide, mais je sais que c'est moche.

– Comment un sein peut-il pousser plus vite que l'autre ? Ils sont censés pousser au même rythme ! Un bras ne devient pas plus long que l'autre ! Une jambe ne devient pas plus longue que l'autre ! Un pied ne devient pas...

25

– En fait, plein de gens ont des pieds qui ne font pas la même pointure.

Miri agite son propre pied chaussé d'une basket comme pour prouver le bien-fondé de sa réflexion.

– Non, non, non. Il n'y a pas un sortilège pour les égaliser ?

– Tu sais ce que maman a dit au sujet des sortilèges sur les seins avant d'avoir fini sa puberté. On peut vraiment bousiller son corps. Tes hormones sont déjà assez épuisées comme ça. Je suis sûre que l'autre finira par pousser.

– Et s'il ne pousse pas ?

– Alors tu auras deux seins de taille différente.

Je crois que je vais pleurer.

– C'est pas juste !

– Il n'est pas tellement plus gros que l'autre.

– Mais si.

Ma vie est officiellement terminée. Je veux dire, imaginez un peu ! il n'est question que de maillots de bain dans un camp de vacances. Les gens vont *voir* ma difformité.

– Ouais, il est énorme. Tellement énorme que c'est pratiquement une autre personne. On n'a qu'à l'appeler Melinda.

Comment peut-elle plaisanter pendant une crise pareille ? Hmm.

– Et pourquoi Melinda ?

– Je sais pas. Parce que ça rime avec Glinda ?

– Trop compliqué, je vais m'emmêler les pinceaux. On n'a qu'à l'appeler Bobby.

– C'est un nom de garçon, Bobby.

– Faut t'y faire, Miri. Les noms de garçon sont super-tendance pour les filles ces temps-ci.

– Génial. Je vais me faire rebaptiser Murray.

Elle continue à frotter son tee-shirt et soupire.

– Ça s'en va pas. Je devrais tenter un sortilège du A^2.

Miri fait allusion à l'*Authentique Anthologie des sortilèges prodigieux, des potions extraordinaires et de l'histoire de la sorcellerie de la naissance du monde à nos jours*, que nous avons rebaptisé l'*Authentique Anthologie* (d'où le A^2). Je n'ai pas encore mon exemplaire.

– Vraiment ? Laisse-moi essayer.

Voici ma chance de mettre en pratique un véritable sortilège, un sortilège *publié*, et pas une sorte de petite comptine que j'aurais imaginée sur l'impulsion du moment.

– Maintenant ? On nous attend, et ta magie n'a pas été trop fiable...

De quoi est-ce qu'elle parle ?

– Ma magie va très bien, merci bien.

Elle hausse un sourcil.

– Alors tu faisais léviter ton sac à dos exprès tout à l'heure ?

– Oh, la ferme. Allez, dis-moi juste le sortilège.

– T'es vraiment impossible, maugrée-t-elle. T'as qu'à verser une goutte de savon sur la tache. Ensuite tu verses du sel dans ta main gauche. De l'autre main, tu fais couler de l'eau chaude sur le sel en répétant trois fois : « Que disparaissent les taches de ces vêtements. »

– Miri, je n'ai pas de sel sur moi.

Elle attrape son sac à dos et en sort l'un de ces microsachets de sel qu'on trouve dans les restaurants.

– Une sorcière doit toujours avoir du sel sur elle. C'est, genre, l'ingrédient miracle.

Chouette ! Problème résolu. Quasiment. Je ne peux pas le croire ; je suis sur le point de jeter mon premier sort ! Bien sûr, j'ai fait appel à ma Force un peu à l'aveuglette, mais puisque ma mère ne m'a pas donné mon exemplaire du A^2, pourtant bien mérité, je n'ai pas encore mis de véritable sortilège en pratique. Elle ne m'a pas autorisée à commencer ma formation plus tôt parce qu'elle voulait que je me concentre sur mes examens de fin d'année, et puisque je ne peux pas m'entraîner pendant la colo, elle insiste pour que je patiente jusqu'à l'automne, quand elle me fournira mon propre exemplaire de l'ouvrage. Alors vous pouvez comprendre à quel point je suis excitée de faire ce sortilège. C'est mon rituel initiatique rien qu'à moi. Un peu comme une bat mitsvah. Une bat mitsvah dans les toilettes d'une station-service.

Les mains tremblantes, je tamponne nos tee-shirts puis nos shorts avec le savon. Ensuite, après avoir déchiré le sachet et versé le sel dans ma main gauche, je refais couler l'eau en disant :

> *Que disparaissent les taches de ces vêtements !*
> *Que disparaissent les taches de ces vêtements !*
> *Que disparaissent les taches de ces vêtements !*

La Force bout depuis le tréfonds de ma personne, à travers mes bras et le long de mes doigts. La pièce devient glacée. Et soudain... nos vêtements sont immaculés ! Yes ! Yes, yes, yes ! Ils sont propres et... *tie-and-dye* ? Hein ? Les trois couleurs de nos tenues se sont mélangées on ne sait trop comment, et ont formé des tourbillons. Oh, ce que ma magie est cool !

– Oh non... gémit Miri. Je savais que j'aurais dû le faire moi-même.

– Lâche-moi, on va avoir l'air super.

28

Les uniformes sont bien moins rasoirs maintenant. Les autres vont penser qu'on avait des tenues en rab dans nos sacs à dos et qu'on est super-créatives.

– Je ne pense pas. On va avoir l'air de porter des pyjamas psychédéliques. Aaargh ! Regarde ce qu'il y a écrit sur ton derrière !

– Quoi ?

Je fais demi-tour et essaie d'étudier mon arrière-train dans le miroir. Au lieu d'y lire *Camp Wood Lake*, il y a maintenant écrit *Mac Wok Pedalo*. Comme sur mon tee-shirt. Comme sur celui de Miri. Oups.

– Tu peux arranger ça ?

On entend un coup de klaxon.

– Pas le temps, dit-elle d'une voix anxieuse. Je ne sais pas comment, et mon A^2 est dans mon sac. Au moins, les gens seront tellement occupés à lire ton tee-shirt qu'ils ne vont pas remarquer tes seins difformes.

Super, merci.

Quand nous regagnons le car, Janice a déjà nettoyé le désastre et semble plus tendue que jamais. Elle mâchouille aussi un stylobille noir flambant neuf. S'il explose, celui-là, elle va ressembler à un hématome géant.

Tête basse, Miri se glisse sur son nouveau siège au second rang.

– Tu veux bien rester devant avec moi ?

Aïe. D'abord ça a été la panique, puis le coup de l'eau

chaude et le sel. Maintenant la culpabilité s'empare de moi. Comment puis-je laisser tomber ma sœur pendant sa première journée de colonie de vacances ? Même si, en toute honnêteté vis-à-vis de moi-même, la colo n'a pas officiellement commencé, puisque qu'on n'y est pas encore. Je prends quand même place à côté d'elle. Puis je jette un regard – abattu – derrière moi, en direction de mes nouvelles amies au milieu du car.

Et nous voilà reparties. Reparties pour un début pas vraiment magique.

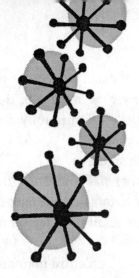

2
VILAIN TIGROU

Miri porte un regard envieux par la fenêtre.

– J'aimerais pouvoir me faire disparaître de ce car.

Malheureusement pour elle, c'est impossible. Le seul et unique sort jeté par maman le mois dernier est un sort de repérage qui nous confine au camp, Miri et moi. En gros, c'est un bracelet de cheville invisible fabriqué à partir de vinaigre distillé et d'essence de cactus qui agit comme un aimant super-puissant. La seule chose qu'on sache, c'est qu'on ne peut pas l'enlever sans la permission de maman. Elle veut nous empê-cher de nous téléporter en Afrique (Miri) ou aux Caraïbes (moi) quand elle n'est pas là pour surveiller nos allées et venues.

– Pas de balai volant ni de téléportation, ma pauvre.

Miri tourne la tête, regarde toutes ces filles et ses épaules se raidissent.

– J'aurais dû dire non quand papa a dit qu'il nous envoyait en colo.

31

– C'est un peu tard maintenant.

– C'est vraiment pas juste que Prissy ne reste que deux semaines et qu'on doive y passer tout l'été. Pourquoi y a pas une session d'essai pour les plus vieux aussi ?

C'est tout ma handicapée sociale de sœur, ça.

– Il se trouve que Prissy a six ans, et pas toi. Et de toute façon, maman va passer presque tout le mois d'août avec Lex en Thaïlande et c'est pas comme si elle allait nous laisser à la maison toutes seules.

C'est bizarre que ce soit soudain si sérieux entre maman et Lex. Je suis heureuse pour elle, bien sûr. Mais qu'est-ce que je fais si j'ai besoin de la joindre ? Ne devrait-elle pas être à mon entière disposition vingt-quatre heures sur vingt-quatre, sept jours sur sept ?

Elle a intérêt à me rapporter des fringues exotiques, des pics à cheveux ou je sais pas quoi.

Miri donne un coup de pied dans la barre d'appui.

– J'ai l'impression d'être en prison.

Ses yeux s'emplissent de larmes. Elle a presque les mêmes que moi, grands et marron, mais le blanc de ses yeux est très blanc et quelquefois ils brillent dans le noir. Pas d'une façon flippante. Plutôt comme la lune.

Je chatouille le bras de ma sœur.

– Tu vas adorer le camp. Je te promets.

Pour finir, Miri se roule en boule et s'endort, la tête sur mes genoux. À travers la fenêtre, je regarde défiler les montagnes et les arbres d'un vert luxuriant, comptant les secondes qui me séparent de l'arrivée au camp de vacances. J'ai du mal à croire que je vais être loin de la maison pendant sept semaines et un jour.

Cinquante jours sans corvées ! Cinquante jours sans voir ma mère et Lex se bécoter ! Cinquante jours sans que ma belle-mère m'appelle toutes les cinq secondes pour me faire part de ses stratagèmes pour tomber enceinte ! Cinquante jours sans avoir à être ballottée entre ma mère et mon père !

Cinquante jours *avec* Raf. Un Raf célibataire, sans attaches.

– T'es au courant ? m'a demandé Tammy Wise, ma meilleure amie, il y a dix jours, avant notre examen de maths.

– Au courant de quoi ?

– Pour Raf et Melissa.

Mon cœur a littéralement fait un bond hors de ma poitrine et heurté le plafond avant de réintégrer sa place. Bon d'accord, pas exactement, mais c'est l'impression que ça m'a fait. Melissa Davis, ma pire ennemie, la rousse, avait commencé à sortir avec Raf après notre rupture en avril dernier. Même si on ne sortait pas vraiment ensemble, mais plutôt quasi ensemble. Vous voyez, genre, lui me regardant un peu comme ci, moi un peu comme ça – il a pas mal été question de *regards* dans cette affaire. Plus un quasi-baiser (mot utilisé pour un baiser lèvres serrées sans la langue).

– Non, quoi ?

– Ils ont cassé !

Yes ! Yes ! Yessssssssssssssssssssssssssssssssssssssssssss !

– Quand ça ?

– Samedi soir !

– Qu'est-ce qui s'est passé ?

– C'est lui qui a cassé avec elle, et elle le vit trop mal.

Mon cœur battait la chamade ; mes doigts s'agitaient fébrilement ; mes jambes étaient secouées de spasmes. C'était comme si je faisais un looping dans des montagnes russes, si ce n'est que j'étais à l'arrêt.

– Des détails, Tammy, je veux des détails !

– Apparemment, il lui a avoué qu'il aime quelqu'un d'autre.

Ses sourcils se sont emballés.

L'examinateur a joué avec l'interrupteur.

– Vous pouvez commencer.

C'est là que j'ai senti le fourmillement. La Force. La brusque bouffée d'air froid. Plus précisément, la fenêtre du fond s'est brutalement ouverte en grand.

– Qu'est-ce que... a balbutié l'examinateur en se précipitant au fond de la salle.

– Qui a fait ça ?

C'est moi. Moi ?

La lumière s'est mise à clignoter frénétiquement ; le bureau du professeur s'est retourné d'un coup ; la fenêtre s'est refermée violemment. C'était comme si un esprit frappeur avait pris possession de la classe. Et j'avais le sentiment dérangeant mais certain, en dépit de ma nervosité, que c'était moi la responsable, ou plus exactement mes fantabuleux pouvoirs.

J'ai fait des exercices respiratoires genre yoga pour me calmer et j'ai essayé de me concentrer sur les formules que j'avais sous les yeux. Dieu merci, c'étaient des maths, un sujet que je connais comme ma poche.

C'est à dater de ce moment que j'ai remarqué que malheureusement, lorsque je suis dans des situations de stress, ma magie a tendance à échapper à mon contrôle.

Un exemple : alors que j'étais en train de mastiquer les raviolis au fromage et au tofu de maman, j'ai commencé à m'imaginer en train de marcher au clair de lune avec Raf, de faire du canoë avec Raf, d'embrasser Raf... Mon cœur s'est mis à battre plus vite, et c'est là qu'un ravioli a fusé de mon assiette, rebondi au plafond avant d'atterrir dans le jus de carotte de ma mère.

Maman en a lâché sa fourchette en pleine bouchée.

– C'était quoi, ça ?

Si maman se rendait compte que c'était moi qui avais fait ça, j'en avais pour tout l'été à manger des raviolis au tofu. Vite ! Il me fallait une excuse. Un bouc émissaire.

– Vilain Tigrou ! Vilain, vilain Tigrou.

Notre chat, pelotonné dans son coin favori de la cuisine pour se lécher les pattes, a plissé ses petits yeux jaunes, l'air de dire *Tu te fiches de moi ?*

Maman s'est levée précipitamment pour nettoyer les dégâts.

– Vilain Tigrou, a-t-elle dit, et j'ai poussé un soupir de soulagement.

Ça me chagrine, mais je dois admettre qu'au cours de la semaine passée, je me suis mise à rendre Tigrou responsable de presque tout. Une chaise renversée ? Tigrou. La lumière qui vacille ? Tigrou. Du papier hygiénique déroulé dans tout l'appartement ? Tigrou.

D'accord, là c'était lui, mais c'est parce qu'il était vraiment furieux contre moi.

J'ai dû m'endormir, parce que tout d'un coup j'entends la voix nerveuse de Janice.

– On y est, les filles. Tout le monde est prêt ?

J'ouvre les yeux brusquement. Notre car s'est garé le long d'une route en terre derrière une file de cars. À quelques mètres, un pont de bois enjambe un étang vaseux. Au-delà du pont, une route serpente vers des bois denses.

Ça y est, nous y sommes. Monde, prépare-toi ! Nous voici, Miri, ma handicapée sociale de sœur, et moi-même, sorcière de fraîche date, l'une et l'autre dans nos pyj' psychédéliques *tie-and-dye* Mac Wok Pedalo !

Sans oublier Glinda et Bobby.

Les enfants sortent déjà en flots des autocars, et je jette un regard en tête de queue, cherchant Raf des yeux. Toujours pas de trace de lui. J'inspire lentement plusieurs fois pour me calmer. Je n'aimerais pas que les cars s'élèvent dans le ciel genre *ET* et s'envolent pour une autre planète.

C'est une chose dont j'aurais du mal à accuser Tigrou.

– OK, les filles, dit Janice, comme vous avez toutes envoyé vos sacs en début de semaine, ils sont déjà dans vos bungalows.

Une fourgonnette du camp Wood Lake est venue chercher nos sacs à la maison, ce qui était infiniment plus facile que de les prendre avec nous. Il doit y avoir plein de campeurs de Manhattan. Mais un seul m'intéresse.

– Dans le dortoir numéro 2, continue Janice, nous avons Jenny Boland, Heather Jacobs, Jessica Curnyn...

Je décroche de la liste de noms jusqu'à ce que j'entende :

– Et Miri Weinstein.

Miri me presse la main.

– Hé, regardez, c'est Natalie ! annonce Trishelle. Le car du Canada a dû arriver.

– Le car du Cana ? me chuchote Miri. C'est où, ça ?

– Le car du Canada, espèce d'abrutie, je lui chuchote en ar-ti-cu-lant.

Janice poursuit sa litanie.

– Dans le dortoir numéro 14, nous avons Morgan Sweeney, Jan Winters, Carly Engels, Rachel Weinstein et Alison Blaichman.

Je me retourne vers Alison et lui fais signe.

Après avoir énuméré les noms des filles du dortoir numéro 15, Janice conclut :

– Si vous avez votre bob ou une casquette de base-ball, vous êtes prié de le mettre avant de descendre du car.

J'ai horreur des couvre-chefs. Ils ne me dérangent pas sur les autres, mais moi j'ai toujours l'impression d'être couronnée d'une boîte en carton. Mes casquettes de base-ball sont toutes rigides. Je vais faire comme si ma mère n'avait pas réussi à en mettre une d'office dans mon sac à dos.

Miri sort la sienne et se la visse sur la tête.

– Tu mets pas ta casquette ? demande-t-elle, un peu trop fort.

– Chut ! Viens, on y va.

Comme nous sommes à l'avant du car, c'est nous qui sortons les premières et, comme nous ne savons pas où aller, nous nous agglutinons en attendant des instructions. Janice est censée nous montrer le chemin, mais elle est en grande conversation avec quelques monos. Super. Qu'est-ce qu'on fait maintenant ? On traîne jusqu'à ce que l'été se termine et qu'on soit ensevelies sous la neige ?

– J'ai l'impression que le dortoir 2 est affreusement loin du 14, gémit Miri.

– Mais non, ça ne doit pas être si loin que ça.

– Re-bonjour, dit une voix derrière moi.

Chouette, c'est Alison, ma nouvelle PP. Je soupire de soulagement :

– Salut.

– Perdue ?

– Un peu.

– Suivez-moi.

Alison est beaucoup plus grande que moi et marche donc à plus grandes enjambées.

– Tu connais ma sœur Miri ? je fais, tout en courant presque pour rester à sa hauteur.

– Vous vous ressemblez pas mal, répond Alison tandis que nous suivons le chemin pour traverser le pont et déboucher sur un étroit sentier caillouteux bordé de hauts pins verts.

– C'est un bungalow, ça ? demande Miri en montrant du doigt un petit bâtiment blanc sur notre gauche.

– Non, c'est le bureau du camp. Hé, Colton ! lance-t-elle à un garçon qui nous précède sur le sentier.

– Comment va, Alison ? hurle-t-il en retour avec le fort accent traînant du Sud. Comment s'est passée ton année ?

– Pas mal ! crie-t-elle, puis à notre intention : Colton a le même âge que nous.

– Il est mignon. (Il a des fossettes et la boule à zéro.) Il est d'où ?

– Houston, je crois.

C'est marrant, j'ai l'impression d'être au Texas. Au-dessus de nous, le ciel est encore incroyablement lumineux et bleu alors qu'il doit être au moins quatre heures. J'inspire profondément. Ça sent l'humide et le propre. Un peu comme le désodorisant des toilettes à la maison. Mais, heu, pour de vrai.

Sur le chemin, les arbres deviennent plus clairsemés et nous traversons un immense champ de la taille d'un centre commercial, avec en toile de fond des montagnes de carte postale d'un vert luxuriant. De l'herbe ! Des arbres ! Des collines ! Du ciel ! Je n'avais jamais vu autant de nature à la fois au même endroit.

Y a intérêt à ce qu'il n'y ait pas d'ours. Ni aucun autre animal sauvage, d'ailleurs. Au terme de six heures de recherche (d'accord, je cherchais à différer mes révisions pour les examens de fin d'année), je savais tout sur les effrayantes maladies véhiculées par les chauves-souris, les ratons laveurs et les renards, telles que la rage, la maladie de Lyme et la peste. Je ne savais pas que la peste existait toujours, mais apparemment de nombreux rongeurs en sont atteints par ici.

Et n'oublions pas les moustiques. Ces petits monstres sont gorgés du virus du Nil occidental. Mais ils ne m'auront pas. Pas question, pas moyen. J'ai emporté dans mes bagages environ quarante litres d'anti-moustique.

– Voici le terrain du haut, qu'on appelle l'Alpage, explique Alison. C'est ici qu'il y a le terrain de base-ball, les logements des cuisiniers, le terrain de foot, des douches et, là-bas, les dortoirs 16 et 17, qu'occupent Colton et d'autres Lions.

– C'est quoi au fait un *Lion* ?

– C'est la section des plus âgés. Les cinquièmes jusqu'aux

39

secondes. Les Koalas, c'est le groupe des plus jeunes et les Singes sont entre les deux.

Ah. Je balaie l'Alpage du regard, me demandant si c'est là que Raf dort. Mon cœur fait comme le cerf qui part au galop. (Ça galope un cerf, non ? J'espère bien ne pas avoir l'occasion d'en rencontrer un pour vérifier.)

– On y est, dit Alison, désignant d'un geste ample un grand bungalow vert et blanc sur notre droite. C'est ici que se trouvent les dortoirs 14 et 15.

Ouf. Au moins c'est un bungalow. Je m'inquiétais vaguement à l'idée de passer l'été sous la tente. Ç'aurait été un peu trop nature pour Rachel-la-citadine.

Deux filles, une blonde et une rousse, se tiennent dans la véranda tout en longueur et commencent à gesticuler en nous voyant.

– Caniche ! Morgan ! s'écrie Alison. Vous êtes là !

Elle grimpe en courant la pente et les marches du bungalow, avant de se jeter dans les bras des deux filles.

Caniche ? On peut amener son chien à la colo ?

– Tu as vu ça, Alison ? s'exclame la rousse. Caniche s'est fait tatouer un papillon sur la cheville et j'ai enfin des nichons.

Qu'est-ce qu'elle vient de dire ? Je hais ce mot. Il est trop vulgaire.

– Vous bloquez le passage, maugrée quelqu'un.

Je me retourne et découvre une superbe fille mince qui me foudroie du regard. Elle me toise de la tête aux pieds et tapote ses cheveux noirs. Puis, sans dire un mot, elle passe en me bousculant, manquant de me faire tomber à la renverse. Ses cheveux volent dans son dos, et sans même un « pardon », elle attaque la butte en direction du bungalow.

40

Quelle grossièreté. J'espère qu'elle est dans le dortoir 15. Mais je ne suis pas assez bête pour me plaindre de quelqu'un dès mon premier jour de colo. Je n'ai pas envie de finir en tête de Turc. Y en a toujours une dans un groupe, une fille que personne n'aime. C'est terrible cette façon qu'ont certains enfants de se liguer contre quelqu'un en particulier – et je dois avouer que je meurs de peur d'être ce quelqu'un.

Je retrouve mon équilibre et dis à Miri :

– Tu veux que je t'accompagne à ton bungalow ?

Elle regarde nerveusement le sentier.

– Nan, vas-y. Je vais trouver.

– Rachel, viens que je te présente ! m'appelle Alison depuis la véranda. Miri, tu suis juste le sentier jusqu'à la Plaine, ensuite tu prends le chemin qui monte entre les bungalows 1 et 3, et le tien sera sur ta droite.

– T'es sûre que tu vas y arriver toute seule ? je demande à ma sœur, toute pâlichonne.

Elle me sourit bravement.

– Ça va aller. C'est pas comme si je risquais de me perdre...

Je décide de ne pas lui rappeler la fois où elle s'est perdue dans le sous-sol de notre immeuble. De toute façon, si elle se perd, elle peut toujours se téléporter dans son bungalow, non ?

– Bonne chance, je l'encourage en lui pressant le bras. On se voit au dîner.

Tandis que je gravis le talus, je sens comme des papillons (des vrais, pas des tatoués) frémir dans mon ventre.

Il y a déjà des serviettes et quelques vêtements posés sur la balustrade de la véranda, ce qui lui donne un air accueillant. Quelques sacs vides sont entassés dans le coin. Alison est

41

toujours en pleines effusions avec les deux filles, et je ne peux pas m'empêcher de me sentir à l'écart. Et si je n'arrive pas à m'intégrer ? Si elles me considèrent juste comme la nouvelle un peu bizarre ?

Je sens un picotement dans mes doigts. Puis dans mes coudes, ma tête, et...

Les serviettes et les vêtements grimpent en flèche vers le ciel comme des cerfs-volants. Mais contrairement à des cerfs-volants, ils n'ont rien qui les retienne au sol et ils continuent à s'élever haut, plus haut, toujours plus haut jusqu'à ce que...

Envolés.

Aah ! C'est moi qui ai fait ça ! Pas exprès, mais quand même ! J'ai fait disparaître les serviettes ! Je suis la reine de la magie ! Peut-être que je devrais me fabriquer un diadème en travaux manuels.

Je me demande où elles sont passées.

Oh, les voilà, accrochées aux branches. Pourvu que quelqu'un ait une échelle.

Tout comme moi, les trois filles regardent fixement les arbres drapés de serviettes. Contrairement à moi, elles affichent un air perplexe.

Va peut-être falloir que je contrôle un tant soit peu ma magie. Si des serviettes décollent en flèche chaque fois que je stresse, ça va finir par se voir, on va commencer à se poser des questions à mon sujet et, avant d'avoir eu le temps de dire ouf, je vais finir attachée à un tabouret à trois pieds et être jetée dans le lac, comme une sorcière au Moyen Âge.

Ou peut-être que j'aurai ma propre émission de télé. Un de ces trucs psycho-chics où les gens communiquent avec les morts !

Waouh, est-ce que je peux vraiment communiquer avec les morts ? « Hé, mort, t'es là ? » Pas de réponse. « Grand-mère Esther, tu m'entends ? »

– Rachel, à qui tu parles ? demande Alison.

Je me sens rougir.

– Euh, j'ai cru voir une vieille copine, Esther. On l'appelle Grand-mère tellement elle est vieille. Au moins dix-sept ans.

Et zut... Elles vont croire que je suis gogol.

À mon grand soulagement, Alison se met à rire.

– T'es *trop* drôle ! (Elle m'attrape par la main.) Viens que je te présente aux filles.

– Salut, dis-je timidement.

– Voici Morgan. Elle vient à la colo depuis aussi longtemps que moi.

Morgan a des cheveux roux, courts et bouclés et le nez parsemé de taches de rousseur. Si j'étais metteur en scène, je lui donnerais tout de suite le rôle de Zora la rousse.

– T'es d'où ? m'interroge-t-elle tandis que nous nous inspectons mutuellement.

Si seulement je ne portais pas la tenue la plus grotesque au monde.

La rousse est trop mignonne. Elle a déjà enlevé l'uniforme du camp et mis un tee-shirt noir, des sandales à talons dorées et une jupe en jean courte qui dévoile les taches de rousseur de ses jambes pâles. Je parie qu'elle est obligée de se tartiner de crème solaire.

– Manhattan, je lui réponds.

Elle va peut-être penser que mon *tie-and-dye* est une sorte de revendication vestimentaire typiquement new-yorkaise : on est toujours en amont de la tendance, même quand on fait dans le rétro.

– Et toi ?

– J'habite juste à côté de Chicago. T'allais dans quelle colo avant ?

– Aucune. Je suis allée dans des centres de loisirs, mais je n'y ai jamais passé la nuit.

– J'espère que t'auras pas le mal du pays, dit-elle.

Tu plaisantes. Je compte les jours qui me séparent de celui où je pourrai me débrouiller sans personne. Je suis quasi mûre pour l'université.

– Sûrement pas, s'exclame Alison. Elle va adorer. On peut pas trouver de colo plus chouette qu'ici.

– Qu'est-ce que t'en sais ? demande Morgan. T'as jamais été ailleurs.

– Toi non plus !

La blonde, la blonde canon, devrais-je préciser, me tapote le bras.

– Moi, c'est Caniche.

– C'est notre poulette californienne, ajoute Alison. Elle aussi, elle vient ici depuis des lustres.

– Caniche ? je ne peux pas m'empêcher de relever.

C'est un nom typiquement californien ? Je savais qu'ils étaient branchés New Age là-bas, mais de là à porter un nom d'animal !

– C'est le surnom que m'a donné ma chef de section le premier jour, quand j'étais Koala.

– Elle avait les cheveux tout fous à l'époque, explique Morgan en ébouriffant les cheveux de son amie.

– Sympa, ton haut, me lance Caniche. Tu l'as fait faire spécialement ?

Yes !

– Ouais, bien sûr, dis-je en me retournant. Le short aussi.

Caniche sourit.

– Génial.

– Alors, c'est quoi ton vrai nom ? je lui demande.

– Jan, mais personne ici ne m'appelle comme ça. Même mes amis en Cali m'appellent Caniche.

Caniche a vraiment l'air de venir de Cali. (Hmm, est-ce que je peux dire Cali même si je ne suis pas de là-bas ? Ça sonne trop cool. J'aimerais bien être de Cali. Peut-être que je pourrais m'installer en Cali ?) D'abord, elle est grande, elle dépasse même Alison. Ensuite, c'est une vraie blonde (enfin, il me semble). Et elle a des yeux bleus immenses, les bras et les jambes bronzés juste comme il faut, dévoilés par son mini-short rose et son débardeur blanc. Sa mère est sûrement une actrice super-connue.

– On t'a gardé un lit, dit-elle à Alison.

Et s'il ne restait plus de lit pour moi ? Non, c'est ridicule ; il doit bien y en avoir un par personne, hein ? Et de toute façon, je peux toujours m'en zapper un. Évidemment, ça pourrait créer une certaine confusion.

Il y a deux portes en bois vertes, sur lesquelles sont respectivement inscrits à la peinture noire « 14 » et « 15 ». J'entre à la suite des autres filles par la porte de gauche, la « 14 », directement dans une minuscule pièce carrée.

– Nous y sommes, déclare Alison. Dortoir 14, notre doux foyer.

Je parcours du regard mon nouveau (sur « doux », le jury ne

s'est pas encore prononcé) foyer. Les murs du dortoir sont lambrissés de faux bois beige entièrement recouvert de noms et d'années gribouillés en noir et en rouge. *Michael Solinger était ici – juin 95 !, Farrah et Carrie PP ! Lynda. D aime Jon. C.*

Le soleil pénètre à flots par les grandes baies vitrées qui donnent sur la véranda, illuminant la pièce. Les deux ampoules qui pendent du plafond blanc ne sont même pas allumées. Juste en face de l'entrée, il y a une ouverture vers ce qui ressemble à un gigantesque placard, mais mes pieds sont trop scotchés au plancher gris foncé pour que j'aille voir.

Scotchés parce que je suis terrorisée.

De part et d'autre de l'entrée qui mène au placard se trouvent des lits métalliques superposés, accolés au mur.

Personne n'avait parlé de lits superposés. Il n'y avait pas de lits superposés dans la brochure. Je ne peux pas dormir dans un lit superposé. C'est beaucoup trop loin du sol.

Coincé entre les deux fenêtres, il y a un seul lit simple déjà (surprise, surprise) réservé par un édredon rose et des oreillers froissés. On a accroché au montant métallique un petit ventilateur argenté qui envoie de l'air sur le territoire, comme qui dirait « marqué ».

– Carly, qu'est-ce que tu fais ? demande Alison à une fille brune, qui fait apparemment des abdos sur un drap de bain au beau milieu de la pièce.

– Quarante et un, quarante-deux... compte la fille. Je fais mes abdos... quarante-quatre... Attendez, j'arrête à cinquante... Quarante-sept, quarante-huit, quarante-neuf, cinquante. (Elle fait une galipette arrière sur la serviette.) Ayé. J'ai un nouvel objectif. Si je fais cinquante abdos tous les jours, j'aurai le ventre plat d'ici la fin de l'été.

46

Alison s'accroupit pour serrer Carly dans ses bras.

– T'es toujours frappadingue, je vois.

– C'est pas vrai, je suis juste grosse.

– T'es pas grosse ! Frappadingue, je te présente Rachel. Rachel, Carly.

– Salut, dis-je.

Comment est-ce que je vais me rappeler tous ces nouveaux prénoms ? Il faut que je trouve des trucs. Par exemple, Carly est allongée par terre en train de faire des abdos le premier jour du camp. Alison pense qu'elle est dingue, donc je vais l'appeler Cinglée, parce que c'est la même initiale que Carly, ce qui me... confusionne.

Je crois que je vais laisser tomber cette technique.

– Salut, répond Carly en secouant sa serviette.

Elle l'étend sur le garde-corps d'une couchette du haut. Puis elle se hisse sur le lit et pousse au moins dix ours en peluche pour se faire une place.

– Rachel, t'es dans le lit au-dessus de moi, puisque c'est tout ce qui reste, dit Alison en déposant son sac à dos sur le lit du bas. Sauf si tu veux le lit du bas ?

Un peu que je veux son lit. Mais je ferais sans doute mieux de ne pas le demander.

– Non, je suis bien en haut, je mens.

Super de cohabiter avec Alison, moins super de dormir en bas. Quelles sont les chances pour que je dégringole au milieu de la nuit et que je me rompe le cou ? Je pourrais peut-être me zapper un filet invisible.

Morgan a fait son lit sous celui de Carly. Elle a un édredon Betty Boop et un calendrier assorti sur son mur. J'aimerais bien avoir apporté quelque chose d'un peu plus marrant qu'une vieille couverture grise rasoir et des draps blancs quelconques.

Le lit simple, le rose plein de fanfreluches, semble être celui de Caniche. Elle est à genoux dessus, en train de punaiser des photos de mecs torrides sur son mur.

Je regarde autour de moi, cherchant la fille brune mal élevée qui a manqué de me flanquer par terre, et suis soulagée de ne pas la trouver.

– Il y a cinq filles par dortoir ? je demande. Cinq lits, ça fait bien cinq filles, non ?

– Non, dans le 15, il y en a six, m'explique Alison. Ils installent les lits et les dortoirs en fonction du nombre d'inscrits. L'année dernière, toutes les filles de notre âge étaient regroupées dans le dortoir 4 parce qu'on était huit, mais cette année, on est onze, et ils nous ont réparties entre les dortoirs 14 et 15, qui communiquent par le vestiaire, là, derrière.

Elle désigne l'ouverture entre les lits superposés.

– On devait être six, intervient Caniche. J'avais convaincu ma copine Wendy de venir, mais elle a obtenu un petit rôle dans un pilote de NBC et elle a décidé de l'accepter et de rester en Cali.

– Elle a du bol, soupire Carly.

– Caniche aussi, dit Morgan, parce que du coup elle a un lit simple.

Alison s'assied sur le fameux lit à part et s'adosse au mur.

Comme je ne sais pas très bien quoi faire de moi, j'attrape la bombe de désinfectant posée sur une des étagères vides, escalade l'échelle marron qui n'a pas l'air si robuste que ça, et vaporise tant et plus avant de déposer mon sac à dos sur le matelas défoncé et taché. OK. Je me suis approprié un lit. Je ne vais pas dormir par terre (sauf si je tombe, évidemment).

Et maintenant ? Je m'assieds au bord en essayant d'ignorer le craquement sonore, et je laisse pendre mes jambes à l'extérieur de mon matelas à l'aspect peu ragoûtant.

Trop. Flippant.

Il va falloir que je zappe les lits superposés en deux lits simples. C'est sûr qu'on va être un peu à l'étroit, mais si j'arrive à coincer le lit supplémentaire dans l'angle, je pourrai tout faire tenir. Je vais évidemment attendre qu'il n'y ait personne avant de me lancer dans la décoration d'intérieur façon Sabrina.

– Hello, les miss, claironne une nouvelle arrivante depuis l'entrée du fond.

Alison saute de son lit.

– Cece !

Les deux filles se jettent dans les bras l'une de l'autre.

– T'as des bagues ! hurle Alison.

Cece referme la bouche et marmonne :

– Je les hais.

– Elles sont trop chou.

– Comment des bagues peuvent être chou ? ! J'ai des rails en travers de la figure. Je suis monstrueuse. Je veux pas en parler. Je sourirai pas de l'été.

– Allez !...

– C'est vrai, dit Cece. En tout cas, je suis triste de pas être dans le même dortoir que toi cet été.

– On est pratiquement dans le même. Ils communiquent.

– C'est pas pareil et tu le sais très bien. On sera pas à la même table à la cantine et on n'aura pas toutes les activités en commun.

– Cece, crie une voix de l'autre côté de la cloison.

– À plus, lance-t-elle en disparaissant par l'ouverture, bousculant une fille plus âgée en chemin.

– Hello, mes mésanges, chantonne la vieille, qui entre d'un pas nonchalant en tapant dans ses mains. Bienvenue ! Prêtes à faire la fête ?

Mes camarades de dortoir chahutent.

– Deb ! s'exclament-elles.

Caniche saute au cou de la monitrice.

– Tu nous as manqué.

Après avoir dit bonjour à toutes les filles, Deb se dirige vers mon lit.

– Salut, toi ! Bienvenue à la colo.

Elle a des cheveux blond sale retenus en arrière par un bandana à carreaux rouges et noirs, noué sur la nuque. Vue de près, je remarque qu'elle a de grands yeux, de grandes dents blanches et un grand sourire.

– T'as eu du bol, déclare-t-elle. Ce côté-ci du bungalow est rudement mieux que l'autre.

Les filles chahutent de plus belle.

– Je parie que Penelope est en train de dire la même chose aux nouvelles du 15, se moque Morgan.

– Je te ferai savoir qu'Anthony m'a laissée choisir de quel côté je voulais être et que c'est vous que j'ai choisies, les meufs.

– L'année dernière, quand on était toutes dans le même dortoir, on avait Penelope et Deb comme monos, m'explique Alison. Franchement, Deb, ça m'étonne que t'en aies pas marre de nous. Je pensais qu'après l'année dernière, tu demanderais des Koalas.

– Je pourrai jamais en avoir marre de vous, les filles !

– Nous, on en a eu marre de toi, grogne Morgan.

50

Elle est assise en tailleur sur son lit du bas et a envoyé promener ses sandales.

Deb s'installe à côté de Morgan et commence à lui tapoter le bras.

– Fais voir un peu ces bonnets C dont tu t'es vantée par e-mail.

Morgan bombe le torse.

– Pas mal les nichons, hein ?

Eûrk, elle l'a encore dit !

– Plutôt.

Deb bombe la poitrine à son tour.

– Mais pas aussi gros que les miens.

– Deb, t'as cinq ans de plus. J'espère bien que les tiens sont plus gros. Mais les miens vont devenir énormes, rétorque Morgan. Tu verrais les bikinis que j'ai achetés. Ils ont tous des coussinets invraisemblables. Will Kosravi pourra pas faire autrement que de se pâmer de désir pour moi.

Je manque d'avaler ma langue. Elles sont en train de parler de mon Will !

– Continue à baver, Morgan, mon chou, se moque Deb. Premièrement, il fait partie de l'encadrement, et l'équipe d'encadrement n'a pas le droit de sortir avec les campeurs. Deuzio, il m'a dit pendant la réunion préparatoire qu'il avait une petite amie sérieuse chez lui.

Le visage tacheté de son de Morgan se décompose sous l'effet de la déception.

– C'est pas possible ! Qui ça ?

Deb hausse les épaules.

– Je me rappelle pas son nom.

– C'est Kat, j'interviens.

Tous les regards se tournent vers moi.

Morgan met ses mains sur ses hanches.

– Qu'est-ce que t'en sais ?

– Heu, je connais assez bien les frères Kosravi.

– Vous êtes dans le même lycée ? s'enquiert Caniche, sans interrompre son punaisage.

Et comment !

– Uh-huh.

Je dois être écarlate, parce que Morgan demande :

– T'es sortie avec Will ?

En même temps que Caniche demande :

– T'es sortie avec Raf ?

C'est marrant qu'elles posent la question.

– Heu, plus ou moins.

Alison lève la tête vers moi.

– Avec lequel ?

C'est là que ça devient bizarre.

– Les deux ?

Mes quatre nouvelles camarades en laissent tomber leur mâchoire. Tout comme la mono.

– T'es sortie avec Raf *et* Will Kosravi ? s'écrie Carly.

– Plus ou moins.

Alison siffle.

– T'es une sorte de légende.

Même Caniche écoute avec attention à présent.

– Lequel embrasse le mieux ?

– Les filles, vous feriez mieux de défaire vos bagages au lieu de ragoter, se ressaisit Deb. On dîne dans une heure et je compte bien voir cet endroit parfaitement en ordre d'ici là, OK ? Filez au vestiaire.

Je descends de mon lit, heureuse de ne pas avoir à répondre. Car hélas je ne connais pas la réponse. Raf et moi, on ne s'est pas *réellement* embrassés. Désolée, je me corrige : Raf et moi, on ne s'est pas *encore* embrassés.

Quand je me rends compte que mes colocs et ma mono quittent toutes le dortoir pour le vestiaire, je saisis l'opportunité de régler le problème de mon lit superposé. Si je laisse les choses en l'état, je finirai sûrement par tomber au milieu de la nuit et me fracasser le crâne.

J'attends quelques secondes, et je cours vers le coin opposé, où personne ne peut me voir. Malheureusement je n'ai pas A^2 avec moi. Mais au bal de fin d'année, j'ai mis au point mon propre sortilège, et apparemment ça fonctionnait, donc...

Je m'éclaircis la voix, ferme les yeux, concentre ma Force et psalmodie :

Superposés, séparez-vous.
Deux lits à part valent mieux pour nous.

L'air est comme aspiré de la pièce et je fais un bond sur place tandis que la structure métallique se met à trembler. Ça marche !

Le lit superposé oscille maintenant comme un fauteuil à bascule.

Gling ! Gling ! Gling !

Oh-oh...

Soudain, dans un bruit de feu d'artifice, le cadre du lit se fend en deux et le lit supérieur s'écrase en dessous sur le lit d'Alison.

53

Aïe, j'imaginais deux lits simples parfaitement construits, et non pas un lit superposé scié en deux. J'avais prévu d'expliquer aux filles que quelqu'un d'un autre dortoir avait eu un besoin urgent du lit superposé, et que j'avais accepté de mauvaise grâce de l'échanger contre deux lits simples...

Ouais, mon plan n'était visiblement pas tout à fait au point.

– Qu'est-ce qui s'est passé ? demande Caniche en se précipitant dans la pièce avec Deb et Carly.

– Ômondieu, mon lit ! hurle Alison derrière elles.

– Rachel, ça va ? T'aurais pu être tuée !

– Si ça s'était produit pendant votre sommeil, vous auriez pu être tuées *toutes les deux*, renchérit Deb, les yeux écarquillés.

– Ça va bien, ça va bien, je leur réponds d'un air penaud.

– Je vais appeler le bureau et leur dire qu'il nous faut un nouveau lit superposé fissa, dit Deb. Je vais en plus leur faire inspecter tous les autres lits pour vérifier s'ils ne présentent pas de danger. Ça fait des années que je viens ici, et j'ai jamais vu une chose pareille !

Qu'est-ce que je peux dire ? Qu'elle n'avait jamais eu affaire à une sorcière auparavant ?

Encore un truc que je ne peux pas mettre sur le dos de Tigrou.

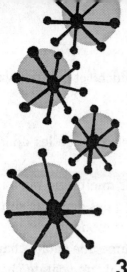

3
L'ART DE DÉFAIRE
SES BAGAGES

Une fois que tout le monde s'est calmé, j'explore le reste du bungalow. Le vestiaire est un vaste espace rectangulaire rempli de – vous l'avez deviné – casiers en bois. Certains des casiers sont déjà remplis de vêtements, quoique la plupart sont vides. Des sacs s'amoncellent au milieu de la pièce.

ÔmonDieu. C'est une plaisanterie. Je dois me changer ici et me balader nue devant toutes ces étrangères ? Elles vont voir ma difformité !

Je jette un coup d'œil furtif dans le dortoir numéro 15. Au lieu de deux lits superposés et un lit simple, il comporte trois lits superposés.

Le vestiaire donne sur les sanitaires, et ça tombe bien, il faut absolument que j'aille aux toilettes.

Yes, les toilettes ! Je peux me changer là-dedans, non ?

Je me faufile au milieu des filles et des sacs et me glisse à l'intérieur. Il y a trois cabinets à ma gauche et quatre lavabos sur ma droite.

Mais où sont les douches ?

Il y a un rideau blanc au bout. Espérant que les douches sont de l'autre côté, je tire le rideau.

– On n'entre pas ici, dit sèchement une brune plus âgée, qui fait apparemment la sieste sur l'un des deux lits simples qui se trouvent là. C'est la chambre des monos !

Le rideau s'échappe de ma main comme une patate chaude. Non pas que je m'amuserai jamais à tenir une patate chaude dans ma main. D'où sort cette expression, de toute façon ? La fille doit être Penelope, la monitrice du dortoir numéro 15. Une bonne chose que je sois tombée sur Deb.

– Désolée, je marmonne.

Je me rappelle vaguement qu'Alison a mentionné des douches à l'Alpage. Est-ce que ça veut dire qu'il n'y en a pas dans les bungalows ?

Je me retire dans l'une des cabines. L'une des minuscules cabines. Je verrouille la porte, couvre la lunette avec du papier toilette tout fin, me cogne les genoux contre la porte, et fais pipi.

Je lis aussi tous les graffitis sur la paroi. Apparemment, Linda D. est toujours amoureuse de Jon C.

Une fois que j'ai fini et que je suis ressortie de la cabine, je m'adresse un sourire dans le miroir, pompe un peu de savon dans mes paumes, me lave les mains, puis les sèche avec la serviette noire d'une autre et regarde autour de moi. Je crois que je commence enfin à trouver mes repères. Le bungalow est conçu en T. D'abord on a les deux dortoirs, qui donnent tous les deux sur le vestiaire, lequel donne sur les sanitaires, lesquels donnent sur la chambre des monitrices.

No problemo. Maintenant, retour au vestiaire.

Ou plutôt devrais-je dire, dans la zone sinistrée.

Il y a des sacs, des vêtements et des filles partout. J'essaie de faire la sourde oreille aux jacasseries (« Mon derrière a trop grossi en un an ! », « Il faut que tu voies mes adorables chaussures de jogging », « Tu t'es fait percer le nombril ? ») tout en localisant mes deux sacs. Bien évidemment, j'en déniche un sous une pile d'autres et manque de me casser un bras en l'extrayant de là.

Je ne comprends pas comment on peut attendre de moi que ce casier reste bien rangé. Honnêtement. Comment suis-je censée entasser...

8 tee-shirts

3 shorts

2 jeans

2 bas de survêtement

1 pantalon noir (nettoyage à sec uniquement, donc ferais mieux de ne pas le salir)

2 chemises à manches longues

2 sweat-shirts

12 paires de chaussettes

12 petites culottes

8 soutiens-gorge

3 maillots de bain

1 veste en jean

1 paire de baskets

1 paire de tongs

1 paire de jolies sandales à brides noires

9 serviettes de toilette (3 mains, 4 plage, 2 douche)

1 taie d'oreiller de rechange

2 draps de rechange pour lit simple (1 drap simple et 1 drap-housse, tous les deux blancs et rasoirs)

2 sacs à linge sale

1 écran d'invisibilité, autrement dit un parapluie enchanté (ça n'a pas été une mince affaire que de le soustraire au regard fureteur de ma mère, laissez-moi vous le dire. Encore que ce soit une bonne chose qu'il ne devienne invisible qu'au moment de cacher quelqu'un. Comment je mettrais la main dessus, sinon ?)

1 robe de chambre

... dans un espace de la taille de mon casier du lycée ? Ce qu'il me faut, c'est une espèce de sortilège de rangement. En attendant que la pièce soit déserte, je me remue les méninges pour trouver des rimes. Non pas que les sortilèges doivent nécessairement rimer, mais tous les sorts les plus cools du A^2 sont en vers, et il n'est pas question que je prenne un risque avec ma garde-robe. Bon, qu'est-ce que j'essaie ? Je veux que mes vêtements soient impeccablement pliés. Comme sur une étagère dans une boutique. Qu'est-ce qui rime avec zap ?

Clap ? Vapes ? Sapes ?

C'est ça ! J'ouvre mon sac et fourre tout mon barda dans le casier ; ensuite, une fois que la pièce s'est considérablement vidée, je me poste devant mon casier, pile en face (pour empêcher d'éventuels regards indiscrets), ferme les yeux, me concentre, plonge mes mains dans le casier et agite les doigts :

58

Par ce sort, faites que mes sapes
Aient l'air net tout comme chez Gap !

Revoici le courant d'air glacé... et hop !

Je recule d'un pas et admire mon œuvre. ÔmonDieu ! Mes vêtements sont pliés en carrés impeccables et, d'enfer !, rangés par couleur. Du plus clair au plus foncé, comme un arc-en-ciel.

Yes !

Je déplie un haut bien aplati. C'est un col en V à manches courtes rayé vert pâle et blanc. Il n'est pas à moi. Il ne comporte pas l'étiquette à mon nom obligatoire au camp. Une étiquette de prix pendille au cou à la place.

Hum... est-ce que je me serais zappé des vêtements neufs ?

Je jette un regard empli de regret vers mon sac de voyage désormais vide. Où passâtes-vous, ô jeans préférés ? Qu'est-ce que je vais faire ? Est-ce qu'ils ont tous disparu à jamais ? Même mon mignon nouveau bikini ?

Quoique... peut-être que ces vêtements-là sont encore mieux ! Des fringues de créateurs ! Je secoue le tee-shirt, tout excitée.

Un coup d'œil à l'étiquette m'apprend que ce haut est pour femme, taille L. Je fouille à la recherche d'un article qui puisse m'aller.

Ah ouf ! Voici quelque chose de plus petit. *Nettement* plus petit. C'est une robe en jean pour fille avec un lacet en cuir, taille 1.

Taille 1, pour bébé.

J'ai dit Gap, pas BabyGap, non ?

Je fourrage désespérément dans mon casier, en quête de

quelque chose – n'importe quoi – de mettable. Une jupe de grossesse en lin ? Non. Un treillis militaire pour homme ? Non plus. Un caleçon d'homme à carreaux noirs et blancs ?

Absolument hors de question.

J'aimerais bien récupérer mes vieilles affaires. Mais comme le monde de la magie a l'air d'aimer les échanges, mes vêtements sont probablement entassés dans le plus grand désordre sur une étagère dans un centre commercial de banlieue.

Je suis en train de faire mon lit – le nouveau (la couchette du haut, flambant neuve, d'un lit superposé, ô joie) – quand une voix surgit du ciel.

« Attenfion, attenfion, campeurs et moniteurs ! Attenfion, attenfion, campeurs et moniteurs ! Veuillez vous dirizer à présent vers le réfectoire pour le dîner. »

– C'était quoi, ça ? je demande.

– C'est Stef, répond Alison.

– Ou encore Ftef, s'esclaffe Morgan.

– Sois pas méchante, la gronde Alison. C'est pas sa faute si elle zozote.

– Tu veux dire fi elle a un feveu fur la langue ? dit Morgan.

– Stef est la sœur du dirlo, explique Alison. Elle s'occupe de l'administratif et fait les annonces depuis des années.

Je baisse les yeux sur mon nouveau jean Gap (dont j'ai roulé le bas deux fois parce qu'il est deux fois trop long) et sur mon tee-shirt trop moulant au profond décolleté. Les filles

60

me regardent d'un air bizarre, mais je ne peux rien y faire – il faut que j'obtienne de Miri qu'elle se pointe avec un sortilège d'annulation, ce dont elle est capable, avec un peu de chance... si elle en a emporté un au camp. J'avais plutôt dans l'idée de me montrer à mon avantage lorsque j'apercevrais Raf pour la première fois, mais c'est ce que je peux faire de mieux.

Me changer devant toutes les autres filles a été une expérience super-humiliante. Elles ont toutes ôté leurs vêtements comme si elles jouaient dans une espèce de film de colo porno. Je fixais le sol poussiéreux et me suis changée en vitesse avec des gestes rageurs.

– On se bouge un peu, les filles ! braille Deb tout en arpentant notre dortoir.

Je suis mes camarades sur la véranda puis le long de l'allée de gravier bordée d'arbres en direction du réfectoire. En chemin, nous passons devant quelques bungalows verts sur notre droite, et longeons le lac sur notre gauche. Même quand il est calme, le lac me fait peur. Tout comme les voiliers amarrés. Il faudra sans doute que je fasse part à Deb de mon inexpérience nautique à un moment ou à un autre. Mais à chaque jour suffit sa peine. Tout d'abord, il faut que je parvienne au réfectoire.

Assourdissant et impressionnant, le réfectoire. Un vrai chaos.

La table réservée à notre dortoir est tout au fond, près de la fenêtre sur l'arrière. La cuisine est près de l'entrée.

– Pourquoi est-ce qu'on est aussi loin de la bouffe ? je demande.

– Les Lions s'assoient tous à l'arrière, répond Alison.

Les murs lambrissés sont décorés de plaques peintes à la main qui me font regretter de ne pas venir à la colo depuis toujours. *Match Armée-Marine, Guerre des Couleurs 1975. Match Empire-Rebelles, Guerre des Couleurs 1989. Match Années 50-Années 60, 2001.* J'ai entendu dire que la guerre des couleurs est une sorte de parodie des Jeux olympiques, mais je n'y ai encore jamais participé. Trop fort !

Je prends conscience que je vais voir Raf d'une minute à l'autre. J'inspire profondément et essaie de penser à autre chose.

En atteignant notre table, qui est juste à côté de celle du dortoir 15, je me faufile sur le banc placé sous la fenêtre pour pouvoir garder l'œil sur Celui-sur-lequel-il-ne-faut-pas-que-je-fasse-une-fixette. Sur la table se trouvent un tas de couverts, une pile d'assiettes en carton, une tour de gobelets en plastique, deux carafes jaunes remplies d'une espèce de liquide mauve, un panier de tranches de pain, et un autre de mini-barquettes de beurre de cacahuète et de confiture.

– Tu veux du jus de punaise ? me propose Carly depuis l'autre bout de la table.

J'imagine qu'il s'agit du jus violacé que contient la carafe et non d'une espèce de milk-shake infâme.

– Oui, merci.

Mon estomac gargouille, je chope un morceau de pain. Je me demande où sont les plats quand je repère Deb dans la longue file des monos qui se rendent en cuisine. Quand elle en revient enfin, elle pose deux grands plats en plastique au centre de la table, l'un plein de macaronis au fromage fumants, l'autre de salade. Alison et Caniche se lèvent d'un bond pour se servir.

Et c'est là que je l'aperçois. Raf. Mon souffle s'égare quelque part entre mes lèvres et mes poumons. Je crois que je l'ai avalé. Il est toujours brun et beau gosse et mince et beau gosse, et beau gosse, je l'ai déjà dit ? Ses cheveux bruns ont l'air doux, on a envie de les toucher. Il n'a pas changé, mais il se présente dans sa version été en fin tee-shirt blanc, qui laisse entrevoir ses bras minces et musclés, short kaki et tongs bleu marine, qui dévoilent ses jambes minces et musclées.

Il se tient sur le pas de la porte, et parle avec un type blond au look débraillé d'environ notre âge tout en balayant la salle du regard.

Est-ce qu'il me cherche ? Ça se pourrait bien. Je vous en prie, dites-moi qu'il a rompu avec Melissa parce qu'il m'aime. C'est sûrement ça. Forcément. Je vous en prie, dites-moi qu'il me cherche. Peut-être que je devrais lui faire signe.

Nan, je ne veux pas être aussi lourde. Mais je veux qu'il me voie. Mais je ne veux pas qu'il pense que je le cherchais, moi. Mais je veux qu'il pense que je suis contente de le voir. Pas trop tout de même.

Pense à autre chose, pense à autre chose, pense à autre chose...

Contact ! Yes ! Nos regards se sont croisés ! Il me voit ! Mon Dieu, il sourit ! Il se dirige vers moi ! Je fais mine de me lever.

– Plus un geste ! crie Deb.

Hein ? Autour de la table, mes quatre camarades de dortoir sont figées sur place. Oui, pétrifiées. Comme si elles participaient à un spectacle télévisé et que quelqu'un venait d'appuyer sur la touche « Pause » de mon lecteur DVD. Carly est en train de mâcher une bouchée beurre de cacahuète-confiture. Alison est en train de se servir de macaronis au fromage.

Je dois avoir l'air perplexe, parce que Deb ordonne :

— Rachel, plus un geste !

Suis-je sous mandat d'arrêt ? Je ne bouge plus, au cas où. Étant donné que je me levais pour dire bonjour à Raf, ce n'est pas facile. Raf, de son côté, rigole en me voyant, et articule : *On se parle plus tard.*

Non, non, non. Parle-moi maintenant ! J'y étais presque !

— Quand un mono crie « Plus un geste », tu ne fais plus un geste, explique Deb. Le premier qui bouge doit s'y coller.

Je ne sais pas ce que signifie « s'y coller », mais dans la mesure où mes quatre camarades de dortoir conservent leur posture figée, je suppose que c'est quelque chose que je n'aimerais pas avoir à faire. Alors je garde la pose.

Malheureusement, rester clouée sur place devient de plus en plus douloureux. J'ai l'impression d'être en plein milieu d'une de ces positions accroupies qu'on nous force à garder en cours de gym.

Caniche était sur le point de se verser un verre, et sa main tremble à force de porter la carafe. Carly est toujours en pleine bouchée beurre de cacahuète-confiture. Deb balance une assiette en carton à la tête de Caniche.

Mon fessier est considérablement endolori. Faut que je m'assoie. C'est fini maintenant ? Quand est-ce que quelqu'un va se décider à bouger ?

Deb ouvre alors l'une des confitures à la fraise, y plonge son doigt et l'essuie sur le nez de Morgan.

Morgan craque.

— C'est toi qui t'y colles ! lui dit Deb, qui se tord de rire.

Les autres filles se remettent en mouvement. Je repose mon arrière-train sur le banc (ahhhhhhh !...) et demande :

— Ça veut dire quoi exactement, s'y coller ?

– Débarrasser la table, m'apprend Alison, en retournant à ses macaronis au fromage. Les monos crient « Plus un geste » à chaque repas. Le premier qui bouge s'y colle. Ou alors ils font le « cochon ». C'est quand ils font ça – de son index, elle retrousse le bout de son nez – et le dernier à les imiter s'y colle.

C'est comme d'emménager dans un nouveau pays et de devoir apprendre les coutumes locales.

Après m'être servie de salade et de macaronis au fromage, je lance un regard vers la tablée de Raf (à trois tables de la mienne). Est-ce le bon moment pour aller dire bonjour ? Sans doute pas, vu qu'il est en train d'engloutir son propre repas. Bon alors quoi ? J'attends qu'il m'adresse la parole ? Est-ce que j'y vais devant tout le monde ? Je ne veux pas déranger. Et s'il se contente de me toiser comme si j'étais cinglée ? Et s'il ne nous imagine pas en couple ? Et si on passe l'été entier à échanger des messages sans jamais réussir à se joindre, et que je ne lui parle plus jamais ?

J'essaie de me contrôler et de ne pas le dévisager. Je ne veux pas que tous ses camarades de chambrée aillent se demander qui est la maboule-qui-le-dévisage.

Pense à autre chose, pense à autre chose, pense à autre chose...

– Ketchup ? me propose Alison, coupant court à ma panique.

– Non merci.

Miri a l'habitude de mettre du ketchup sur ses macaronis au fromage. Pas moi : c'est infect.

Le temps que j'aie fini de dîner, Morgan est déjà en train de ramasser les assiettes en carton et de les jeter à la poubelle. Ma sœur l'environnementaliste ne va pas apprécier.

Soudain, on me tape sur l'épaule. Raf ?

Miri.

– Coucou. Fais-moi une place.

Je me décale pour qu'elle puisse se glisser à côté de moi.

– Salut ! T'as aimé le dîner ?

Elle secoue la tête.

– La quantité de carton qu'ils gâchent, j'en reviens pas.

– Je savais bien que ça risquait de te contrarier.

– Ça devrait t'ennuyer aussi, réplique-t-elle, en prenant une gorgée de mon jus de punaise.

C'est possible, mais mon cerveau est trop occupé par l'idée que Miri peut se bouger les fesses pour venir me dire bonjour et pas Raf. Je veux dire, j'ai vu Miri cet après-midi et Raf ne m'a pas...

Raf est debout juste en face de moi de l'autre côté de la table, derrière Carly :

– Salut.

Je ne peux ni parler ni respirer. Qu'est-ce qui me prend ? Ça fait tellement longtemps que j'attends ce moment, que j'anticipe toute la conversation. Vraiment. Je l'ai tout écrite dans ma tête. Je vais jeter mes longues tresses brunes d'un air désinvolte par-dessus mon épaule et dire bonjour d'un ton aussi dégagé que possible, puis je demanderai « Alors, quoi de neuf ? » de manière tout aussi désinvolte. Il me déclarera ensuite sa flamme éternelle et me prendra dans ses bras et m'embrassera avec tant de fougue que...

– Rachel ? Tu vas bien ?

Ce n'est pas le moment de rêvasser, Rachel ! Le moment est venu de prendre la parole, Rachel ! Ce n'est pas le moment de parler de soi à la troisième personne, Rachel !

66

– Salut, Raf ! je réponds d'une voix de souris.

– Alors, qu'est-ce que tu penses de ta première journée de colo ?

– Super. Cool. Bien.

Et alors, qu'est-ce que ça peut bien faire si je n'arrive à m'exprimer que par monosyllabes ? Au moins je parle. Malheureusement, mon dortoir est tout entier suspendu à la conversation.

– T'as aimé les macaronis au fromage d'Oscar ? m'interroge-t-il.

– Oscar ?

– Le chef. Il est chef ici depuis au moins vingt ans.

– Oh ! oui. Gratinés.

Brillant, Rachel.

Raf salue de la main les autres filles de la table.

– Mesdames, bonjour.

– Alors, depuis quand est-ce que vous vous connaissez tous les deux ? demande Alison, la bouche pleine.

– Rache et moi, c'est une longue histoire.

– Elle connaît aussi ton frère, à ce qu'on a cru comprendre, dit Morgan.

Les pommettes de Raf virent au rose.

Va peut-être falloir que je change Morgan en punaise. Ou, mieux encore, en jus de punaise. Elle a mis le sujet Will sur le tapis, j'en reviens pas. Mais je n'en reviens pas non plus d'être sortie avec Will, même si c'était par accident. J'espère que Raf ne laissera pas cette affaire s'interposer entre nous. Je sais que ça me rendrait malade si Raf sortait avec Miri.

Au fait. Miri.

– Raf, tu connais ma petite sœur, Miri ?

Il lui adresse un sourire.

67

– Non, je crois pas. Waouh, c'est fou ce que vous vous ressemblez, les filles.

Une bonne chose, n'est-ce pas ? Miri est adorable. Nous rougissons de concert.

– Je t'ai vu dans le défilé de mode avec Rachel, déclare Miri.

S'ensuit un silence embarrassé, vu que j'étais, heu... redoutable pendant le spectacle. Miri, qui a manifestement pris conscience de sa gaffe, marmotte :

– Je ferais mieux de retourner à ma table. J'ai promis à la mono que j'en avais pour une minute.

– Moi aussi, dit Raf.

– Hé, Raf, comment ça se fait que t'étais pas dans le car aujourd'hui ?

ÔmonDieu, je ne peux pas croire que je viens de demander ça ! Une personne cool n'aurait jamais posé la question. Une personne cool n'aurait même pas remarqué qu'il n'était pas dans le car.

– Je suis venu en voiture avec Will. Les monos avaient leur soirée libre hier après la réunion préparatoire, alors il est retourné en ville pour voir Kat. Enfin bref. Rache, je te vois plus tard.

J'adore qu'il m'appelle *Rache* !

– Cool. À plus tard.

À plus tard. Je vais voir Raf plus tard.

Je ne vais même pas penser à ce qu'il entendait par *plus tard*. Je vais me la jouer cool.

La, la, la. La.

Mais est-ce qu'il voulait dire plus tard comme dans « dans cinq minutes », plus tard demain, ou plus tard genre il passera me dire au revoir le dernier jour ?

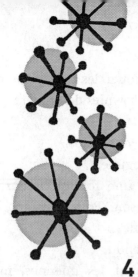

4
FAITES TOURNER
LES MARSHMALLOWS

Quartier libre après dîner. Nous retournons traîner au bungalow pour y manger des chips goût barbecue, des brownies, et des M&M's.

— C'est pour quand, les activités ? je demande tandis que ma main devient multicolore au contact des bonbons.

Je suis allongée sur le lit d'Alison, les pieds en l'air appuyés sur l'échelle.

— Ou est-ce qu'on passe l'été à ne rien faire et à manger ?

— Le premier jour, c'est toujours la journée faisons-mieux-connaissance, explique Morgan. Et ne t'habitue pas trop aux cochonneries. Ils nous les laissent pendant deux jours, et après ils jettent le reste.

— Ils ne jettent rien, dit Alison. Ils emportent le reste dans un grand sac-poubelle au foyer des monos, et ils piochent dedans tout l'été.

— C'est vraiment dégueulasse, soupire Caniche. J'ai hâte

qu'on soit monos et qu'on puisse piquer les provisions des petits. Alison, file-moi un autre des brownies de ta mère.

– Tiens. T'en veux un, Carly ?

Carly est par terre en train de faire des abdos.

– Non merci. (*Ouf, ouf.*) Je suis au régime.

– T'as qu'à te mettre au régime une fois qu'ils auront confisqué nos provisions, lance Alison. Pour l'instant, tu ferais mieux de profiter de ces brownies.

Carly fait mine de n'avoir rien entendu.

– Pas question qu'ils m'embarquent les miennes, marmonne Morgan. Pas question. Je vais trouver une meilleure planque cette année.

Si seulement j'avais quelque chose à planquer. Au moins, elles partagent. Je tends la main et attrape une nouvelle poignée des M&M's d'Alison.

– Est-ce qu'on ne peut pas planquer la came au fond de son sac de linge sale ou un truc comme ça ?

Morgan s'étrangle de rire.

– Arrête... C'est le premier endroit où ils regardent.

Alison acquiesce.

– L'année dernière, Anderson... Rachel, tu vois qui est Anderson ?

– Nan.

– Le meilleur pote de Raf. Enfin bref, il...

– Il se met bien trop de gel dans les cheveux, intervient Morgan.

– Bref, il a caché son portable dans un flacon de déodorant vide. Mais son mono l'a entendu sonner, et il se l'est fait confisquer.

– Je suis d'accord avec le règlement pour ce qui est des portables, dit Caniche. Ils fichent en l'air l'expérience colo.

– Attenfion, attenfion, campeurs et moniteurs ! Attenfion, attenfion, campeurs et moniteurs ! L'heure de temps libre est maintenant terminée. Merfi de vous rendre à l'Alpaze pour le tradifionnel premier feu d'camp.

– En parlant d'expérience de colo, celle-là est l'une de mes préférées ! s'exclame Alison.

Morgan sourit d'un petit air narquois.

– N'oublie pas d'emporter un fweat-firt, f'est tout.

L'école est finie.
L'été s'ra réussi.
Les moustiques sont là aussi.
V'là l'camp avec les amis.

Vu que je ne connais aucune des paroles, je peux seulement balancer la tête en rythme et taper dans les mains en même temps que les trois cent cinquante monos et campeurs. Tous chantent (c'est-à-dire crient) à pleins poumons autour de l'énorme feu de camp. Notre dortoir s'est débrouillé pour réserver des places à seulement quelques rangs du feu : même si la nuit est fraîche, les flammes me réchauffent la figure.

Anthony, le dirlo, un homme gigantesque et incroyablement séduisant au teint olivâtre, qui semble approcher de la trentaine, nous accompagne à la guitare.

71

WOOD !
Un chez-moi loin de chez moi.
LAKE !
Mon super-nouveau toit !

Je repère Miri assise avec son dortoir. Au lieu de faire semblant de chanter avec les autres, elle écrit dans un carnet. Elle écrit ! Pendant un feu de camp ! Comment peut-elle seulement voir quelque chose !

Les monos sont les meilleurs.
Mais ranger l'dortoir, horreur !
Koalas, Singes, Lions, monos-stagiaires,
Oscar, tes lasagnes sont d'enfer !

Qu'il pleuve ou qu'il fasse beau,
D'un bout à l'autre de la colo,
Nous sommes contents d'chanter,
Et on voudrait toujours rester !

À l'automne, tous on r'part,
Nostalgiques et le cœur gros.
L'compte des jours démarre
Jusqu'à la prochaine colo !

Alison et Caniche passent leurs bras autour de mes épaules et se balancent de droite à gauche, et je reprends le refrain final :

WOOD !
Un chez-moi loin de chez moi.

LAKE !

Mon super-nouveau toit !

Ovation générale. Anthony agite sa guitare dans les airs et la clameur augmente de plus belle. Même les Lions, y compris Raf, qui se tient quelques rangs derrière nous, poussent des acclamations.

– Re-bonjour à tous ! s'écrie Anthony, tandis que sa voix résonne dans l'Alpage. Ça va être un super-été.

Nouvelle salve d'applaudissements.

– Il est temps de vous présenter la nouvelle équipe d'encadrement. Nous retrouvons avec plaisir Abby, la chef des Koalas, qui reprend du service.

Tous les petits applaudissent.

– Salut, tout le monde ! dit une minuscule jeune d'une vingtaine d'années dotée d'une voix tonitruante inattendue.

Elle se tient près du feu à côté d'Anthony.

– Allez, les Koalas, allez !

Les petits lèvent tous leurs mains et poussent des hourras.

– C'est-y pas mignon ? me dit Caniche.

– Trop chou.

À la seconde session, quand la colo des tout-petits démarrera, Prissy sera assise parmi eux !

– Maintenant, on salue Mitch, continue Anthony, le mono des Singes.

Les dix, onze et douze ans poussent des hourras. Mitch est l'aîné de Will et Raf, le seul frère Kosravi avec lequel je ne sois pas sortie. Il est bien comme eux. Tout brun, songeur, et sexy.

– Les Singes vont défoncer la baraque ! annonce Mitch en brandissant un poing victorieux.

– Et tout le monde connaît Janice, poursuit Anthony, la mono de la section des Lions.

Nous autres Lions poussons des cris et des hurlements de joie.

– Salut, tout le monde, dit-elle, en se levant et en jetant autour d'elle un regard anxieux, les lèvres toujours bleues, seule mono avec un bloc-notes à la main.

– Un ban pour Houser, le chef des animateurs-stagiaires, de retour parmi nous.

Les animateurs-stagiaires se lèvent tous d'un bond et agitent les mains en donnant de la voix.

– Et pour Rose, la responsable des activités nautiques.

Soudain, silence autour du feu de camp. Sans rire, je peux entendre les grillons. Apparemment, personne n'aime Rose. Finalement, quelques-uns des maîtres nageurs et des dirlos applaudissent sans conviction.

– Elle est horrible, me chuchote Alison. Mon frère avait son poste l'année dernière, et tout le monde l'*adorait*.

Elle a près de vingt ans ; un teint clair de porcelaine, une petite bouche rose, et des cheveux blonds brillants ; et elle porte un sifflet autour du cou. Elle n'a pas l'air si terrible que ça. Mais qu'est-ce que j'en sais ?

Rose fusille du regard les campeurs.

– Heu, merci, Rose. Maintenant, merci de bien vouloir applaudir chaleureusement celle que vous n'avez pas envie de voir de l'été, le docteur Dina !

Une femme d'âge moyen avec une épaisse tignasse brune vient rejoindre la file, et on applaudit une fois de plus.

– Et pour finir, un ban pour Oscar Han, notre incroyable chef cuisinier !

Un Chinois en âge d'être grand-père vêtu d'une tenue de chef blanche se lève et agite la main.

La foule est en délire.

– Oscar ! Oscar ! Oscar !

– Il fait les meilleures lasagnes du monde, commente Alison.

Bzzz, bzzz, bzzz. Un moustique attaque mon oreille, et je le chasse d'un revers de la main. Zut, j'ai oublié de m'arroser d'anti-moustique.

Anthony nous fait taire.

– Nous sommes ici pour faire en sorte que vous passiez un été formidable. Depuis cent six ans, ce camp de vacances a été la maison de vacances de campeurs de tous âges.

Nouvelle salve de hourras.

– Mais pour que nous soyons en mesure de veiller sur vous et votre sécurité, vous devez observer le règlement.

– À bas le règlement ! s'écrie l'un des Lions, ce qui fait rire tout le monde.

– Très drôle, Blume, dit Anthony. J'espère que tu te tiendras à l'écart des bateaux cette année.

Nouvel éclat de rire général.

– L'année dernière, Blume, Raf, Colton et Anderson ont mis tous les canoës et les kayaks dans la piscine, explique Alison. Mon frère a trouvé ça trop drôle. Mais bien sûr, il a dû les zapper.

J'ai comme dans l'idée que son « zap » n'a pas le même sens que le mien.

– Et ça veut dire ?... je demande, en me tournant pour mieux observer ledit Blume.

Il est du genre dépenaillé avec ses jeans déchirés, ses tee-shirts superposés, et un chapeau porté en arrière. Il est juste à côté de Raf. Je fais vite volte-face avant que Raf me voie et qu'il pense que je suis en train de le regarder. Pas cool.

– Si on te zappe, t'es privé de sortie.

– Donc, je disais : le règlement. Lever de drapeau, poursuit Anthony, on est à l'heure. On passe les heures de repos dans son dortoir. Si on ne se présente pas à l'activité prévue, on avertit son mono. On fait ce qu'on veut pendant le temps libre, mais interdiction d'aller dans les bois, et pas de garçons dans les dortoirs des filles, et réciproquement, *sous aucun prétexte*.

– Bouh !... s'écrient les Lions.

Anthony affiche un sourire radieux.

– Pas de piscine ou de plage sans surveillance. Et les couvre-feux existent pour une bonne raison et doivent être respectés. Koalas, après l'activité du soir, vos monos vous emmèneront grignoter quelque chose et ensuite direct au lit.

– Bouh ! crient les Koalas.

– Les Singes, vous avez quartier libre, connu ici sous le nom d'Heure verte, jusqu'à dix heures moins le quart. Les Lions, vous avez Heure verte jusqu'à dix heures et quart.

Impec. Quartier libre pour sortir avec Raf !

– Pourquoi est-ce qu'on appelle ça l'Heure verte ? je demande à Alison.

– Parce que les Lions traînaient autrefois sur la pelouse.

– Quelle pelouse ?

– Ils l'ont arrachée quand ils ont construit la piscine. Mais le nom est resté.

– Et enfin, dernière règle : interdiction formelle de fumer où que ce soit dans l'enceinte du camp.

Le silence se fait dans la foule.

– Cette règle est devenue encore plus draconienne depuis l'année dernière. Comme beaucoup d'entre vous le savent, l'un de nos campeurs...

– Un Lion, il s'appelait Jordan Browne, m'indique Caniche.

– ... a introduit un paquet en douce et a mis le feu dans la poubelle de son bungalow en y jetant une cigarette allumée. La véranda a été réduite en cendres et a dû être reconstruite. Par chance, personne n'a été blessé, mais cette année nous appliquerons une tolérance zéro vis-à-vis de la cigarette. Tout campeur pris avec des cigarettes sera immédiatement renvoyé chez lui. Sans exception. Compris ?

Nous hochons tous la tête.

– Qu'est-ce qui est arrivé à Jordan Browne ? je chuchote.

Bzzz. Bzzz. Bzzz. Je chasse une nouvelle fois le moustique d'un revers de la main.

– Il n'a pas été repris comme mono-stagiaire, me répond Alison. Et ses parents ont dû payer pour les dégâts.

– Si vous avez des cigarettes ici, donnez-les aux responsables quand ils viendront récupérer vos provisions, dit Anthony.

– Pour qu'ils puissent les fumer sur le parking, ronchonne Morgan. C'est injuste qu'ils puissent fumer et pas nous.

– Tu devrais pas fumer tout court, la sermonne Alison, en tordant le nez. C'est infect.

– Je fume pas ! s'écrie Morgan. Mais je devrais pouvoir le faire si j'en ai envie.

Anthony reprend sa guitare.

– Et maintenant, à nos chansons ! Est-ce que tout le monde connaît les paroles du « Petit soldat de plomb » ?

Tout le monde connaît les paroles. Tout le monde sauf moi.

Est-ce qu'on remarquerait si je me zappais un recueil pour pouvoir suivre ?

Écoutez, mes enfants, l'histoire qui fut écrite il y a bien longtemps...

Je balaie le feu de camp et la foule du regard. Hmm, trop de gens qui regardent. Au vu de ma précédente expérience, à savoir me zapper une nouvelle garde-robe, je crois que je ferais mieux de m'entraîner un peu en privé avant de tenter de faire de la magie devant la colo tout entière.

Bzzz. Bzzz. Bzzz.

Oh, pour l'amour du ciel. *Mosquito, ZOU ! ! !*

Je sens une bouffée d'air froid, puis le petit enquiquineur disparaît en plein *bzzz* dans un nuage de fumée mauve.

– C'était quoi, ça ? demande Caniche, qui tourne brusquement la tête.

Ça a marché !

– J'ai rien vu, je m'empresse de répondre.

Je sais que je devrais avoir mauvaise conscience de l'avoir envoyé dans l'au-delà, mais ce n'est pas le cas, loin de là.

– Bizarre, dit Caniche, en agitant ses longs cheveux.

– Dingue, dit Alison.

Fantastique, me dis-je tout en me gardant bien de le dire.

– Extinction des feux dans dix minutes ! annonce Deb depuis l'entrée du dortoir. Si vous avez besoin de quoi que ce soit, je suis dans ma chambre.

– Allons nous laver, déclare Alison.

Elle s'extirpe de mon lit (sur lequel nous papotions) tandis que je descends l'échelle – non sans inquiétude.

Nous attrapons nos brosses à dents, dentifrices, serviettes, et gants de toilette sur l'étagère bleue que nous partageons, glissons nos pieds dans nos tongs, nous hâtons de traverser le vestiaire pour entrer aux sanitaires, et prenons notre tour derrière Cece, Trishelle, Caniche et Carly pour accéder à l'un des lavabos.

– Banzaï ! je hurle quand c'est enfin mon tour. Y a jamais d'eau chaude ?

– Nan.

Je manque de me geler la figure. Je me brosse les dents en vitesse, bats en retraite dans le vestiaire pour enfiler un pyj' en pilou trop grand (avec les compliments de Gap), et grimpe au lit.

– Alors, Carly, t'en es où avec Blume cette année ? demande Caniche.

Morgan commence à faire des petits bruits de baiser.

– La ferme ! ordonne Carly.

– Tu vas le laisser tomber s'il essaie encore de te rouler une pelle ? se moque Morgan.

Les filles se gondolent. Ça fait tout drôle de se retrouver

parachutée dans un nouveau groupe d'amies qui ont un passé commun.

– Je l'ai largué parce qu'il avait toujours un peu de bave séchée au coin des lèvres et que l'idée de l'embrasser me donnait envie de vomir, explique Carly, en s'asseyant dans son lit. Mais apprenez que j'ai eu un petit ami cette année, Michael Miller, et qu'il embrassait rudement bien.

– Ouh là là... fait Caniche.

– Avec la langue ? s'enquiert Morgan.

– T'es dégueulasse ! proteste vivement Carly.

Morgan rit.

– Alors, pas de langue ?

– Ça te regarde pas ! De toute façon, Blume ne m'intéresse pas.

– Tu vas lui briser le cœur, dit Alison.

Caniche hausse un sourcil.

– Et pourquoi tu ne tenterais pas le coup cet été, Alison ?

– Moi ?

– Ouais, toi. Il te plaît ?

Morgan se tourne vers Caniche.

– Pourquoi tu veux toujours jouer les entremetteuses ?

– Et pourquoi pas ?

– Et la bave ? rappelle Carly.

– Il n'a pas de problèmes de bave, affirme Caniche. Je l'ai embrassé quand on était Singes, vous vous rappelez ? C'est un amour.

– Alors pourquoi est-ce que t'essaies pas, *toi*, de te remettre avec lui ? demande Morgan.

Caniche sourit d'un air mystérieux.

– J'ai déjà quelqu'un en vue.

– Qui ça ? s'exclament-elles en chœur.

– Harris, chuchote-t-elle.

Je ne sais bien entendu pas le moins du monde qui est ce Harris ; mais je ne veux pas déranger et intervenir dans leur séance de rattrapage.

– Tu peux pas sortir avec Harris ! réplique Alison. Il fait partie du personnel. C'est un mono.

– Et alors ?

– C'est contraire au règlement, dit Alison.

– Ohhh... on s'en fiche, il n'a que dix-sept ans et y en a a plein d'autres qui le font. Il me draguait à mort au feu de camp tout à l'heure.

– C'est vraiment pas juste, se plaint Morgan. Si tu sors avec Harris, je sors avec Will.

– Alison, tu veux que je parle à Blume pour toi ? demande Caniche.

Carly a l'air troublée.

– Hé, minute !...

– Tu viens de dire qu'il ne t'intéressait pas !

– Je sais, mais quand même. C'est un peu rapide, tout ça.

– Blume ne m'intéresse pas, déclare Alison. J'aime les gar-çons plus sérieux.

Morgan pouffe de rire.

– Un intello à lunettes, tu veux dire.

– Intello tout court.

Deb met fin à leur conversation en éteignant les lumières.

– Bonne nuit, tout le monde ! s'écrie Carly.

Caniche :

– Bonne nuit, mesdames.

Morgan :

– Bonne nuit, espèces d'obsédées.

Alison :

– On n'est pas des obsédées.

Morgan :

– Je parlais de moi.

Tout le monde se met à rire.

– Teddy vous dit bonsoir, clame Carly d'une voix suraiguë.

Morgan pousse un gémissement.

– Tu vas pas te remettre à parler avec cette voix de nounours tous les soirs de l'été ?

– Bien sûr que si, elle va le faire, dit Caniche. Ça fait partie de son charme. T'as vu son nouveau nounours ? Il porte un smoking.

– C'est pas un ours, rétorque Carly. C'est un manchot.

– T'as vraiment besoin de vacances, s'esclaffe Morgan.

– Vous m'avez manqué, les filles, dit Carly.

– À moi aussi, clament les autres filles en chœur, sur quoi Alison ajoute :

– Et on est contente que tu sois là, Rachel.

Le clair de lune entre à flots par les fenêtres dépourvues de stores, projetant une lueur argentée sur le plancher.

– Je suis contente d'être là.

Le dortoir est tout silencieux. Trop silencieux. J'espère que je vais réussir à m'endormir sans le son des klaxons des taxis new-yorkais.

Couic ! Grat-grat.

Chaque fois qu'une des filles bouge, des grincements se font entendre dans la pièce.

Ah, j'aime mieux ça.

Je me tourne sur le côté, souriant pour moi-même.

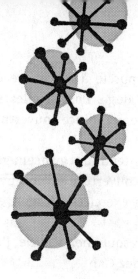

5
BELLE-DE-JOUR

– C'est l'heure de se lever ! Allez !

Pourquoi ma mère hurle comme ça ?

– Lever de drapeau dans trente minutes !

Ah d'accord. Je suis à la colo.

J'ouvre les yeux, m'assieds et balaie la pièce du regard. Le soleil illumine le dortoir, mais mes camarades sont toutes encore profondément endormies.

Aïe. Ouille. J'ai le genou en feu. Une piqûre de moustique. Une autre sur la cheville. Et une autre... sur le nez. Le culot de ce moustique ! Du coup, je ne m'en veux pas du tout de l'avoir envoyé au Pays Dont On Ne Revient Jamais. Je me vois bien attraper le virus du Nil occidental...

– C'est l'heure de se lever, dit Janice en martelant le sol du dortoir comme si elle portait des chaussures de claquettes. On hisse le drapeau dans trente minutes.

Purée, on gèle là-dedans. Mon nez s'est transformé en

glaçon. En glaçon qui gratte. Je m'apprête à descendre de l'échelle, mais personne d'autre ne bouge. Bon, si elles ne bougent pas... Je me rallonge, remonte ma mince couverture sur mon visage et me rendors.

Vingt minutes plus tard environ, j'entends des grincements et des couinements, je rabaisse ma couverture et découvre Carly par terre en train de faire ses exercices. Morgan est debout et bâille.

Il fait tellement froid que je vois presque mon souffle. J'espère qu'ils font des blousons de ski chez Gap.

Alison grogne dans le lit du dessous.

– C'est pas déjà le matin ?

– Si, dit Morgan.

– Il est quelle heure ? gémit Alison.

– Huit heures dix.

Le lit superposé craque quand Alison s'en extrait. Elle attrape ses lunettes sur l'étagère, se fourre un chewing-gum dans la bouche, enfonce sa casquette de base-ball sur ses cheveux bruns ébouriffés, glisse ses pieds dans ses grosses sandales, et annonce :

– Prête.

Elle se fiche de moi ?

– T'y vas en pyjama ?

– Évidemment. C'est le petit déj'.

– T'as même pas mis un soutif !

Elle hausse les épaules.

– Je suis plutôt plate.

C'est hors de question, jamais je n'irai petit-déjeuner dans ce pyjama en pilou dix fois trop grand. Ce truc en public, c'est trop pas possible !

– Je crois que je préfère m'habiller.

– Magne-toi alors, dit Carly. On aurait dû partir y a deux minutes.

– Vous avez cinq secondes pour sortir sur la véranda, le 15, ou ça va barder ! ordonne Deb.

Je descends d'une traite mon échelle et pique un sprint jusqu'au vestiaire, où je cherche frénétiquement des nouveaux sous-vêtements féminins. Nada. (Note à mon intention : demander à Miri un sortilège d'annulation !) Je mets le jean d'hier et un sweat-shirt qui aurait pu m'aller mais ne me va pas. Pas le temps de changer. Il faut que je trouve mes chaussures. Où est-ce que je les ai mises ? Une fois que je les ai trouvées, en vrac sous le lit d'Alison, je fonce aux toilettes faire pipi. Je suis à mi-jet quand Deb hurle :

– On se bouge, les filles !

J'ouvre la porte à la volée et me dépêche de me laver les mains. C'est là que j'aperçois mes cheveux dans la glace. Ômondieu. C'est la cata. Où est ma brosse ? Il me faut ma brosse ! Est-ce que j'ai emporté une brosse ?

Caniche sort en se pavanant de la cabine du fond tandis que je me contemple avec désespoir. Elle porte un bas de pyjama en soie rose et un sweat à capuche blanc moulant. Ses longs cheveux blonds sont tirés en arrière en queue-de-cheval haut perchée. Y a pas de justice. Pourquoi est-ce qu'elle semble assez présentable pour assister à un dîner quand moi je ressemble à un trappeur surpris par un ouragan ?

Il me faut un sortilège capillaire, fissa. Je ferme les yeux et espère.

Cheveux, cheveux, chuis en retard !
Raidissez-vous, et pas de lézard !

L'air froid ! Zou !

J'ouvre les yeux. Les résultats sont dans le miroir devant mes yeux.

Ça, on peut dire que ça a marché. Ils sont raides. Ils se tiennent hérissés comme les piquants d'un porc-épic, ou comme si j'avais mis le doigt dans une prise électrique, mais pour sûr, ils sont raides.

Et maintenant ?

Je fouille dans mes affaires sur l'étagère à la recherche d'un élastique, retourne devant la glace de la salle de bains et me fais une queue-de-cheval.

Pas terrible. Ça fait pom-pom girl.

– Weinstein, véranda ! commande Deb.

Je remarque avec un soupçon d'angoisse qu'elle est encore en pyj'. Est-ce que je vais être la seule *pas* en pyj' ?

Le mât est derrière le réfectoire, dans la Plaine. Comme c'est la première fois que je m'y rends, j'éprouve une légère angoisse en descendant la route à la suite de mes camarades. Ce camp est monstrueusement grand ! On longe un petit parc, puis l'infirmerie, un endroit que j'espère n'avoir jamais l'occasion de visiter. Je veux dire, comment peut-on imaginer tomber malade au camp ? Quand je tombe malade, mon visage devient tout bouffi et j'ai l'haleine qui sent la même odeur qu'un poulet cru vieux d'une semaine.

Passé l'infirmerie, la route débouche sur la Plaine, où l'on trouve : le mât, un terrain de base-ball avec gradins et un terrain de basket, avec gradins, lui aussi. Des bungalows verts, semblables aux minuscules maisons vertes du Monopoly, encerclent le champ. Des enfants en surgissent en ce moment même pour se mettre en rang au pied du mât.

– Allez, allez ! crient les moniteurs.

On se met tous en rang par dortoirs, et je balaie le cercle du regard à la recherche de Raf.

C'est quand je l'ai enfin repéré (en bas de pyjama en pilou et sweat-shirt !) en train de parler à un autre garçon, que je me rends compte que je ne me suis pas brossé les dents.

Ômondieu.

Comment ai-je pu oublier ça ? Je ne suis jamais sortie de chez moi sans m'être brossé les dents ! Ce n'est pas bon signe. Pas bon du tout. J'ai une haleine de chacal le matin. Pire que quand je suis malade. Honnêtement, au réveil, ma bouche devrait être classée zone à haute fréquence radioactive.

Je n'ouvrirai pas le bec avant d'avoir regagné mon dortoir.

Anthony se met à tirer sur une corde pour hisser le drapeau.

– Le groupe des Koalas peut-il entamer l'hymne national ?

Les moniteurs des plus jeunes alignent leurs troupes.

– Un. Deux. Trois ! *Oh, say can you see...*

Pas question de chanter, évidemment. Au lieu de ça, je me planque derrière les autres filles en gardant les lèvres serrées pendant toute la durée de « La bannière étoilée », et là je réalise que tout le monde (y compris Miri) ou presque est en pyjama, ou au moins en bas de pyjama.

Vers la fin de la chanson, les campeurs commencent à s'agiter et à se diriger vers la cantine, en dépit des tentatives des moniteurs pour les retenir.

– On ne court pas, on marche ! hurle Anthony alors que les

plus petits, sans lui prêter attention, se précipitent vers le réfectoire.

Sur le chemin du petit déjeuner, je m'efforce de mimer plutôt que de parler.

– T'as bien dormi ?

Haussement d'épaules. (Je ne connais pas le signe pour matelas défoncé.)

– T'as maigri ? Tes vêtements ont l'air un peu grands pour toi.

Hochement de tête. (Pourquoi pas ?)

– Ça te plaît, la colo, pour l'instant ?

Large sourire. (Large sourire lèvres pincées.)

Je me planque à la vue de Raf. Je ne veux pas qu'il me voie ce matin. Avec ma chevelure porc-épic et mon haleine fétide, on oublie. Je gravis l'escalier à la suite d'Alison quand j'ai une soudaine illumination. Allô ? Pourquoi est-ce que j'oublie constamment que je suis une sorcière ? Je n'ai qu'à zapper un truc pour arranger ça. Parvenue au réfectoire, je m'assieds au bout de notre table, ferme les yeux et fais un vœu.

Haleine infecte du saut du lit
Aurait besoin d'être rafraîchie !

J'ai froid partout, ça doit marcher. J'ouvre les yeux, mets la main devant ma bouche, souffle dedans puis renifle. Eûrk... Je ne crois pas.

C'est là que j'aperçois le panier de couverts au milieu de la table. Ou en tout cas ce qui en tenait lieu. C'est à présent un panier de brosses à dents multicolores.

Gloups.

Il faut que j'arrange ça avant que quelqu'un s'en aperçoive. Comment arranger ça sans que quelqu'un s'en aperçoive ?

Mes camarades étant encore en train de se glisser à leur place, personne n'a remarqué mon dernier cafouillage magique en date. Je tire nonchalamment le panier à moi et le lâche par terre. Je retiens mon souffle (à la fois parce que je prie pour que personne n'ait rien vu et parce que j'ai peur de les horrifier avec son haleine).

– Deb, ils ont oublié de nous apporter des couverts, se plaint Carly.

– J'en rapporterai en même temps que le pain, dit Deb.

Ouf... Problème résolu. Et par chance, personne ne semble avoir remarqué les brosses à dents éparpillées par terre. Je pousse un soupir de soulagement.

Deux fois eûrk. Partiellement résolu seulement, le problème.

J'arrive par miracle à éviter de parler pendant tout le petit déjeuner jusqu'au dortoir pour la toilette. C'est ma bouche que je nettoie en premier. Je me rue sur le lavabo. En regagnant notre côté du bungalow, je découvre que mes camarades se sont recouchées.

– Je croyais que c'était l'heure de la toilette ?

– C'est un mot codé pour sommeil prolongé, m'explique Alison, planquée sous son duvet.

Ça me convient. Je fais valser mes baskets, grimpe à mon

échelle, disparais sous mes couvertures et m'endors illico. Ça doit être l'air froid qui me fatigue comme ça.

Deb tambourine sur le mur.

– Les filles, faut vous lever.

Personne ne bouge ni ne répond.

– Je plaisante pas ! Vous savez que Janice va me botter les fesses si c'est le bazar. Je vous ai fabriqué un disque d'assignation des tâches.

Alison et Morgan grognent de concert. Légèrement curieuse de voir ce qui provoque tous ces grognements, je jette un œil par-dessus mes couvertures. Deb est assise sur le lit de Caniche, une sorte de truc rouge et jaune en forme de disque à la main.

– ... qui vous indique la corvée du jour. Il y a balai, poussière, sanitaires, véranda et quartier libre. Vu ? Penelope a fait le même pour le 15 sauf qu'il y a vestiaire à la place de véranda et deux quartiers libres.

Notre roue ressemble à une pizza découpée en cinq parts. Nos noms y sont écrits en capitales.

– Aujourd'hui, Caniche, t'as balai ; Rachel a poussière ; Alison, sanitaires ; Morgan, véranda ; et Carly, tu es libre.

Carly pousse un hourra.

– Super ! Plus d'abdos !

Y a pas de justice ! Chacune de nous est dispensée de corvée une fois tous les cinq jours, mais dans le 15, deux d'entre elles sont dispensées tous les six jours, ce qui veut dire que les filles du 15 vont se retrouver libres 33,3 pour cent du temps et nous seulement 20 pour cent ! Bouh. Mais je ne dis rien. Je ne veux pas passer aux yeux des autres pour une espèce de tarée des maths.

90

– On se lève dans cinq minutes, promet Caniche. Hé, Deb, tu pourrais pas vérifier le planning de nos activités pour aujourd'hui ? Dis à Janice qu'on veut faire de la voile.

– Ouais, Harris est canon, ajoute Morgan.

Caniche acquiesce.

– Puisqu'il accompagne les excursions en canoë, j'aimerais mettre une option sur une balade de nuit.

– Une seule journée à la fois, nous lance Deb en se dirigeant vers la porte. Je vais voir ce que je peux faire, mais va falloir vous lever.

Caniche pose énergiquement les pieds par terre.

– *No soucy*, je suis debout.

Deb a à peine quitté le bungalow que Caniche se replonge sous ses couvertures à fanfreluches en pouffant de rire.

On se rendort toutes dix minutes de plus, avant d'entendre :

– Les filles ! Vous aviez promis de nettoyer ! On a les tests de natation dans dix minutes !

Des tests de natation ? Juste après le petit déjeuner ? C'est bien légal ? De toute façon, le mot *test* devrait être banni du vocabulaire pendant les mois d'été. Je me demande si je peux demander ça ?

– Bouh !... proteste Caniche. Je voulais faire de la voile.

– Malheureusement, c'est Janice qui fait le planning, pas toi, Caniche. Si tu tiens tellement à faire de la voile, choisis-la en option.

– Ça commence quand, les options ? s'enquiert Alison.

– Dans quelques jours. Aujourd'hui : tests de natation, ensuite théâtre, poterie, vaisselle du déjeuner, repos, foot,

91

tennis, goûter, puis baignade générale, ou BG. Mettez un maillot de bain et de la crème solaire et prenez une serviette.

Caniche secoue ses longs cheveux blonds.

— En tout cas, je peux pas faire les tests de natation aujourd'hui. J'ai mes règles.

Pourquoi n'ai-je pas pensé à ça ?

— Moi aussi, dit Carly.

— Moi aussi, je tente.

— Petites menteuses ! s'esclaffe Deb en se levant et en étirant les bras au-dessus de sa tête.

— C'est vrai, je te jure, insiste Caniche.

— Et alors, jamais entendu parler des tampons ? se moque Deb.

Caniche serre ses couvertures autour d'elle.

— Mais j'ai des crampes.

— C'est bon pour les crampes de faire de l'exercice, affirme Deb.

Caniche hausse un sourcil insistant.

— Je présume que tu nous rejoins au lac ?

— Sûrement pas, dit Deb en riant.

— Belle façon de donner l'exemple, grommelle Caniche.

— Attendez de voir mon nouveau bikini, les filles, fait Morgan en enfilant ses tongs. J'ai l'air d'un mannequin Victoria's Secret.

Carly renifle avec dédain.

— Je crois que pour ça il faut être un peu plus grande que tu ne l'es.

Morgan la menace du doigt.

— Fais gaffe, ou ton pingouin en peluche pourrait bien tomber dans le lac.

– Au boulot maintenant, comme ça on n'aura pas à le faire plus tard, dit Alison en se levant.

– Attenfion, attenfion, campeurs et moniteurs ! Attenfion, attenfion, campeurs et moniteurs ! Le ménaze est terminé. Dirizez-vous à présent vers votre première activité du matin, f'il vous plaît !

Deb :

– On se bouge, les filles, on se bouge !

Morgan rit :

– Fauvée par l'annonfe.

Par malchance, comme j'ai oublié de demander à Miri de passer à mon dortoir jeter un sort d'annulation sur mes vêtements, je ne sais pas si j'ai un maillot de bain. Et je suis quasi sûre qu'on n'apprécie pas trop la baignade naturiste à la colo. Je fouille dans mon casier. En voilà un ! Un maillot bleu ordinaire qui a l'air à ma taille.

Parfait. Tout ce qui me reste à faire, c'est de le mettre – ce qui signifie me déshabiller *intégralement* devant tout le monde. Bonjour, l'angoisse.

Mon cœur s'emballe et je tâche de le calmer.

Je remarque qu'Alison garde son haut sur elle en se changeant, et en extrait subrepticement son soutif. Technique intéressante. J'enfile mon maillot et essaie de faire comme elle, mais je ne sais pas trop comment, je me retrouve étranglée, mon soutif enroulé autour du cou, et c'est là que je me sens brûlante puis glacée puis brûlante puis glacée et...

Pouf.

Aïe ! Ômondieu ! Je baisse les yeux sur mon ventre nu, regarde par-dessus mon épaule et entraperçois mon postérieur largement dénudé.

Mon maillot une-pièce vient de se transformer en bikini string.

Pourquoi ai-je fait ça ? Qu'est-ce que je vais faire maintenant ? Je ne peux pas montrer mes fesses devant toute la colo !

J'attrape une serviette sur le dessus de mon casier pour m'en couvrir l'arrière-train.

On inspire, on expire. Il faut que je me calme, ou alors qui sait ce qui va se produire la prochaine fois ?

Et si les garçons Lions passent leurs tests de natation eux aussi ?

Pouf !

Oh zut. Mon bikini string vient de perdre ses couleurs. Pour être exact, il est devenu complètement transparent.

Non, non, non ! Je me drape dans ma serviette, comme si je sortais de la douche. Est-ce que quelqu'un m'a vue ? Je jette un œil aux filles, mais apparemment elles n'ont rien remarqué.

Il faut que je trouve un sortilège pour maillot de bain...

– Je compte jusqu'à dix et celle qui n'est pas dans la véranda débarrasse le déjeuner ! crie Deb. Un. Deux. Trois...

Alison, fin prête, se dirige vers la sortie.

– Quatre. Cinq...

Je ne peux pas être créative avec une telle pression !

– Six. Sept. Huit...

Je sors le caleçon à carreaux et un nouveau tee-shirt de mon casier et les enfile à la hâte sur mon maillot quasi invisible. Je n'aurai qu'à nager habillée.

– Neuf...

Ma serviette à la main, je me rue sur la porte. Je joue mon va-tout. Au moins, j'ai couvert mon maillot de bain transparent. Sans ça, j'aurais dû dire : je joue mon voit-tout...

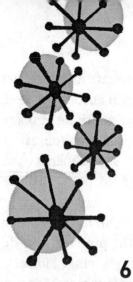

6
POURQUOI JE HAIS
LES DAUPHINS

Au secours ! Je me noie !

OK, je ne me noie pas vraiment – pas encore, en tout cas –
mais je n'en suis pas loin. Mes bras et mes jambes, et même
Bobby, sont engourdis par le froid, et si je dois rester dans
l'eau une seule seconde de plus, ils risquent de tomber.

Je touche le ponton, puis repars en vitesse pour ma hui-
tième longueur.

Les campeurs n'ont le droit de nager que dans une zone
délimitée par trois pontons. L'espace natation est divisé en
trois zones, de la moins profonde à la plus profonde : tortues
(jusqu'à mes genoux), dauphins (jusqu'à ma poitrine), et
baleine (bien au-dessus de ma tête). Ils font une fixette sur les
noms d'animaux, par ici. Enfin bon. Je suis présentement
dans la baleine, m'efforçant de ne pas couler, en train de passer mon test de natation.

On attend de moi que je fasse vingt longueurs et du

sur-place pendant dix minutes pour obtenir mon bracelet de baleine. Ceux qui ne l'obtiendront pas n'auront pas le droit de faire de la planche à voile ou du ski nautique et n'auront le droit de se baigner que dans le bassin des dauphins.

Mais je vais l'avoir, bien entendu. Et si je n'y arrive pas de moi-même, je n'ai qu'à m'administrer un petit sortilège de natation.

On y est presque, on y est presque... Neuf, me dis-je en atteignant l'autre ponton avant de repartir, prenant soin de ne pas percuter l'une ou l'autre des quelque vingt Lionnes qui se trouvent toujours dans l'eau à passer leur test. Tâche ardue pour quelqu'un qui n'a jamais officiellement appris à nager. Je sais comment on flotte, mais rester allongée sur le dos ne me mènerait pas bien loin. Je suis en train de faire ce qu'on appelle la nage du petit chien, je crois. Pas grand style, mais hé, si ça marche !

Encore onze. Gémissement. Je tousse. Gloups ? Je viens de boire la tasse. J'espère que personne n'a fait pipi dans l'eau. Pourquoi a-t-il fallu que je pense à ça ? Maintenant ça m'a donné envie.

Dix !

Cette fois-ci, je m'agrippe au ponton un peu plus longtemps que nécessaire. Mon short et mon tee-shirt trempés m'entraînent vers le fond.

Trrrrit ! Trrrrit ! Trrrrit ! Rose, la chef des activités nautiques, souffle dans son sifflet et me foudroie du regard depuis son perchoir sur le ponton, à côté des autres moniteurs de natation (dont deux monos super-mignons, ce que j'ai l'air d'être la seule à trouver super-embarrassant). Elle crache le sifflet hors de sa bouche et le laisse pendouiller autour de son cou.

– Triché ! Tu t'es tenue. Tu me refais cette dernière longueur. On y va, tout de suite.

Elle est aussi mauvaise que l'a dit Alison. Elle a même l'air du diable en personne dans son une-pièce rouge avec visière assortie.

– Tu mâches du chewing-gum ? a-t-elle hurlé à l'adresse de Caniche sur la plage.

Caniche a levé les yeux au ciel.

– N-non...

– Ne me mens pas. Il est strictement interdit d'emporter à manger, ou des chewing-gums, ou quoi que ce soit sur la plage. On s'est bien comprises ?

Caniche a avalé son chewing-gum.

Je ne sais pas pourquoi Rose se comporte comme si elle avait quarante ans alors qu'elle n'en a que, genre, vingt, maxi. En tout cas, je n'arrive pas à croire qu'elle vient de me coller une longueur de plus. Je crois que je vais passer sur le dos. Peut-être que si je donne des petits coups de pied, je vais avancer plus vite. Hé, ça marche ! J'avance ! Je suis encore un peu lente, mais qui s'en soucie ? Comme ça, je peux voir le ciel, qui est comme un grand tableau bleu avec quelques nuages qui ressemblent à des marshmallows.

Je me demande ce qu'on aura pour déjeuner. J'ai assez faim. Et soif. Je boirais bien un verre d'eau.

Pourquoi est-ce que je pense à l'eau ? (Heu, peut-être parce qu'il y en a partout autour de moi ?) Ça me donne encore plus envie de faire pipi. Ça devient urgent. C'est vraiment dégueu si j'en lâche juste une goutte ? C'est pas comme si on pouvait me voir...

Bing !

Je devrais dire aïe, mais je viens juste d'avaler un nouveau seau d'eau. Et le ciel se met à tourner, vu que le *bing*, c'était moi en train de me cogner la tête sur la tête de quelqu'un d'autre, genre auto tamponneuse, et que la collision m'a envoyée valser.

— T'es pas dingue ? s'écrie la fille que je viens de tamponner. Tu dois rester dans ta ligne. Tu nageais en diagonale.

Peut-être que nager sur le dos en admirant le ciel n'était pas ma meilleure idée. Je me débats pour faire du surplace et reprendre mon souffle. Je me retourne vers la fille, que je reconnais immédiatement. C'est la brune malpolie du dortoir 15 qui a failli me faire tomber par terre hier devant le bungalow.

— Je suis vraiment désolée. Ça va aller ?

Moi au moins, j'ai des manières. Moi au moins, je m'excuse quand je manque de dégommer quelqu'un.

Elle plisse ses yeux couleur amande qui ne font plus que deux fentes, puis secoue la tête tout en continuant de me fusiller du regard.

— Pas vraiment.

— J'apprends tout juste à nager, dis-je en guise d'explication.

— Garde tes excuses pour les poissons, réplique-t-elle sèchement, avant de donner un petit coup de pied pour repartir en sens inverse. Le lac ne t'appartient pas.

Ah, excusez-moi. Je bouillonne de contrariété, et prends une grande inspiration pour me calmer. Ne pas perdre son sang-froid... ne pas perdre son sang-froid... Aussi grossière qu'ait été Miss Mes-Grands-Airs, je ne voudrais pas la changer en vairon par erreur.

Avec ma veine habituelle, je la transformerais sans doute en baleine et là, c'est elle qui m'avalerait.

Enfin bref, je ne devrais pas gâcher ma magie sur quelque chose d'aussi insignifiant qu'elle. Je ferais mieux d'essayer de trouver une espèce de sortilège de natation. Quelque chose, me dis-je tandis que j'avale une autre tasse de lac tout en maintenant mon surplace, qui me maintiendra aussi hors de l'eau. Que pensez-vous de :

Il est temps de flotter,
Tout comme un voilier !

Bouffée d'air glacé, et... mes jambes s'allongent.

Plus précisément, mes genoux sont en train de se dilater comme des ballons gonflés à hélium. Mes jambes ressemblent à deux serpents qui auraient avalé des postes de télévision. Et voilà que mes genoux sortent de l'eau. Couché, les jambes, couché !

Mes genoux, en s'élevant, font pression sur mon ventre et m'appuient la tête sous l'eau. Si ce sortilège me fait couler, je vais m'énerver grave.

– Stop ! j'ordonne à mes genoux en gargouillant. Redescendez !

Carly, qui nage maintenant à ma hauteur, me jette un regard inquiet.

– Tu vas bien ? On dirait que t'as un problème.

Je me tourne sur le dos pour éviter de couler.

– Très bien, merci.

C'est ma sœur dont j'ai besoin.

– Miri ! je m'écrie d'une voix haletante, tandis que mes bras battent l'air. Par ici !

99

Elle est sur la plage, en train de lire. Miri et ses camarades de dortoir ont été les premières à passer le test, et Miri, une super-nageuse (elle ne s'est pas contentée de se rafraîchir dans la piscine de papa), était la première sortie de l'eau.

– Tu peux te concentrer, s'il te plaît ? aboie Rose depuis le ponton.

– Miri !

Ma sœur me repère enfin, lâche son livre, et se précipite dans l'eau.

– Quoi ? s'enquiert-elle, en nageant à mon côté.

– Je t'en supplie, dis-moi que t'as emporté le sortilège d'annulation.

Elle hoche la tête.

– Merci, mon Dieu. Bon. Va le chercher. J'ai un prob...

Avant que j'aie pu terminer ma phrase, mon dispositif corporel de flottaison me fait plonger sous l'eau tête la première, quasiment comme si je faisais le poirier.

Keuf-keuf ! Pfruutt !

Miri me tire la tête hors de l'eau.

– Rachel, qu'est-ce que t'as fait ? demande-t-elle, stupéfaite.

– Toute petite – je tousse – bêtise.

Trrrrit ! Trrrrit ! Trrrrit !

– Je t'ai donné la permission de te baigner ? hurle Rose à l'adresse de Miri. Oui ?

Miri me traîne sur le côté et coince mes pieds sous le ponton pour qu'ils ne remontent pas à la surface.

– Je vais chercher le cristal d'annulation dans mon dortoir. Et regarde comme c'est cool : j'ai trouvé un nouveau sortilège de transport qui fonctionne dans le lac !

Sur ce, elle s'enfonce sous l'eau, et disparaît.

100

Je plonge la tête sous la surface à mon tour, mais l'eau est trop trouble pour y voir quoi que ce soit.

Trrrrit ! Rose explore anxieusement le bord du lac.

– Où est-elle passée ?

– Heu... qui ça ?

– La fille avec qui tu parlais !

– Quelle fille ?

Trrrrit ! Trrrrit ! Trrrrit ! Trrrrit ! Le sifflet de Rose fait le bruit d'une bouilloire trop zélée.

– Campeurs, on sort de l'eau ! braille-t-elle. Sauvetage ! Faites la chaîne, faites la chaîne !

C'est une blague.

Toutes les filles qui restent, moi excepté bien sûr, parce que j'ai trop peur pour faire un geste, se ruent sur le rivage. Rose arrache d'un coup sa visière et plonge du haut du ponton. Pendant ce temps, tous les maîtres nageurs se prennent par la main et se mettent à passer l'eau au peigne fin.

Miri surgit soudain à côté de moi avec un plouf.

– Je l'ai, dit-elle, tenant le collier d'annulation au-dessus de sa tête.

Elle observe le chaos autour d'elle.

– Qu'est-ce qui se passe ?

– Sauvetage, je réponds.

– De qui ?

– Toi.

J'attrape la main de Miri et l'agite dans les airs.

– Elle est là ! je hurle. Stoppez les recherches !

Une Rose interloquée crawle vers nous.

– Où étais-tu ?

– Par là... tente Miri.

Elle nage en arrière en cercle autour de moi, comme l'exige le sortilège.

– Mais je... Je vais vous avoir à l'œil, toutes les deux, crache Rose. Sauvetage annulé ! crie-t-elle avant de grimper l'échelle, ruisselante.

Tandis que Miri achève l'annulation, mes genoux retrouvent leur taille normale. Ah.

– Merci.

– Pas de quoi.

Elle s'éloigne à la nage en direction du rivage.

– Attends, Miri, je peux t'emprunter le cristal ?

– Pourquoi ?

– Dérapage vestimentaire, je fais, penaude.

Elle flotte sur le dos.

– Je crois que tu ferais mieux d'arrêter avec ta Glinda jusqu'à ce que tu la contrôles mieux.

– Ma Glinda va très bien, merci bien.

Ce culot ! Comme si mes pouvoirs n'égalaient pas les siens. Honnêtement, ma magie n'est pas si nulle. Un peu mal dégrossie, peut-être. Quand on tombe de sa bicyclette, on ne va pas pour autant la vendre sur eBay, si ? Non, on remonte dessus et on s'entraîne. Je nage vers ma sœur en faisant le petit chien, lui prends le collier et le passe autour de mon cou.

– Si tu veux bien m'excuser, dis-je avec humeur, il me reste encore quelques longueurs à faire.

Dommage que les sortilèges d'annulation n'aient pas agi sur ma tenue – mon short et mon tee-shirt mouillés ne m'aident pas précisément à prendre de la vitesse.

Je suis incapable de finir mes longueurs.

C'est embarrassant au dernier degré.

Je tente un ultime sortilège de nage, mais pour une raison x, mes jambes et mes bras se mettent à peser trois tonnes : du coup, c'est tout juste si je peux bouger et je me mets à couler jusqu'au fond sableux du lac, où je me vois contrainte d'annuler le sortilège.

Vu que je suis maintenant bien trop épuisée pour faire dix longueurs, j'obtiens un dauphin. Toutes les autres Lionnes ont eu une chaînette avec une perle jaune ; moi, je me vois remettre une chaînette avec une perle bleue.

– Ç'aurait pu être pire, dit Alison, une fois que nous avons regagné la plage. T'aurais pu avoir une tortue.

– Pas drôle, je réplique, en jouant avec mon bracelet de la honte.

– Je plaisante. Honnêtement, ça n'a aucune importance. On t'aime bien quand même.

Nous sommes toutes les cinq allongées sur nos serviettes, nous gorgeant de soleil. Toutes les cinq plus Miri, ça va de soi. Sitôt que je me suis traînée hors de l'eau, elle nous a rejointes. En fait, seules trois de mes camarades sont allongées. Carly fait ses abdos. C'est la seule fille du dortoir (à part moi) à avoir nagé en short, avant de se couvrir d'un tee-shirt dès qu'elle est sortie du lac.

– Les filles, visez la paire de nichons de la nouvelle ! s'écrie Morgan.

Revoilà ce mot, encore une fois. Je ne le supporte pas ! C'est comme des ongles sur un tab...

– Tu peux arrêter avec le mot *nichons* ? râle Caniche.

– Nichons, nichons, nichons, chantonne Morgan.

– Contrairement à toi, on ne mate pas la poitrine des gens, rétorque Alison.

– Je mate pas ! Elle se baladait topless autour du bungalow. Les miens sont presque aussi sublimes, mais je ne me promène pas en les exhibant.

– D'après Cece, elle la ramène à mort, dit Alison. Elle frime tout le temps en parlant des endroits où elle a vécu.

– Et elle a vécu où ? demande Caniche.

– Apparemment, elle est en pension en Suisse.

– D'après Trishelle, elle a raconté à toutes les filles du dortoir qu'elle fait son shopping à Milan, à Londres et à Paris.

– Je le crois pas une seconde, ronchonne Morgan.

– Ben, moi si, dit Carly, interrompant un abdo à mi-course. T'as vu ce maillot de bain ?

– Il a dû coûter une fortune, dit Caniche. Morgan, tu ferais bien de te mettre à l'abri du soleil. Tu crames déjà.

Morgan écarte l'avertissement d'un revers de la main.

– J'ai besoin de prendre des couleurs.

– Tu crames toujours le deuxième jour, lui dit Alison qui ajoute à mon intention : Elle crame toujours le deuxième jour. Elle n'écoute jamais.

– Je les trouve pas si super que ça, dit Carly.

– Quoi donc ? demande Alison.

– Ses nichons, répond Morgan à la place de Carly.

Hiiiii...

– C'est laquelle ? je demande, en étudiant la zone ombragée de la plage où s'est regroupé le 15.

Alison se redresse sur ses coudes et montre du doigt Miss Mes-Grands-Airs, celle qui m'a poussée hier et enguirlandée dans l'eau aujourd'hui.

– La fille en bikini noir.

Miss Mes-Grands-Airs, cheveux bruns tombant jusqu'à la taille, parle avec animation à ses camarades de dortoir.

– Tu l'as pas encore rencontrée ? demande Caniche. Elle s'appelle Liana.

– Pourquoi m'ont-ils mise dans votre groupe et Liana dans le leur ? dis-je. On aurait pu s'attendre à ce qu'ils mettent les deux nouvelles ensemble.

– Ben en fait, il y a deux nouvelles dans le 15, dit Alison en désignant une blonde assise en retrait. Elle s'appelle Molly.

– Elle vient d'où ? demande Caniche.

– Greenwich, peut-être bien ? dit Alison.

J'étudie les filles du dortoir 15. Je reconnais l'épouvantable Liana ; l'autre nouvelle, Molly ; Cece, qui est amie avec Alison ; et Trishelle et Kristin, dont j'ai fait la connaissance dans le car.

– Et la fille à lunettes, c'est qui ? je demande, en faisant un geste en direction de la seule fille que je ne connais pas.

– Natalie, dit Alison. Elle te plairait ; elle est super-intelligente.

Morgan ajuste son bikini.

– Mademoiselle Je-sais-tout. Je suis contente de ne plus avoir à partager le même dortoir qu'elle.

– Ne me dis pas que tu lui en veux encore d'être sortie avec

105

Brandon Young l'année dernière, à la fête du camp ? s'écrie Caniche.

– Naaan...

Elle médite sa réponse.

– OK, peut-être un peu. Mais lui ne m'intéresse plus. C'est qu'un gosse. T'as vu comment il se collait des Cheerios dans le nez au petit déj' ? Allez... Je suis sur un coup plus... sérieux. Genre Will.

– T'as pas entendu ? dit Alison. D'après Rachel, il a une petite amie.

– Et alors ? Elle est pas là, si ?

– Attenfion, attenfion, campeurs et moniteurs ! clame la voix dans les airs. Dirizez-vous f'il vous plaît vers votre feconde activité du matin.

– On y va, les filles, nous presse Deb en tapant dans les mains. Il faut qu'on se change en vitesse et qu'on file à l'auditorium pour le théâtre.

Je suis l'exemple de mes camarades et drape ma serviette bien serrée autour de moi.

– Ça va ? je demande à Miri tandis que nous remontons de la plage.

Elle était plutôt calme sur le sable. J'étais contente de l'avoir avec moi, mais quelque part j'aimerais mieux qu'elle soit heureuse de passer du temps avec son groupe.

– Uh-uh.

Nous faisons une halte en haut de la plage, sous le panneau de réglementation, lequel comporte des points tels que : pas de chewing-gum, pas de chahut, et toujours nager accompagné.

Miri va devoir se trouver de la compagnie.

106

– Où est ton dortoir ? je demande.

– Par là, dit-elle, en montrant la direction opposée à celle que je m'apprête à emprunter. Le dortoir 2 est dans la Plaine, mais il se situe derrière tous les autres, près des douches. (Elle fait la grimace.) J'ai une pente hyper-raide à remonter pour y accéder.

– Moi aussi.

– Ma pente est plus raide que la tienne, crois-moi. Tu viens voir ?

– Là, maintenant ?

– Ben ouais.

Mes camarades de dortoir s'éloignent déjà.

– Mir, je dois aller me préparer pour le cours de théâtre. Peut-être après. T'as réussi à avoir une couchette du bas ?

Elle pousse un soupir.

– Non. Du haut. Et toi ?

– Moi aussi.

– Mais tu détestes les couchettes du haut !

Je hausse les épaules.

– Je suis sûre que ça ira. Faut que j'y aille. Je te retrouve au déj' ! dis-je.

Pivotant des talons, je me hâte derrière les filles. En arrivant à leur hauteur, je ne peux me défendre d'un sentiment de bonheur. Je suis en colo. En colo ! Qui l'eût cru ? Et j'aime ça ! Il fait beau ! Les filles sont sympas. Si seulement je pouvais conclure avec Raf...

Ômondieu, voilà Raf, pile devant moi !

Non, pas Raf, c'est Will. Ils ont tous les deux les mêmes cheveux bruns sexy, les mêmes yeux sombres, et le même corps mince et athlétique. Mais Will est plus grand que Raf, et il a les cheveux plus courts. Raf a un sourire plus large. Et quelque chose de bouclé dans les cheveux que n'a pas Will. Oh non, qu'est-ce que je vais dire à Will ? Nous ne nous sommes pas parlé depuis le bal de promo. Je crois que j'ai légèrement écarté l'idée que je devrais le recroiser un jour, et le voilà, qui descend la route, en train de rire, aussi mignon que d'habitude. Il porte un short, un tee-shirt, et il est pieds nus dans ses baskets, tenue dans laquelle je ne l'avais encore jamais vu. Ses cheveux brun foncé sont ébouriffés, et son expression habituellement sérieuse est détendue et souriante. Des petits garçons le suivent à la queue leu leu comme s'il était le joueur de flûte de Hamelin.

OK, je jure que je n'ai plus de sentiments amoureux pour Will, mais n'est-il pas adorable ?

Lorsqu'il m'aperçoit, il prend une teinte pastèque assez prononcée. Intérieur de pastèque, pas extérieur, puisqu'il est tout rouge, pas verdasse genre nausée.

J'espère. Je veux dire, aucune fille n'aimerait qu'un garçon devienne malade à sa vue.

– Mesdames, bonjour, lance-t-il à mon groupe tout en me regardant.

Bon d'ac, la solution pour passer un été sans embarras, c'est de s'assurer que Will sait que tout baigne entre nous.

– Coucou Will ! gazouille Morgan, en bombant le torse autant qu'elle le peut sans perdre l'équilibre.

– Yo, Will ! répondent les autres filles.

– Salut, Will ! je réponds d'une voix chantante super-gentille, en me plantant délibérément en travers de son chemin. Comment va Kat ?

Il sourit. Bien sûr qu'il sourit. Il est dingue d'elle.

– Elle va bien, déclare-t-il avec une expression mélancolique sur le visage.

Aw. Trop chou ! Elle lui manque.

– La fille, là, c'est ta petite amie ? demande l'un des petits.

– Non, dit Will un peu trop fort, avant de m'adresser son grand sourire. Mais tu pourrais peut-être poser la même question à mon frère.

Est-ce qu'il vient de dire ce que je crois qu'il a dit ? Vraiment ? Est-ce que ça signifie que Raf a parlé de moi ? Sans doute. Et Will le prend bien ! Yaouhhh ! J'essaie de garder mon calme.

– Alors, Will, minaude Morgan, en agitant pratiquement ses seins sous son nez, t'as passé une bonne année ?

– Pas mauvaise. Et toi ?

– Oh, j'ai beaucoup mûri. (Elle gigote de plus belle.) Je veux dire, sur le plan affectif.

– C'est bon, on y va, dis-je à Morgan.

– Félicitations pour ton bac, poursuit-elle. Tu vas où l'année prochaine ? Quelque part près de chez moi ?

– À Columbia.

– Il a obtenu une bourse, j'ajoute fièrement comme si j'étais sa sœur – ce que je serai quand on sera mariés, Raf et moi.

L'un des campeurs de Will glisse sa menotte dans sa main.

– Qu'est-ce qu'on fait maintenant, papa ?

Will prend le petit dans ses bras et le pose sur ses épaules.

– Mitchell, tu te rappelles ? Je suis ton mono, pas ton papa. Et on a base-ball.

Un autre tire sur son pantalon.

– Et qu'est-ce qu'on a au déjeuner ?

– Des croque-monsieur.

Vraiment ?

– Miam, dis-je. C'est ce que je préfère.

– Ils servent toujours des plats réconfortants les premiers jours, dit Will. De la cuisine de consolation pour ceux qui ont le mal du pays.

Mal du pays ? C'est quoi, ça ?

Nous enfilons des tenues propres (je fais appel au sortilège d'annulation sur mon casier et récupère enfin mes vêtements normaux), étalons nos affaires mouillées à sécher au soleil, sur la rambarde de la véranda, puis nous mettons en route pour le cours de théâtre (où nous faisons des exercices d'improvisation), puis de poterie (où nous fabriquons des jattes), puis pour un débarbouillage-pré-repas en règle (où nous nous lavons les mains), puis pour le réfectoire (où nous déjeunons).

La sieste a lieu après le déjeuner. Caniche et Carly jouent au gin-rami sur le lit de Caniche ; Alison est plongée dans des mots croisés ; et pour ma part, j'écris une lettre à Tammy, où je lui raconte combien la colo est chouette.

On entend Liana pérorer sans répit de l'autre côté de la cloison. Elle n'a pas bien compris le sens du mot *sieste*.

– Toutes les filles de l'institut pour jeunes filles de Mlle Rally – c'est la pension *super-sélect* où je vais en Suisse – ont ce parfum. C'est *la* senteur du moment. Ça, je l'ai trouvé à Paddington. C'est la rue la plus *tendance* de Sydney...

Caniche prend une carte, fronce les sourcils, et repose brusquement la reine de pique.

– Où j'ai déniché ce vieux truc ? Je crois que c'était l'été dernier en Croatie. Le nouveau Paris. Encore préservé du tourisme de masse...

La Croatie ? Le nouveau Paris ? J'essaie de me concentrer sur ma lettre, mais la voix nasillarde de Liana m'en empêche.

– Crois-moi, roucoule Liana, on n'a rien vécu tant qu'on n'est pas tombée amoureuse d'un Italien.

– Éloignez-la de moi, chuchote Cece, qui vient nous rejoindre dans notre dortoir et s'assied sur le lit d'Alison. On a toutes envie de la tuer.

– Elle est épouvantable, dit Carly.

– On n'a qu'à l'ignorer, c'est tout. (Je repose mon stylo.) J'ai toujours eu envie d'apprendre à jouer au gin-rami.

Caniche me fait un signe de main.

– Descends de là ; je vais t'apprendre.

– Je ferais mieux de lui apprendre moi-même, ricane Carly, si elle veut gagner un jour.

Caniche lève les yeux au ciel.

– Très drôle...

– Attenfion, attenfion, campeurs et moniteurs ! Attenfion, attenfion, campeurs et moniteurs ! Fin de la fiefte ! Dirigez-vous à présent vers vos activités de l'après-midi.

Déjà ?

– *No soucy*, dit Caniche. On t'apprendra pendant le temps libre.

– Match de foot ! s'époumone Deb dans l'entrée. Contre les filles du 15, à l'Alpage. On y va !

Nous enfilons des tenues appropriées dans le vestiaire.

Maintenant que mon casier n'est plus rangé par magie, les casiers des autres ont tous bien meilleure allure.

Mais la plupart des autres filles viennent au camp depuis des années et ont donc infiniment plus d'expérience pour ce qui est de s'accommoder d'un casier. Oui, l'explication est bien là. Non, je ne suis pas une souillon-née.

L'un des casiers semble particulièrement net. Incroyablement net. Plus net que ne l'était le mien sous effet magique. Celui-là, c'est un cran au-dessus de Gap. C'est Banana Republic. En fait, ça ferait plutôt magasin de luxe. C'est franchement clairsemé.

Oh, non.

Je découvre avec agacement que le casier en question est celui de Liana. Elle y plonge la main et en retire un polo fantaisie sans rien déranger. Elle est championne de Jenga ou quoi ?

Elle me surprend en train de l'épier. Et sourit d'un petit air satisfait.

Laisse tomber, laisse tomber, laisse tomber.

Ou peut-être mets son casier en pagaille dès qu'elle aura le dos tourné.

Malheureusement, je suis nulle au foot. Par chance, je ne suis pas la seule. Morgan et Caniche n'arrivent même pas à shooter dans le ballon. Carly et Alison sont plutôt bonnes, alors Carly joue goal tandis qu'Alison marque tous les points, et qu'on court derrière le ballon en hurlant de rire.

Les filles du 15 sont tout aussi nulles, et elles rient encore plus fort que nous. Comme nous ne sommes que cinq et elles six, Liana s'est portée volontaire pour rester sur la touche : au lieu de jouer, elle observe du coin de l'œil, prenant le soleil dans son polo super-frime, son short de velours, et ses grosses lunettes de soleil. De temps à autre, elle fait passer une bouteille d'eau aux filles de son dortoir, en leur disant qu'elles ont l'air déshydratées.

Je croyais que le foot était un truc frime, *tellement* européen. On aurait pu imaginer qu'elle essaierait de la ramener avec son continentalisme.

Nous faisons match nul (quatre partout) en nous amusant comme des folles.

– Vite, on fonce aux douches avant qu'il y ait trop de monde, nous dit Alison.

J'ai sérieusement besoin de me doucher. Je ne crois pas avoir jamais été aussi crasseuse. Le fait qu'il ait commencé à bruiner n'a rien arrangé. Au moins, la BG a été annulée. Je m'inquiétais légèrement rapport à mon niveau dauphin.

Nous enfilons donc nos peignoirs de conserve (sauf Morgan qui se drape dans une légère serviette), attrapons nos seaux (remplis de shampooing, après-shampooing, savon pour le visage, peigne, savon pour le corps, et loofa – yesss ! j'ai réussi, on ne sait comment, à emporter ce qu'il fallait !), et nous dirigeons courageusement vers la véranda. Au moins, la pluie s'est arrêtée pour l'instant.

– On va auxquelles ? demande Caniche.

Nous nous blottissons les unes contre les autres pour décider.

– Plaine, répond Carly, en serrant son peignoir autour d'elle. Je déteste les douches de l'Alpage.

Morgan secoue la tête.

– Trop crade. Et trop loin. Et s'il se remet à pleuvoir ?

– Ouais, on aura les jambes toutes sales le temps de rentrer, dit Caniche. On n'a qu'à aller à l'Alpage.

Morgan me fait un clin d'œil.

– J'espère que t'es pas timide, Rachel.

Hein ?

Nous entamons notre périple.

– C'est là que dort l'équipe des cuistots, m'explique Alison quand nous passons devant des bungalows bleus. Mais là ils sont tous au réfectoire à préparer le dîner. Ça, c'est les douches des garçons, et derrière, au coin, celles des filles.

Blume est affalé sur les marches :

– Quoi de neuf ?

– Hé, Alison, c'est ton nouveau jules, chuchote Morgan.

Alison devient cramoisie.

– Si Blume est là, peut-être que Raf aussi, dit Caniche. Rachel, tu veux aller voir ?

Morgan fait des bruits de baiser.

– La ferme, j'ordonne en souriant.

– Vous en êtes où, tous les deux ? demande Carly.

– Bonne question.

Soupir.

– Et vous les filles ? Rien à me raconter ?

114

– Je pense toujours qu'Alison devrait sortir avec Blume, dit Morgan.

– M'intéresse pas, répond celle-ci tout en ouvrant la porte qui donne sur les douches.

– Zut, y a déjà quelqu'un.

Le couloir des douches est plutôt austère. Murs gris, patères, et plein, plein de buée.

– C'est le groupe du 15, dit Alison, en posant son seau sur le banc. J'entends Cece.

– Elles sont combien là-dedans ? s'exclame Caniche, avant de jeter un œil dans la pièce remplie de vapeur.

– Allô, les filles ? Bientôt fini ?

– On vient d'arriver ! crie Cece, plus désagréablement que nécessaire. Ça va sans doute prendre un moment.

– C'est quoi, son problème ? demande Carly.

Alison hausse les épaules, perplexe.

– Va falloir attendre, ajoute quelqu'un d'une voix super-nasillarde.

Liana.

Caniche lève les yeux au ciel.

– Il fait trop chaud là-dedans. On va attendre dehors.

Je n'ai pas franchement envie qu'un garçon me voie dans mon peignoir. Mais patienter dans une pièce saturée de vapeur n'est pas envisageable, c'est clair. Nous nous bouscu-lons donc dehors, seau à la main. Ah, ça va mieux. Sauf qu'on est quasi en face du terrain de base-ball de l'Alpage, où se rassemblent quelques Lions. Pas pour jouer, mais pour tuer le temps. Alors qu'on est en peignoir. En peignoir de grand-mère pas franchement sexy.

115

– Quand je vois ça, je regrette ma bonne petite douche à la maison, je marmonne.

– Les mieux, ce sont les douches de la piscine, soupire Alison. L'année dernière, mon frère nous laissait les utiliser tout le temps.

– Les douches, c'est l'un des mauvais côtés de la colo, dit Caniche. Mais je te jure, on s'y habitue.

– Au bout de deux mois, grommelle Morgan.

– T'as le mal du pays, Rachel ? demande Alison.

J'inspire une profonde bouffée d'air frais, délicieux.

– Pas vraiment.

Morgan s'appuie sur la rambarde.

– Vous vous souvenez comme j'étais triste quand on était chez les Koalas ? Je pleurais toutes les nuits.

– T'étais pas la seule, ajoute Alison. Anderson pleurait à tous les repas.

– Je suis la seule à m'être demandé ce qu'il fait à ses cheveux ? On dirait qu'il vient de découvrir le gel. Il s'en met un flacon par jour.

Morgan jette un coup d'œil à sa montre.

– Mais qu'est-ce qui leur prend autant de temps ? Ça fait des siècles qu'elles sont là-dedans.

– Je le trouve mignon, dit Carly.

– Qui ça ? Anderson ?

– Ouais. T'as vu comme il s'est musclé cette année ? (Elle hausse les sourcils de façon suggestive.) Il a fait ses abdos. Et ses tractions.

– Tu vas le draguer cet été ? s'enquiert Morgan.

– Peut-être bien.

Morgan rit.

116

– Souviens-toi, on n'embrasse pas.

– Oh, la ferme. Si tu dois dire des bêtises, je t'arrache ta serviette, fais gaffe ! menace Carly.

– Vas-y, rétorque Morgan. Peut-être qu'après les garçons se rendront compte de ce que j'ai en réserve.

– T'es vraiment une obsédée.

– Ouais, et toi une sainte-nitouche. Tu sais qui d'autre est plutôt mignon cette année ? Colton.

– C'est l'accent, dit Caniche. Qui ne trouve pas les cow-boys sexy ?

– Moi, lâche Alison.

Morgan secoue la tête :

– On sait, on sait, t'aimes les intellos.

– Peut-être qu'on devrait le caser avec Cece, déclare Caniche. En parlant de Cece, qu'est-ce qui leur prend autant de temps ? (Elle ouvre la porte.) Vous pouvez vous magner, les filles ?

On entend des rires à l'intérieur des douches.

– Ce qu'elles sont lourdes, soupire Carly. Elles ont intérêt à ne pas prendre toute l'eau chaude.

Vous avez dit eau chaude ? Peut-être que je peux les activer un peu... en me concentrant. Fort.

Là-dessus :

– Ahhhhhhhhhhhhhh !

Puis :

– On gèle !

Et encore :

– Mais qu'est ce qui... ? ! !

Yipeeeee ! Ça a marché ! Je l'ai fait ! Tu vois, Miri ? Mes pouvoirs ont fait exactement ce que je voulais. Je contrôle parfaitement la situation. Mon contrôle me colle à la peau. Façon gaine, mais de la tête aux pieds. Je suis une sorcière superstar. Vive moi. Dix secondes plus tard, les six filles sortent de la douche en pestant.

– Y a plus d'eau chaude, annonce Natalie, dont les verres de lunettes sont toujours embués.

– Vous vous êtes fait avoir, les filles, dit Molly.

– Tâchez d'arriver plus tôt, la prochaine fois, dit Cece, en passant la langue sur ses bagues dentaires.

Alison cligne des yeux de surprise.

– Bonne chance pour la prochaine fois, dit Trishelle, la dernière à sortir.

Je ne sais pas comment c'est possible : elle a déjà remis de l'eye-liner ! Peut-être que c'est un tatouage ?

– Qu'est-ce qu'on fait maintenant ? pleurniche Morgan.

Hmm. Je n'avais pas anticipé jusque-là.

– On y va, décide Caniche. Allez, on l'a déjà fait.

La salle de douches est un petit espace blanc avec six pommeaux de douche mais pas de cloison de séparation. On va donc toutes se doucher ensemble. Super. Comment je fais ça sans mater ? Regarde par terre. Regarde par terre !

Je sais, j'ai dit que je me sentais à l'aise à la colo... mais pas à ce point.

Chacune choisit une douche. J'en prends une dans un coin et essaie de faire couler l'eau. J'essaie encore. Encore une fois.

– Celle-là ne marche plus depuis des années, me signale Alison.

J'en choisis une autre. Nada.

– Celle-là non plus, dit-elle. Tu peux venir avec moi. Oh, mon Dieu, c'est froid. Je peux pas croire que les filles du 15 aient été aussi détestables. Qu'est-ce qui leur prend ? Et j'arrive pas à croire qu'elles aient pris toute l'eau chaude !

Morgan donne un petit coup de tête de façon que l'eau lui mouille les cheveux mais pas le corps.

– Gonflé, vraiment.

Alison rentre et sort de l'eau en deux secondes et demie.

– Trop froid ! Ah ! À toi, Rachel !

J'avance sous le jet d'eau et me mets à hurler :

– Ça gèle !

Allez, ma Force, tu peux le faire ! Réchauffe l'eau ! Mais rien à faire. Qu'est-ce qu'ils ont, mes pouvoirs ? Pourquoi sont-ils aussi imprévisibles ?

– Hé, Rachel, tu sais que t'as un nichon plus gros que l'autre ?

J'ai envie de mourir.

– Morgan ! s'écrie Alison. T'es pire que le 15 !

Morgan plaque sa main sur sa bouche.

– Je viens de remarquer ! J'ai pas pu m'empêcher !

– Et pourquoi est-ce que tu mates ses nichons ? demande Carly.

Je m'écarte du jet d'eau froide et croise mes bras sur ma poitrine.

– T'as raison, mes lolos se développent à un rythme bizarre. Tous comme mes pouvoirs.

– C'est gênant.

– Au moins t'en as un, dit Alison en levant les bras. Moi, j'en ai aucun !

– Moi aussi, j'ai des lolos de taille différente, fait Carly. Le gauche est un bonnet B, et le droit un bonnet C. Mais Michael ne s'en est jamais plaint.

119

Morgan rit.

– Oh, la crâneuse. Tu crois qu'on va vraiment croire que tu n'es plus une sainte-nitouche ?

– J'ai jamais été une sainte-nitouche ! insiste Carly, en se rinçant les cheveux. Blume a des croûtes de bave !

– Ouais, c'est ça ! Et t'es en secret une vraie déesse du sexe ! dit Morgan. Écoute, je suis désolée d'avoir maté, Rachel. Mais j'essayais de comprendre ce que Will te trouve, et qu'il ne trouve pas chez moi. Peut-être qu'il aime les lolos dépareillés. Tu crois que je devrais rembourrer *un seul* de mes bonnets ?

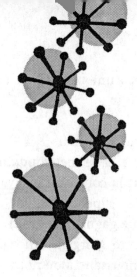

7
REINE DU BAL

Mon second matin au camp, je n'oublie ni de me brosser les dents, ni de porter mon bas de pyjama pour aller hisser les couleurs.

Mais après ça, les choses se gâtent rapidement.

D'abord, je suis de corvée de sanitaires, et c'est globalement répugnant. Gantée de caoutchouc, j'enlève les traces de dentifrice et les cheveux des lavabos et vide les poubelles de chaque WC dans la poubelle principale sur la véranda. Puis je reconstitue les stocks de papier hygiénique et de savon.

Après ça, Deb nous annonce qu'on a danse en première activité.

C'est là que je réalise que la fin est proche.

Quand je danse, on dirait que j'ai été électrocutée. L'angoisse m'étreint aussitôt.

Le cœur lourd, je suis mes camarades jusqu'à l'auditorium. L'animatrice nous fait nous échauffer, puis elle met de la musique R & B : nous devons « danser » une activité ou une corvée.

Je n'ai aucune idée de ce qu'elle veut dire.

– Je commence ! s'écrie Caniche. Voici « le balai ».

Elle fait claquer ses doigts en rythme et se met soudain à danser en suivant la musique, mimant la corvée de balayage en en faisant un nouveau style de danse super-sexy.

Tout le monde applaudit. Ma panique gagne du terrain.

– Regardez-moi, regardez-moi ! chante Morgan, qui agite les mains d'un côté à l'autre en se trémoussant. Mon nouveau pas est... « la laveuse de carreaux ».

– Vas-y, Morgie ! hurle Caniche tandis que les autres filles l'acclament.

Attendez une seconde. Ses bras sont raides (comme des baguettes) et elle est ridicule. Comment est-ce possible ? Est-il possible que Morgan n'ait aucun sens du rythme ? Et pourtant tout le monde l'ovationne ?

– À moi ! se lance Carly. (Elle lève lentement les genoux.) J'appelle ça « le grimpeur ».

Elle ne sait pas plus danser que les autres, et pourtant, c'est un concert de bravos et de hourras.

Alison s'y met aussi, effectuant une série de kicks qui feraient grincer d'horreur les frimeuses du spectacle de mode de mon lycée.

– Le joueur de foot !

Même moi, j'applaudis maintenant. Et, avant de pouvoir me dégonfler, je dis : « La nage du petit chien ! » et je tortille du derrière. Elles manifestent toujours leur enthousiasme ! Vraiment ! Je souris béatement et me jette à corps perdu dans le mouvement.

J'en déduis très vite que de nous cinq seule Caniche sait danser et, qu'à part elle, nous sommes toutes parfaitement ridicules. Mais comme au match de foot d'hier, on s'en fiche complètement. Au contraire, plus on est mauvaises, plus on en rajoute.

Et à ce jeu-là, je peux gagner !

— Rachel, t'es trop drôle, braille Alison tandis que je m'essaie à « faire le lit », puis à « m'brosser les dents ».

— Hé, dit Carly par-dessus la musique. En parlant de brossage de dents, est-ce que quelqu'un sait pourquoi il y avait cinquante brosses à dents sous notre table hier ?

La la la !... Je distrais son attention avec « le préposé aux poubelles ».

Danser m'a mise de tellement bonne humeur que je ne me formalise même pas quand Rose, un peu plus tard, me colle dans le groupe de natation le plus faible, dans lequel on revoit les bases : apprendre à faire des battements, ce qui consiste en fait à se tenir au bord et à donner des coups de pied.

Super, merci.

Après ça, on a newcomb ball contre le dortoir 15. Je n'en avais jamais entendu parler, mais c'est apparemment un sport de colo qui serait du volley-ball en bien plus facile : on peut attraper le ballon avant de le renvoyer.

— Mais c'est pas vrai ! jure Caniche quand le ballon lui glisse entre les doigts pour la seconde fois.

123

Le dortoir 15 n'arrête pas de nous lancer le ballon à toute allure. On joue depuis seulement trois minutes et on perd déjà cinq à zéro.

– Qu'est-ce qui vous arrive, les filles ? demande Alison à nos adversaires. Je vous ai jamais vues aussi déchaînées !

– Y a pas de mal à vouloir vous botter les fesses, aboie Kristin, les mains sur les hanches.

Elle est parvenue, je ne sais pas comment, à ne pas égarer ses boucles d'oreilles en perles. Si c'étaient les miennes, elles seraient déjà au fond du lac.

Natalie est au service et vise droit sur moi.

– J'l'ai eu ! J'l'ai eu ! J'l'ai eu ! dis-je en serrant le ballon contre ma poitrine. Yes ! J'ai réussi !

– Bien joué, Rachel ! me félicite mon équipe.

Tout ce que j'ai à faire maintenant, c'est le renvoyer par-dessus le filet. Lequel est formidablement haut.

C'est le moment de faire un peu de magie.

Ballon, c'est l'heure de t'envoler !
Le ciel est juste à ta portée !

Et je lance.

Et le ballon monte. Et monte. Et monte encore.

Au-dessus des arbres, au-dessus des montagnes, puis on entend un *splash* au loin.

– Je crois bien qu'il a atterri dans le lac, déclare Trishelle en se frottant l'œil et en étalant son eye-liner noir sur la joue.

– Joli coup, Rachel, dit Cece. On fait quoi maintenant ?

Le visage me cuit et la nuque me cuit et maintenant mes bras...

Zou ! Bouffée d'air froid !

– Attention ! hurle Alison tandis que le filet se renverse et s'écrase sur les filles du dortoir 15, les coinçant sous les mailles.

Woups...

Deb et Penelope annoncent la fin de la partie.

– On a été attaquées ! glapit Morgan.

Nous nous réveillons le lendemain matin enveloppées dans du papier toilette, et nos lits aussi. Ma taie d'oreiller est couverte de mousse à raser. Dois-je m'inquiéter ? J'ai rêvé que je mangeais de la glace.

– C'est vraiment trop moche, grommelle Caniche qui essaie de se débarrasser de ce qu'elle a dans les cheveux. Comment peut-on être aussi immature ?

Notre dortoir a été entièrement saccagé. Nos affaires ont été vidées par terre, recouvertes de papier toilette et de ficelle collante orange et rose. On se croirait à Times Square le 1er janvier.

– Tu crois que c'est les garçons ? demande Carly.

Les garçons ? Dans notre dortoir ? De nuit ? Trop chou !

– Non, je parie que c'est *elles*.

Morgan désigne du menton la cloison qui nous sépare du dortoir 15.

Moins chou.

– Elles ne nous feraient pas un truc pareil ! s'exclame Alison. On est copines.

– On peut pas dire qu'elles se soient comportées en co-pines, ronchonne Caniche.

On se rend compte tout d'un coup que c'est très calme de l'autre côté du bungalow. Et on entend des rires étouffés.

Oh ouais, c'était bien elles.

Bien sûr elles nient tout en bloc, et comme on ne peut rien prouver, on se retrouve coincées une bonne partie de la matinée à faire le ménage.

– Il faut qu'on se venge, dit Morgan en enfournant ses draps mousseux dans son sac à linge sale.

– On va le faire, déclare Caniche. Mais pas ce soir. On le fera au moment où elles s'y attendent le moins.

– C'est trop nul, râle Morgan le lendemain en ouvrant la porte de l'auditorium pour l'activité du soir.

L'auditorium est une vieille pièce lambrissée avec des che-vrons au plafond et des graffitis de noms de campeurs partout sur les murs.

– C'est un tour de chant éliminatoire, j'en suis sûre.

Pour ma part, je ne trouve pas ça nul. Je ne trouve pas ça nul pour la bonne raison que Raf est dans la salle. Les activités du soir sont les mieux, parce que y participe soit la colo tout entière, soit l'ensemble des Lions.

126

– Rachel !

Je lève les yeux et vois Miri qui me fait signe d'approcher.

Une minute, j'articule en silence, avant de suivre mon groupe jusqu'à un banc dans un coin. Je suis à peine assise que Janice, Bic vert à la bouche (ce n'est pas une bonne idée), fait clignoter la lumière.

– Installez-vous, dit-elle. Asseyez-vous par dortoir ! Nous allons commencer notre tour de chant.

– Qu'est-ce que je disais ? marmonne Morgan en s'asseyant.

– Voilà comment ça se passe. Chaque dortoir reçoit un...

– On sait comment ça se passe ! interrompt Blume, super-dépenaillé dans son sweat-shirt aux manches déchirées.

Ses camarades de dortoir rigolent.

Janice se met à arpenter la salle.

– Pas tout le monde, Blume. Maintenant, tais-toi, s'il te plaît. Comme je disais donc, chaque dortoir doit noter le plus possible de chansons qui contiennent le mot, l'expression ou le thème que je vous indiquerai. Ensuite, chaque dortoir interprétera une des chansons. N'oubliez pas que si vous répétez une chanson qui a déjà été chantée, vous êtes automatiquement disqualifiés. Le dernier dortoir en compétition a gagné.

– Qu'est-ce qu'on gagne ? demande Blume.

– La gloire, répond son moniteur. Et, pour te punir d'être aussi casse-pieds, tu feras le secrétaire.

Son dortoir rit à nouveau.

La division des Lions est là au grand complet. Je repère Miri assise avec le dortoir 2, mais légèrement en retrait. Ah, Mir. Pourquoi est-ce qu'elle ne se fait pas d'amis ? Je vais devoir lui prodiguer quelques encouragements. Si elle est amicale et ouverte, elle n'a pas de raison d'avoir peur d'être exclue.

– Bon, préparez-vous, dit Janice. Les chansons doivent comporter une couleur. On y est ? Vous avez deux minutes, à partir de maintenant.

Pas le temps de me préoccuper de Miri ; je dois penser à des chansons. Je me rapproche de mes camarades. C'est Deb qui note.

– « Brown-Eyed Girl », chuchote Carly.

Caniche :

– « Blue Suede Shoes. »

Alison :

– « Yellow Submarine. »

Moi :

– « Follow the Yellow Brick Road » ?

Deb note à toute allure. Yes ! J'en ai trouvé une !

On balance une tonne de suggestions jusqu'à ce que Janice signale que le temps est écoulé et que c'est le dortoir 5 qui commence.

– Un, deux, trois ! *Brown-eyed girl. You, my brown-eyed girl !* braillent-ils avec des voix de faussets abominables.

– Zut !

Deb barre notre chanson numéro un.

On joue dans le sens des aiguilles d'une montre, c'est donc le tour du dortoir 15.

– Prêtes, les filles ? demande Penelope.

– *It was an itsy bitsy, teenie weenie yellow polka-dot bikini.*

Kristin remue le derrière. Liana agite les cheveux.

– Quelle bande de nases, marmonne Morgan.

– Dortoir 2, à vous, annonce Janice.

Les filles du dortoir de Miri – toutes sauf Miri – se penchent et entonnent :

– *Baby beluga in the deep blue sea* !

– Dortoir 11 !

– *Tie a yellow ribbon round the old oak tree* !

– 17 !

C'est le dortoir de Raf. Le groupe compte jusqu'à trois et chante :

– *Red, red wine, you make me feel so fine.*

– 7 ! dit Janice.

– *Blue moon*, fredonne le plus jeune garçon des Lions, *you saw me standing alone. Without a dream in my heart. Blue moon* !

C'est à ce moment-là qu'ils se retournent tous, baissent leurs pantalons et nous montrent leurs lunes.

– Eûrk ! hurlons-nous.

Toutes les filles, en tout cas. Les garçons se contentent de rire.

Janice mordille son Bic comme un lapin sa carotte.

– Vous êtes éliminés pour obscénité !

Les garçons sont pliés en deux. Je pense qu'ils s'en fichent pas mal. Pauvres monos. Décidément, ils vont avoir du pain sur la planche avec ce groupe de culot...tés.

– 14, c'est à vous !

Caniche fait semblant d'être chef d'orchestre.

– Un, deux, trois...

– *We all live in a yellow submarine*, chantons-nous, avant de pousser des hourras.

Waouh ! Quel fun !

Lors du tour suivant, on est obligées de barrer certaines de nos suggestions. Ensuite le dortoir de Miri chante « Brown-Eyed Girl » à nouveau, ce qui me paraît incompréhensible. Je veux dire, ce n'est tout de même pas difficile de mettre une croix devant une chanson dès que quelqu'un d'autre la chante !

– Éliminées ! crie Janice.

On continue à tourner, encore et encore, en éliminant des dortoirs, qui se sont répétés ou sont à court d'idées, jusqu'à ce qu'il ne reste que nous, le 15 et le dortoir de Raf.

Là-dessus, son groupe chante « Yellow Submarine », que nous avions déjà chanté : éliminés.

Maintenant, ça se joue entre nous et le 15.

Il ne s'agit plus d'un jeu. Après la façon dont elles nous ont traitées, c'est la guerre.

– On n'a plus de chansons, murmure Deb. Une idée, vite !

À toi de jouer, magie ! Il me faut un sortilège de remémorisation-de-chanson ! Que faire ? Il faut absolument que je trouve quelque chose !

C'est là que je lève les yeux vers Janice et vois son Bic vert. La chanson verte !

– La chanson de Kermit. Vous savez ? Avec du vert. C'est comment déjà ?

– C'est « Not Easy Being Green », dit Caniche en me topant dans la main.

– Super ! s'exclame Deb en l'inscrivant.

Liana chuchote à l'oreille de Natalie puis fait de grands gestes à l'attention du reste du dortoir. Deux secondes plus tard, elles entonnent à tue-tête « It's not easy being green » !

Aaah !

Mon dortoir tout entier proteste.

– Elle nous a à peine espionnées ! bougonne Morgan. Je la hais.

130

Elle nous écoutait *carrément*, oui ! Comment a-t-elle osé me piquer mon vert ?

– 14, à vous.

– Une minute ! dit Caniche qui nous fait signe de nous rapprocher. Quelqu'un a une idée ?

– Comptez avec moi, tout le monde, ordonne Janice. Dix ! Neuf !

– Quelqu'un a une idée ? supplie Alison. Carly ?

– Sept ! Six !

Tout le monde scande à présent.

– Caniche ? Morgan ? Rachel ?

Liana est une voleuse. Elle craint. Je demande ce que ça lui ferait d'être *vraiment* verte, comme dans : pouf, t'es la sœur de Kermit maintenant.

– Trois ! Deux ! Un !

Janice émet un son qui ressemble à une sonnerie, et son Bic explose sur sa bouche et son menton, la gratifiant d'une barbe verte.

– Le 15 l'emporte ! Belle partie, tout le monde. C'est l'heure de la collation. Soyez de retour dans vos dortoirs pour le couvre-feu à dix heures et quart. Sans exception !

Voleuse, voleuse, voleuse.

– Hé, dit une voix derrière moi.

Je lève les yeux et découvre Raf. Youpi !

– Salut.

– Tu vas manger un morceau ?

131

Je vais n'importe où du moment que vous voulez que j'y aille, monsieur. Je hausse les épaules avec une belle nonchalance.

– Ça se pourrait. Et toi ?

– Bien sûr. Viens avec moi. Tu connais mes potes ? Blume, Colton et Anderson ?

Il a dit viens avec moi ! Enfin. Je ne peux pas croire qu'il m'ait fallu deux jours pour être quasi seule avec lui.

Le type ébouriffé, le beau gosse texan et le mec qui, *décidément*, se met trop de gel sur la tête, me saluent.

Nous dévalons tous les cinq les marches de l'auditorium. Alors qu'il faisait jour quand l'activité du soir a commencé, maintenant il fait nuit noire. Je lève les yeux vers un ciel constellé d'étoiles brillantes. Waouh. C'est incroyable. Je remplis mes poumons de l'air nocturne.

– C'est vraiment beau, ici, je déclare.

– N'est-ce pas ? T'as pas froid ?

J'ai un peu froid. Mes bras ont la chair de poule.

– Je devrais peut-être faire un saut à mon dortoir pour prendre un pull.

Raf enlève son sweat-shirt.

– Prends le mien.

Ômondieu. Je porte le sweat-shirt de Raf. Le sweat-shirt de Raf à l'odeur délicieusement miam-miam. Est-ce que ça veut dire qu'il m'aime ? Ou agit-il juste par courtoisie ?

On descend la colline en bavardant avant de retrouver quelques membres de la bande à l'arrière du réfectoire. Après avoir pris nos cookies, Raf, Colton, Anderson, Blume, Morgan, Carly, Alison, Caniche et moi-même débattons de ce qu'on pourrait faire après.

– On peut s'installer dans notre véranda, dit Morgan.

Caniche pilote Carly vers Anderson. Carly rosit mais se rapproche quand même de lui. Je parie qu'il ne lui est pas indifférent, après tout.

Raf et moi suivons le reste de la troupe jusqu'à notre bungalow.

C'est fou ce qu'on marche, je n'en reviens pas. J'ai dû faire au moins cent kilomètres depuis que je suis là. Plaine, Alpage, Plaine, réfectoire. C'est mieux qu'un tapis de jogging.

– Et tes examens, ça s'est passé comment ? me demande Raf.

– Pas mal. Et toi ?

– Bien, je crois. Mais l'interro de maths était mortelle. Je parie que c'est pas ton avis, me taquine-t-il.

Raf sait très bien que les maths, c'est mon fort. Je souris jusqu'aux oreilles.

– Ça a été.

– T'as eu combien ?

– Ma note globale ?

– Oui, ta note globale.

– Quatre-vingt-dix-neuf.

Il rit.

– Qu'est-ce qui est arrivé aux deux pour cent restants ?

– Très drôle, dis-je avec un sourire heureux.

J'adore quand il me charrie. Je lève les yeux vers le ciel immense.

– Hé, on voit la Grande Ourse !

Il hoche la tête.

– Et tu es là, déclare-t-il doucement.

– Je suis là.

– Je suis content.

133

– C'est vrai ?

– Très content.

Et c'est là qu'il passe son bras autour de mes épaules. Ômondieu. Le bras de Raf est autour de mes épaules. Autour de *mes* épaules.

On ne met pas son bras autour des épaules d'une simple amie.

– Il t'aime, me déclare Alison, assise en pyj' au pied de mon lit.

– Ah oui ?

– Oh que oui... dit Caniche, debout au milieu de la pièce en train de se nettoyer les dents avec du fil dentaire. C'est sûr. Il t'a regardée avec des yeux de merlan frit pendant tout le tour de chant. Il est grave amoureux.

Yes !

– J'ai remarqué aussi, ajoute Carly, une fois de plus en pleine séance d'abdos.

– T'as de la chance, soupire Morgan. C'est un des garçons les mieux de la colo.

Arrête... C'est un des garçons les mieux du monde.

– Avant l'extinction des feux, il faut qu'on choisisse vos options, annonce Deb en s'asseyant sur le lit de Caniche. Elles commencent après le déjeuner jeudi, alors dites-moi ce que vous voulez en option A et en option B.

– Quels sont les choix ? je demande.

– Vous choisissez deux activités parmi celles-ci : A & A

– arts et artisanat, Rachel –, poterie, voile, planche à voile, canoë, tennis, tir à l'arc, théâtre, ski nautique, base-ball et basket-ball.

– Basket ! s'écrie Morgan. Tous les mecs prennent basket-ball. Super ! Je vais prendre basket, moi aussi !

– C'est un peu gros de prendre comme *eux*, objecte Caniche.

Elle n'a pas tout à fait tort.

– Je prends basket avec toi, décide Carly. J'ai un tir mortel.

– J'ai l'option A pour Morgan et Carly, qu'est-ce que vous voulez en B ?

– Théâtre, répond Carly.

– Oh, moi aussi, dit Morgan. On jouera dans la pièce !

– Caniche ? poursuit Deb. Tu prends quoi ?

– Voile et voile.

Deb secoue la tête.

– Tu dois choisir deux choses différentes.

– Voile et planche, alors. Comme ça au moins, je resterai à la plage.

– C'est noté. Alison ?

– Pareil. Voile et planche à voile.

– Rachel ?

– Je vais prendre voile et...

La planche à voile m'a l'air bien plus terrifiante que la voile. Je veux dire, on est tout seul dessus, non ? On est là debout à attendre que le vent vous pousse ? Ça ne me tente pas trop d'être debout là toute seule en maillot de bain devant tout le monde. Hum, et maintenant que j'y pense, je n'ai pas le droit d'en faire puisque je suis dauphin. Zut... Quoi d'autre ? Je n'ai jamais fait de canoë, jamais joué au tennis ni arqué (est-ce que le mot existe ?), et même si traîner avec Raf au base-ball et/ou au basket me paraît cool, comment est-ce que je sais lequel des deux il a choisi, *si* il a choisi un des deux ?

– Euh, A & A ?

– Tu sais quoi ? dit Alison. Je crois que je vais troquer planche à voile contre A & A, moi aussi.

– Moi aussi, déclare Caniche. Ça sera plus discret, non ?

Quand on a terminé, je me dirige vers les sanitaires. Comme d'habitude, je me congèle quasiment le visage en le lavant. Je me brosse rapidement les dents puis bats en retraite dans le vestiaire pour me mettre en pyjama. J'enlève à regret le sweat-shirt de Raf. Au lieu de le plier et de le ranger, je l'emporte dans mon lit.

Si je me blottis contre un vêtement de Raf, ce sera comme si je me blottissais contre lui. Bon, pas tout à fait, mais on fera avec.

Deb éteint les lumières.

Miam-miam, sweat-shirt ! Bien sûr, ça me rappelle que le sortilège amoureux le plus efficace requiert un vêtement de la victime (euh... du *garçon*). Non que j'envisage de jeter un sort amoureux sur Raf. Cette fois-ci, je n'en aurai pas besoin (j'espère). Et cette fois-ci, je veux que ce soit pour de vrai.

– Rachel, réveille-toi !

On me tapote la tête.

– Oui ? je demande en ouvrant un œil.

Caniche me fait signe de la suivre.

– C'est l'heure.

– De quoi ? je chuchote.

– De nous venger.

L'horloge marque trois heures du matin. J'envoie valser mes couvertures et m'empresse de les rejoindre.

– C'est quoi, le plan ?

– On va leur peindre la figure, dit Morgan. Caniche a emprunté de la peinture en A & A.

En réprimant un fou rire, nous passons à l'action. Caniche peint les filles des couchettes supérieures tandis que Morgan s'occupe de celles du bas. Carly et moi portons les pots et faisons office de directrices artistiques. Quant à Alison, elle monte la garde dans les sanitaires, au cas où Deb ou Penelope se réveillerait.

On peint des lunettes rouges à Natalie, Trishelle devient un dalmatien et Kristin attrape la rougeole.

– Qu'est-ce que t'en penses ? murmure Caniche tout en peignant des moustaches vertes. C'est Molly la souris.

Je ravale mon rire.

Molly fronce le nez dans son sommeil mais ne se réveille pas. C'est au tour de Liana.

– Transforme-la en chat ! dis-je à voix basse.

– J'ai une autre idée.

Caniche trempe le pinceau dans mon pot de peinture noire et lui peint une barbiche sur le menton et une moustache sur la lèvre supérieure.

– C'est vraiment vache ! je murmure. Vache mais drôle.

Jusqu'à ce que les yeux de Liana se mettent à papillonner.

Caniche fait un bond en arrière.

Oh-oh...

– Fausse alerte, chuchote Caniche. Elle dort encore.

Une fois que Morgan a mis la touche finale sur Cece (je ne suis pas certaine de ce que c'est censé représenter ; elle a juste des rayures et des X en travers du visage. Une grille de morpion ?), on regagne sans bruit notre côté du bungalow.

– Elles vont pas se douter que c'est nous ? demande Carly.

– C'est probable, glousse Caniche.

– On devrait peut-être se peindre nous-mêmes pour détourner leurs soupçons, suggère Carly.

Morgan lève les yeux au ciel.

– Oui, mais on sera couvertes de peinture.

– On n'a qu'à se débarrasser des preuves, décide Caniche en marchant vers la porte sur la pointe des pieds. Morgie, viens avec moi. On les laissera devant l'A & A.

– Vous savez quoi, dit Carly, je vais planquer le miroir pour qu'elles ne puissent pas savoir à quoi elles ressemblent.

– Mais elles se verront quand même les unes les autres, j'objecte.

Trop tard. Carly décroche déjà le miroir du mur des sanitaires.

Alison et moi nous endormons en riant sous cape.

– Dortoir 14, c'est l'heure de se lever ! s'égosille Janice en martelant notre plancher.

Elle disparaît ensuite dans le vestiaire puis dans le dortoir 15.

– Dortoir 15, c'est l'heure de... (Hoquet audible.) Qu'est-ce qui vous est arrivé ?

On se redresse toutes d'un coup dans nos lits, souriant béatement.

– J'ai quelque chose sur la figure, hurle Trishelle.

Kristin :

– Moi aussi ! Qu'est-ce que c'est, mais qu'est-ce que c'est ?

Cece :

– C'est rouge !

Liana :

– En tout cas, y en a partout sur mes taies d'oreiller en popeline.

– Maintenant, on est quittes, dit Caniche.

Elles frottent la peinture mais, à défaut d'une vraie douche, elles sont obligées de venir hisser le drapeau avec leurs visages multicolores.

– On dirait des Teletubbies, ricane Morgan derrière sa pile de pancakes.

– Les filles, nous prévient Deb, j'espère que vous n'avez rien à voir là-dedans.

– Nous ? (Caniche bat innocemment des cils.) Pourquoi ferait-on une chose pareille ? Faites passer le sirop d'érable.

Bien sûr, elles savent pertinemment que c'était nous – mais

ce n'est pas comme si elles pouvaient le prouver. Elles nous lancent des regards furibonds depuis leur table.

– On les a bien eues, dit Morgan.

Alison se mord la lèvre inférieure.

– On a intérêt à protéger nos arrières maintenant.

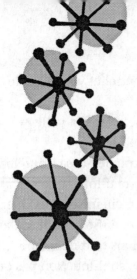

8
CLAPOTAGE

Nous sommes quelques jours plus tard, jeudi. Je suis allongée à la proue d'un voilier avec Alison, jambes étendues, tandis que le vent joue avec nos cheveux et que le soleil nous caresse la peau. Je n'arrive pas à croire que j'aie pu passer ma vie entière sans faire de la voile ! De quoi d'autre mes parents m'ont-ils privée ?

Après nous avoir remis des gilets de sauvetage, Harris – aussi top canon que mes camarades l'ont décrit, avec en prime une fossette sur le menton qui me rappelle le super-héros d'une bande dessinée – nous a divisés en groupes et nous a fait embarquer.

Heureusement pour Caniche, Harris a décidé de venir avec nous, laissant les autres (j'ai nommé Anderson-celui-qu'est-tombé-dans-le-gel ; Brandon-l'immature-qui-se-fourre-les-doigts-dans-le-nez ; plus quelques Lionnes plus jeunes du dortoir de Miri – sans Miri) naviguer avec des monos-stagiaires.

À présent, notre voilier est opérationnel et vogue sur le lac, magnifique.

Mais vous savez ce qu'il y a de mieux dans la voile ?

Raf a choisi l'option planche à voile.

Je ne peux littéralement pas m'arracher à sa contemplation. En partie parce qu'il porte un maillot jaune vif mais surtout parce que je l'ai vu enlever sa chemise et exhiber sa tablette de chocolat bronzée et soyeuse. Enfin, plutôt sa demi-tablette, vu qu'il n'a que quinze ans, mais tout de même. C'est une demi-tablette de dieu grec, mince, sublime. Non pas qu'il soit grec. En fait, je ne sais pas d'où sont ses ancêtres. Avec un nom comme Kosravi, je pensais à des origines russes.

– On vire ! annonce Harris tandis que la bôme change de côté, nous faisant virer de bord.

Alison et moi nous cramponnons à nos banquettes, tâchant de ne pas glisser.

On se dirige maintenant droit sur la zone réservée aux véli-planchistes, droit sur ma demi-tablette russo-grecque, et je rentre le ventre en prenant ma pose la plus avantageuse.

Il me fait signe ! Certes, son torse est maintenant dissimulé par le gilet de sauvetage, mais je crois avoir vu tressaillir les muscles de ses bras.

Une bourrasque surgit de nulle part (une bourrasque, mon cœur battant, peu importe) et fait dangereusement gîter le voilier. L'eau froide qui nous éclabousse les bras et les jambes nous fait piailler. Un grognement résonne à la surface du lac : je repère Colton, qui vient de tomber de sa planche tête la première grâce à mon petit transport magique.

– Tout va bien, vous en faites pas ! hurle-t-il.

– Aïe, dis-je. Ça a dû faire mal.

– T'as déjà fait de la planche ? me demande Alison.

Nous nous baissons pour éviter la bôme qui change à nouveau de bord.

– Nan.

Ça m'a l'air effrayant. Une chance que les dauphins n'aient pas le droit d'en faire. Mais en même temps est-ce que ça peut être beaucoup plus dangereux que de voler sur un manche à balai ?

– Du canoë ?

– Nan. Je suis pas très nautisme.

– T'inquiète, dit Caniche. T'apprendras.

Je suis distraite par la vision de Raf qui manœuvre sa planche. Il semble maîtriser sa voile comme si elle faisait partie de lui-même. Il la fait obéir comme s'ils dansaient ensemble et que c'était lui qui menait.

J'aimerais qu'il me regarde. Pourquoi est-ce qu'il ne me regarde pas ? Regarde-moi, Raf, regarde-moi !

Re ! Gar ! De ! Moi !

C'est là qu'une autre rafale, semblable à un bébé ouragan ce coup-ci, l'envoie valser hors de sa planche, latéralement, direct à la baille.

– T'as vu ça ? demande Alison. Pauvre Raf.

Si j'ai vu ça ? C'est moi la responsable !

Raf patauge avant de se hisser sur le ponton. Cette fois, il me regarde droit dans les yeux – et me lance un sourire penaud.

Ouh, il est gêné ! Comme c'est chou !

Ça doit vouloir dire qu'il m'aime.

Tandis qu'Alison se fait bronzer pendant le reste du cours, Caniche et Harris flirtent (« T'es trooooop drôle, Harris. » « T'es trop mignonne, Caniche. »), et moi je reluque Raf. Je le mate discrètement, bien sûr. Très discrètement.

– T'es vachement accro, dit Alison.

– Vachement, je reconnais.

– Attenfion, attenfion, campeurs et moniteurs ! Attenfion, attenfion, campeurs et moniteurs ! F'est la fin de la feconde activité de l'après-midi. Veuillez vous rendre à présent devant le réfectoire pour un goûter.

Nous sommes le lendemain, Caniche, Alison et moi sortons du cours d'A & A et prenons le chemin de la Plaine.

Je repère Miri qui fait la queue pour son goûter, les sourcils froncés. Ce n'est pas en ayant l'air aussi pitoyable qu'elle va se faire des amis.

– Essaie de faire semblant de t'amuser, je lui conseille.

– Pourquoi ? Je m'amuse pas.

– Qu'est-ce qui va pas ?

– J'ai pas envie d'en parler.

J'enlace ses épaules toutes frêles.

– Il s'est passé quelque chose ?

– Ça t'intéresse ou c'est juste pour resquiller ?

– Les deux ? (Je la chatouille.) Oh, allez, Miri, relaxe un peu. Tu t'amuses pas du tout ?

Elle hausse les épaules.

– Ça va.

Nous progressons de quelques pas, au rythme de la queue.

– Où sont les autres filles de ton groupe ?

Elle hausse les épaules à nouveau.

– Qu'est-ce que ça peut faire ?

– Arrête, Mir. Y en a aucune que t'aimes bien ?

– Elles font plutôt bande à part.

– Miri, il faut que tu te donnes plus de mal. Je suis sûre qu'elles t'apprécieront si tu leur laisses une chance.

Elle pousse un soupir.

– J'essaierai. Tu veux pas venir nager avec moi à la BG ? Je meurs d'envie d'y aller, mais j'ai personne pour m'accompagner.

– Euh... Miri, tu sais bien que j'ai horreur de nager.

Jusqu'à présent, j'ai passé toutes les séances de BG à éviter l'eau et à perfectionner mon bronzage.

Son front se fronce en petits plis.

– Oh, allez, il fait tellement chaud dehors. Et j'ai besoin d'un partenaire pour aller dans l'eau.

– Demande à une fille de ton dortoir.

Elle se fourre l'ongle du pouce dans la bouche et commence à le mordiller.

– Peut-être.

J'écarte sa main.

– Fais pas ça ! T'as les doigts tout sales.

– Hé, tu veux venir visiter mon dortoir pendant le temps libre ? Tu l'as encore jamais vu.

– Je peux pas. C'est l'anniversaire de Morgan et Deb nous a fait des muffins. Demain, peut-être ?

– T'es prise pendant le temps libre aussi ? Tu vas jamais passer de temps avec moi ?

Oh, pauvre Miri.

– T'as qu'à venir à l'anniversaire.

Nous sommes arrivées devant le comptoir.

– Bon appétit !

145

Oscar nous verse deux verres de lait et nous tend à chacune deux cookies au chocolat.

– Merci ! nous écrions-nous en chœur.

– Ça va pas les embêter ? me demande Miri.

– Je pense pas. Hé Alison ! On peut inviter d'autres gens à l'anniversaire de Morgan ?

– Bien sûr, répond-elle. J'ai déjà invité Will.

Morgan va adorer ça.

– Tu vois, dis-je à ma sœur en lâchant accidentellement mon cookie dans mon lait et en le repêchant avec mes doigts.

– Oh, j'ai les doigts crasseux, mais les tiens sont impeccables, j'imagine ?

Elle marque un point. Je laisse tristement le cookie couler au fond du gobelet.

– C'est d'accord, tu viens à mon dortoir ?

– Oui. Et je reprendrai mon cristal.

J'espérais bien le garder encore un peu. Juste au cas où.

– Merci de me l'avoir prêté, en tout cas.

– Pas de problème. Ça sert à ça, une sœur.

– À s'entraider ?

Elle me tend un de ses cookies.

– À partager.

Je suis sur le chemin de mon bungalow quand je percute Raf de plein fouet. Il est en maillot de bain bleu marine, un drap de bain rouge négligemment jeté sur l'épaule de son tee-shirt blanc.

146

– Salut, dit-il. Tu viens à la BG ?

– Bien sûr.

Il tire sur sa serviette.

– Tu veux être ma partenaire ?

Dans sa bouche, le mot sonne plus comme *petite amie* que comme *partenaire de natation*. (Une fille a le droit de rêver, non ?)

– Sûr !

– Super (Raf descend la pente à reculons.) Je vais juste chercher un truc à manger. Je te retrouve sur la plage dans cinq minutes.

Le maillot de bain de ma mère, que je porte sous mes vêtements (pour la bonne raison que mon une-pièce était encore humide de ce matin), ne va pas le faire, c'est clair. Je pique un sprint vers mon dortoir, secouant le lait et les cookies dans mon estomac comme des pièces de monnaie dans une poche, je me déshabille et j'enfile mon bikini orange super-sexy. Au diable Bobby ! Peut-être que le côté provocant détournera l'attention du côté difformant ? Je mets un short et une chemise par-dessus mon maillot, j'attrape une serviette et retourne à la plage au pas de course.

Yes ! Je vais nager avec Raf !

– Tout le monde en rang par dortoirs ! crie Rose dans son mégaphone comme au début de chaque séance de BG. Bon, je rappelle à tout le monde les règles de la plage. Vous devez vous inscrire avec un camarade, et chaque couple recevra un numéro.

Ouh. *Couple*. J'aime ce que ce mot évoque !

Raf, sexy et débarrassé de son tee-shirt, vient vers moi d'un pas nonchalant.

– Prête ?

J'enlève mon short et ma chemise et croise les bras sur ma poitrine. Pas de raison de lui offrir une vue de Bobby si la chose n'est pas nécessaire. Avec un peu de chance, une fois qu'on sera dans l'eau, il ne verra rien.

Nous nous dirigeons vers l'enregistrement.

– Vous avez tous les deux votre baleine ? demande Rose, qui a manifestement tout oublié de notre expérience de sauvetage.

– Ouais, répond Raf.

Oh-oh... Ma perle bleue me brûle la peau comme un fer rouge. Je ne peux pas avouer que je n'ai que mon dauphin. C'est impossible. Il faut que je fasse un tour de magie pour rendre ma perle jaune. Je fixe mon poignet de toutes mes forces :

Deviens jaune à la seconde, espèce de perle débile !

Il ne se passe rien. Ça aidera peut-être si ça rime. Essayons encore.

Deviens jaune que je devienne baleine,
Et puisse nager avec ce somptueux...

– Elle me paraît bleue, ta perle, dit Rose. Je te mets avec les dauphins.

Les yeux de Raf s'écarquillent de surprise.

Elle a dévoilé mon secret avant que j'aie pu terminer mon

sortilège ! Qui allait finir par le mot *spécimen*, au cas où vous vous seriez posé la question. Je suis une machine à rimes.

Je devrais peut-être me lancer dans le rap...

Trop gênée pour croiser le regard de Raf maintenant qu'il connaît mon humiliant secret, je marche devant et trempe un doigt de pied dans l'eau.

– Alors, t'es dauphin, hein ?

Je me retourne : il me sourit.

– Qu'est-ce qu'il y a de si drôle ? je demande.

– Rien.

Il sourit toujours.

– Pourquoi tu souris, alors ?

Il rit.

– Je trouve ça mignon que tu ne saches pas nager.

– C'est peut-être mignon mais c'est pas drôle.

Il rit à nouveau.

– C'est mignon *et* drôle. Je peux t'apprendre.

– Tu t'y connais ?

– Non... enfin, un peu. Je prépare mon diplôme de surveillant de baignade cette année.

Il entre dans l'eau. Comme je ne le suis pas, il me prend par la main.

– Viens. Elle est pas si froide.

Me prend par la main. Me. Prend. Par. La. Main. Me ! Prend ! Par ! La ! Main !

Youhou ! !... Un courant sourd entre nos doigts. Pas de la vraie électricité, évidemment. On est dans un lac et si c'était le cas on serait déjà frits.

Oh, je me sens toute chaude maintenant. Main dans la main, on avance maladroitement dans l'eau. Il se sert de sa

149

main gauche pour soulever la corde qui délimite la section dauphin.

– Prête ? On se mouille.

Il lâche ma main (soupir !) et plonge. Quand il remonte à la surface, il a un sourire démoniaque aux lèvres et m'éclabousse façon tsunami.

– Oh, tu vas avoir des ennuis.

Je l'arrose à mon tour. On continue à s'asperger jusqu'à ce que Rose siffle.

– Du calme sur la plage ! Deux par deux ! Je commence l'appel !

Derrière nous, deux filles de la section des Singes crient :

– Un !

Des enfants scandent les chiffres *deux* à *dix*, et Raf me fait alors un clin d'œil.

– Onze ! crions-nous à l'unisson.

Nous formons un couple ! Que désirer de plus ?

On nage, on rit et on s'éclabousse, Rose procède à deux appels supplémentaires, puis tous les nageurs sont priés de sortir du lac et de se rassembler par dortoirs.

– À plus, me lance Raf.

– À plus, je répète gaiement.

Assise dans mon rang sur le sable, en solo, je parcours la plage du regard avec contentement, un sourire rêveur plaqué sur le visage.

– Merci infiniment, j'entends.

Je lève les yeux et découvre Miri debout devant moi, l'air furieux.

– Quoi ? je demande.

150

– Je t'ai demandé d'être ma partenaire, tu as refusé, mais t'as quand même été nager avec Raf.

Oh, merde.

– Mir, je suis désolée. Vraiment. Mais il m'a demandé et...

– Moi aussi, je t'ai demandé.

– Tu l'as pas vraiment fait, tu m'as juste dit...

– Peu importe, Rachel, m'interrompt-elle. J'avais personne avec qui aller nager. J'en ai marre de toi.

Je me lève, drapée dans ma serviette, et la serre contre moi.

– Je suis désolée. Vraiment. Mais c'est Raf, je chuchote. Essaie de comprendre.

– Humph.

Elle ne me rend pas mon étreinte.

– Tu peux pas m'en vouloir.

– En rang par dortoirs, tout le monde, en rang par dortoirs ! ordonne Rose.

– Je te vois au temps libre, dis-je. Il y aura des muffins. Tu peux pas venir si tu m'en veux toujours.

Pas de réponse.

– Ai-je précisé qu'ils étaient au chocolat ?

– Bon, d'accord, mais c'est bien pour les muffins, grommelle-t-elle avant de regagner son rang.

Je réprime un bâillement. Toutes ces émotions m'ont épuisée. Je vais peut-être faire un petit somme au lieu de prendre une douche. L'eau du lac doit être assez propre.

– J'ai encore fait pipi dans le lac ! crie alors un des Koalas.

Peut-être pas, finalement.

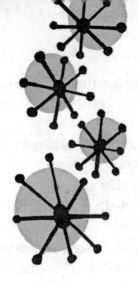

9
FAITES PÉTER LE POP-CORN

Au bout de deux semaines de colo, j'ai l'impression d'être là depuis un an.

Nos provisions de sucreries ont disparu depuis longtemps, je me suis faite à mon nouveau lit (même si je le trouve toujours un peu bosselé), aux levers de drapeau en pyjama, au débarbouillage à l'eau froide, et j'ai même réussi à trouver le temps d'écrire au moins trois lettres à maman, papa et Tammy.

Les jours se ressemblent pas mal, beaux et ensoleillés.

Caniche, Alison et moi sommes en A & A, assises à une table à faire des scoubidous. Je commence tout juste à réussir le papillon, de loin le plus facile, qui ne nécessite que trois fils de plastique multicolore, alors que Caniche et Alison sont rapidement passées à l'étape supérieure – le carré ou le cercle – qui en nécessite quatre.

– L'ambiance est plus détendue sur la côte Ouest, dit Caniche, qui nous explique pourquoi elle n'a pas l'intention de postuler dans une école de la côte Est.

– Pourtant, c'est super-cool à Manhattan, déclare Alison.

– Je sais. J'adore y aller. Mais je crois pas que je pourrais devenir une vraie New-Yorkaise. J'ai pas assez de noir dans ma garde-robe.

– Tu as l'attitude, s'esclaffe Alison.

– Pas faux. Mais ma famille vit à LA. Mes oncles, mes tantes, leurs enfants... je suis assez proche d'eux. Je crois pas que j'aimerais habiter un endroit où je n'aie pas de racines. Vous avez beaucoup de famille à New York ?

– Pas tant que ça, je réponds. On ne voit pas du tout la famille de ma mère. Ses parents sont morts il y a longtemps, et il y a un mystère autour de sa sœur Sasha. Elles se sont fâchées à mort il y a des années de ça, quand j'étais encore bébé, et elles ne se sont pas reparlé depuis. C'est *le* grand secret de la famille – que ma mère refuse de partager.

– Moi, j'ai plein de famille à New York, mais on ne les voit quasiment jamais, dit Alison. Ils sont tous bien trop occupés.

– Est-ce que l'une de vous envisagerait d'emménager en Californie ?

– Peut-être pour aller à l'université, je confie, ratant mon maillon une fois de plus avant de le défaire. Je déteste l'hiver.

– Tu comptes étudier quoi ?

– Ben... (C'est là que j'ai l'air d'une cinglée.) J'aime bien les maths.

– Vraiment ? C'est génial, s'exclame Caniche. Tu veux devenir ingénieur ?

– Je sais pas encore. (Est-ce que je suis débile si je ne sais pas exactement ce que fait un ingénieur ?) Je serai peut-être mathématicienne. Ou prof de maths ? Je suis plutôt douée pour les chiffres.

– Combien font vingt-deux fois trente-trois ? demande Caniche.

Je ferme les yeux pour calculer.

– Sept cent vingt-six.

Caniche repose son boudin, impressionnée.

– Vingt-sept fois quatre-vingt-sept ?

– Deux mille trois cent quarante-neuf.

– Alors, ça ! Cinquante-deux fois... poursuit Caniche en riant.

– C'est pas un singe savant, proteste Alison.

C'est à mon tour de rire.

– Et vous, les filles, qu'est-ce que vous voulez faire ?

– Moi, je veux être productrice, dit Caniche. Comme tout le monde à LA.

– Je croyais qu'à LA tout le monde voulait être acteur, dis-je.

– C'est vrai. Au début. Ensuite, ils veulent produire.

– Et toi, Alison ? je demande.

– Médecin, répond-elle.

– Nickel ! je m'écrie. J'aurais bien besoin d'un nouveau docteur. Le mien me dessine encore des smileys sur le bras avant de me faire les piqûres. Tu commences quand ?

– Dans... quinze ans, mettons ?

– Zut, dit Caniche en secouant la tête. Je viens de rater une boucle. Il faut que mon scoubidou soit parfait. (Elle se penche vers nous pour que nous soyons les seules à entendre.) Je le fais pour Harris.

Natalie et Kristin sont inscrites en A & A, elles aussi, et elles sont à la table d'à côté.

– Tu fais un bracelet pour Harris ? je m'étonne. Ça fait pas un peu fille ?

Caniche mord un des fils pour le tendre.

– C'est l'intention qui compte. Et j'utilise des fils noirs pour que ça fasse viril.

– Tu crois que je devrais en faire un à Raf ?

Caniche jette un coup d'œil à ma tentative de papillon désarticulé et fait la grimace.

– Pourquoi t'attends pas une semaine ou deux ? D'avoir un peu plus de pratique. C'est pas toujours l'intention qui compte.

– Mais je crois que je ferais peut-être bien de montrer plus que je l'aime, dis-je.

Raf et moi étions assis l'un à côté de l'autre hier soir, pendant l'activité intitulée « le juste prix ». Ensuite, on est restés ensemble jusqu'au couvre-feu. On a parlé, ri, plaisanté. On a fait grosso modo ce que font tous les couples.

À part s'embrasser.

– En dehors de porter un badge, je vois pas ce que tu pourrais faire de plus, rigole Alison.

– Très drôle... C'est peut-être juste qu'il ne m'aime pas ?

Caniche secoue la tête.

– Ça fait longtemps que je connais Raf, et je l'ai jamais vu passer autant de temps avec la même fille.

Je rougis de bonheur.

– Ça viendra, poursuit Caniche. Il attend peut-être le bon moment. Ou la bonne ambiance.

Ou le bon siècle, oui...

On ne pourrait pas imaginer une ambiance plus propice que celle-ci.

Nous sommes quelques jours plus tard, et après un après-midi entier de cirés, bottes en caoutchouc et activités d'intérieur comme poterie, théâtre, ballon prisonnier et cours de natation dans la piscine couverte (pas trop pénible, l'eau étant de la température d'un bain), c'est la soirée cinéma – le dernier *Harry Potter* – dans le FM (foyer des monos). Le FM est la seule pièce du camp équipée d'une télévision.

Janice mâchonne un Bic rose et allume et éteint les lumières.

– Trouvez une place. Allez, allez.

Raf et moi sommes déjà installés à l'arrière du FM, contre le mur du fond. J'ai apporté une couverture (« Plante le décor ! » m'a conseillé Caniche) que je lui propose de partager. À bon entendeur...

J'espérais plutôt une comédie romantique et non pas l'histoire de ma vie. Mais Raf me prendra peut-être dans ses bras lors des scènes qui font peur ?

Janice éteint les lumières, appuie sur « play » avant de s'enfoncer dans le gigantesque canapé brun défoncé-qui-a-connu-des-jours-meilleurs.

Après vingt minutes de film, je sens le bras de Raf autour de moi. Yes, yes, yes ! J'ai des frissons partout. Les lumières sont éteintes et les autres sont absorbés par le film. On va s'embrasser ce soir. Ça va arriver. C'est imminent, je le sens.

Son visage n'est qu'à quelques centimètres du mien. Tout ce qu'il a à faire, c'est le tourner légèrement à droite. Quelque chose à l'écran le fait rire – comme si on pouvait regarder un film dans un moment pareil ! –, et à présent sa joue n'est plus qu'à quelque cinq centimètres de la mienne. Tout ce que j'ai à faire, c'est tourner mon visage. *Tourne-le !*

Il arrête de rire et j'entends sa respiration. J'entends aussi la mienne, de plus en plus rapide à chaque seconde, mon cœur battant à des millions de pulsations par minute.

Je me tourne d'environ deux centimètres. Il se tourne d'environ deux centimètres. Encore un centimètre. Il fait de même. Ômondieu, on est tellement proches, c'est insupportable. Si on tirait tous les deux la langue, elles se toucheraient – ce qui est l'idée, quelque part. Se toucher la langue. Je me demande quel effet va me faire sa langue. Je n'ai encore touché qu'une langue de ma vie, celle de son frère. Ce n'est peut-être pas idéal de penser aux langues d'autres garçons quand on est sur le point d'embrasser quelqu'un.

J'ai la bouche plus sèche qu'un cactus. J'espère qu'elle n'en a pas le goût. Non pas que je sache quel goût a un cactus, mais je suis prête à parier que ça n'en a pas beaucoup. Sans parler de l'aspect épineux.

Nos lèvres ne sont plus maintenant qu'à environ trois centimètres de distance ! Plus que deux centimètres, on y est presque ; cette fois-ci, c'est bon...

Soudain, on sent un courant d'air froid, et les lumières se rallument.

– Aaaaah ! hurle l'assemblée.

Je rejette ma tête en arrière. Les yeux éblouis. Je ne vois plus rien.

Janice bondit du canapé.

– Qui a fait ça ?

Raf s'écarte brusquement comme un chat effarouché.

Tous les regards se tournent vers l'interrupteur.

– Quelqu'un a allumé ? demande à nouveau Janice.

Personne ne répond. Janice essaie de rééteindre les lumières, mais elles ne veulent rien savoir.

C'est moi qui ai fait ça ? J'étais tellement nerveuse à l'idée que Raf m'embrasse que j'aurais rallumé les lumières pour empêcher que ça ne se produise ? Qu'est-ce qui cloche chez moi ?

– C'est peut-être Harry Potter, dit Blume.

Tout le monde rit. Tout le monde sauf moi.

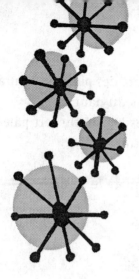

10
ENVOLÉE DE DVD AU FM

Crac.

Les poils de mes bras se dressent, aux aguets.

Rien qu'une brindille, me dis-je. Pas de quoi avoir peur.

Crac.

Je cours un peu plus vite, au cas où. Je ne me rappelle plus très bien pourquoi j'ai eu la bonne idée de traverser le camp en douce en pleine nuit. Ah oui, c'est vrai ! Parce que j'avais désespérément, et immédiatement, besoin de l'aide de Miri.

J'ai fini par trouver le sentier qui passe entre les dortoirs 1 et 3, et tente à présent de rallier le dortoir 2 avant de me faire dévorer par un ours féroce.

Ha ha. Il n'y a pas vraiment d'ours au camp, en vrai. Hein ?

Nous y voilà. Dortoir numéro 2. Je monte à pas de loup les marches en bois qui grincent et je ferme l'écran d'invisibilité, c'est-à-dire le parapluie ensorcelé. J'ouvre la porte avec précaution. Tout ce qu'il me reste à faire, c'est trouver le lit de

Miri. J'explore le bungalow sur la pointe des pieds en scrutant les visages des filles sur les couchettes du haut.

Dans un rayon de lune, je reconnais la couette vert pâle de ma sœur tout au fond, près des toilettes.

– Miri, je chuchote. Miri, réveille-toi.

Aucune réaction. Du coup, je lui tapote le front.

Ma sœur ouvre un œil.

– Qu'est-ce que tu fais là ?

– Faut que tu m'aides. Viens dehors.

– Il est quelle heure ? murmure-t-elle.

– Trois heures du mat'.

– T'es dingue !

– Non, j'ai pas le choix. T'avais raison. Mes pouvoirs m'échappent complètement. J'ai besoin de ton aide. Il faut que tu m'entraînes.

– Maintenant ? elle demande.

– Tu peux pas vraiment m'entraîner en plein jour, si ?

– On n'a pas le droit de sortir des dortoirs en pleine nuit ! On va s'attirer des ennuis.

– Pas si personne ne nous voit.

– Et si quelqu'un est réveillé ?

– T'inquiète. J'ai tout prévu.

J'agite notre écran d'invisibilité au-dessus de son lit.

– T'as apporté ça au camp ?

– Bien sûr que je l'ai apporté !

– Tu m'as pas dit que tu l'apportais !

Quoi, elle est folle ?

– Tu croyais que j'allais abandonner un jouet pareil à la maison ?

Et puis quoi encore ?

160

– Allez, quoi !

Elle enjambe le rebord du lit.

– J'ai le droit de m'habiller ?

Elle porte son pyjama bleu avec Macaron, le monstre dévoreur de gâteaux de *1, rue Sésame*. Je n'arrive pas à croire que je l'ai laissée l'emporter. Heureusement, elle ne le garde pas pour le petit déjeuner.

– Nan, on y va.

Elle bougonne et glisse ses pieds dans ses tongs. Avant qu'on parte, elle attrape une trousse grise sur l'étagère.

– T'auras pas le temps d'écrire, je grogne.

– C'est le A^2. Camouflé.

– Nooon, c'est pas vrai !

J'étouffe un rire pendant qu'on se dépêche de sortir. Pourquoi une trousse ? Quelle fayote, décidément. J'ouvre le parapluie. *Et hop !* Invisibles !

– T'aurais pas pris nos casques de vision nocturne, par hasard ? demande-t-elle.

Zut. J'ai oublié.

– Non, malheureusement. Mais j'ai autre chose de tout aussi utile.

Je brandis une lampe-torche.

– Tu m'emmènes où, d'abord ? s'inquiète Miri.

– Qu'est-ce que tu dirais du foyer des monos ? Ça a l'air tranquille.

En plus, il y a de la moquette dans ledit foyer, ce qui fait que je risque moins de me faire mal si jamais je m'écrase au sol pendant l'entraînement.

En arrivant, enfin, nous ouvrons la porte grinçante et nous asseyons en tailleur sur le canapé défoncé. Miri pose la

161

trousse par terre et sort de sa poche un petit sac de farine blanche. De la farine ?

– C'est quoi ?

– Du talc. Tu peux te taire une seconde ?

Elle s'éclaircit la voix et dit :

De chenille tu étais devenu papillon.
Que cette poudre absorbe ta métamorphose !

Pendant qu'elle saupoudre la poudre sur la trousse, cette dernière s'étire et se transforme en A^2. Vous voyez, quand vous froissez un de ces papiers qui emballent les pailles et qu'ensuite vous versez une goutte d'eau dessus pour le regarder se déployer ? Eh bien ça fait pareil.

– Trop cool.

Elle soulève le grimoire invraisemblablement lourd et le pose sur ses genoux. De l'extérieur, il semble avoir la taille d'un roman ordinaire, mais en réalité il fait soixante centimètres d'épaisseur. Et il sent l'aigre, comme du lait tourné.

– Alors, on commence par quoi ?

– Bonne question.

– Bon, c'est quoi ton problème ?

– J'en sais rien ! C'est comme si je n'arrivais pas à contrôler mes pouvoirs. Comme ce soir, par exemple. Raf était sur le point de m'embrasser pendant le film...

– Merci de m'avoir gardé une place.

– Miri, t'es pas censée t'asseoir à côté de ta sœur. T'es censée rester avec tes copines.

Elle hausse les épaules.

– J'en ai pas.

162

Mon cœur sombre comme un kilo de plomb. Même si ma sœur n'est pas franchement une chef de bande à l'école, j'espérais que les choses seraient différentes ici.

– Mais pourquoi ?

Elle hausse les épaules.

– Je te l'ai déjà dit. Elles se connaissent toutes depuis qu'elles ont sept ans.

– Dans mon dortoir aussi !

– Peut-être, couine-t-elle, mais dans le mien, les filles n'ont pas envie de se faire de nouvelles copines.

Sa voix haut perchée me crispe.

– Elles sont méchantes avec toi ?

Elle pique un fard.

– Un peu. Laisse tomber. Ça m'est égal. De toute manière je n'ai pas tellement d'amies non plus à la maison.

– Ne pas avoir d'amies, c'est une chose. Se faire maltraiter, c'en est une autre.

Ses yeux se voilent.

– J'ai pas envie d'en parler.

– Si, il le faut. Je suis ta sœur.

Elle se met à se ronger les ongles, et cette fois je ne fais rien pour l'arrêter.

– Ben, hier quand je me suis réveillée, elles étaient en train de me tremper les doigts dans de l'eau chaude pour essayer de me faire faire pipi au lit. Et aujourd'hui quelqu'un a mis du shampooing dans mes baskets. Mais c'était peut-être un accident...

– Tu plaisantes ? Comment est-ce que du shampooing pourrait se retrouver dans des baskets par accident ?

Les joues me cuisent, et je tape du poing dans l'un des coussins du canapé.

Aïe. Mon crochet du droit n'est pas terrible.

— Peu importe, dit Miri afin de changer de conversation. Ça ne fait rien. Franchement, ça m'est égal. Pas envie de perdre mon temps à me faire de la bile pour ça. Je veux pouvoir me concentrer sur l'aide aux sans-abri à mon retour, donc il faut que je mette à profit mon temps libre pour faire des recherches.

— Miri, c'est justement parce que tu ne fais aucun effort pour leur parler qu'elles te mettent sur la touche !

Elle lève les yeux au ciel.

— Je ne les aime même pas ! Pourquoi je ferais un effort ?

— Peut-être que si t'en parlais à tes monos...

— Ça ne ferait qu'aggraver les choses. (Elle pointe le menton en l'air.) Je suis pas venue jusqu'ici au milieu de la nuit pour parler de mes problèmes. On peut revenir aux tiens ?

Même si je préférerais continuer à parler d'elle, je ne veux pas la contrarier.

— Mes pouvoirs débloquent. Quand j'utilise ma Force, ce que je veux ne se produit pas toujours au final.

— C'est pour ça qu'on a le A^2.

— Je sais, je sais. Mais c'est pas tout. Quand je suis émue, ma magie fait n'importe quoi. Par exemple, au moment d'embrasser Raf, j'étais tellement nerveuse que j'ai rallumé les lumières.

— C'est toi qui les as allumées ?

— Oui ! Sûrement. J'avais le cœur qui battait à toute allure et...

Attendez une minute. Je n'étais pas la seule personne dotée de pouvoirs magiques ce soir. Se pourrait-il que Miri ait tenté de saboter mon premier baiser avec Raf ? Elle craint peut-être de se sentir encore plus seule si je sors avec lui. Nan, elle ne me ferait pas un coup pareil.

– Je veux dire, puisque ce n'est pas *toi* qui l'as fait (je lui envoie un regard lourd de sous-entendus au cas où elle aurait quelque chose à m'avouer), c'est forcément moi. Donc, il faut que j'apprenne à contrôler mes pouvoirs. T'as jamais eu ce problème ?

– Jamais. Je dois être plus mûre, comme sorcière.

Comme si ce n'était déjà pas assez embêtant de devoir demander de l'aide à ma petite sœur, il faut qu'elle en rajoute.

– Tu peux regarder dans le livre, histoire de voir s'il n'y aurait pas une technique de contrôle que je pourrais utiliser ?

Elle l'ouvre et feuillette les pages en papier superfin.

– Un exercice, tu veux dire ?

– Exactement.

– T'as besoin d'apprendre la magie. Comme les bébés apprennent à aller sur le pot.

– Épargne-moi tes comparaisons.

– Peut-être que je devrais te zapper une couche magique.

– Miri, si j'étais toi je m'écraserais avec les blagues de pot. N'oublie pas que j'ai deux ans de plus que toi, et que j'ai donc un souvenir très précis de la fois où t'as arraché ta couche et fait pipi partout dans le sal...

– J'ai trouvé quelque chose.

– Déjà ?

– Je suis trop rapide. Laisse-moi deux secondes pour lire ça.

Je trépigne de la basket pendant deux secondes.

– Fini ?

Elle fait comme si elle n'avait pas entendu.

– Allô ?

– Chut ! (Elle continue sa lecture.) OK, ça va marcher.

– Formid'. C'est quoi ?

– Ça s'appelle un megel.

– Un quoi ?

– Un exercice de megel. Il faut que tu t'entraînes à stopper le flux de ta Force. Ça musclera ta magie.

– Et comment on fait ça ?

Elle me désigne le parapluie.

– Essaie de le soulever par la force de l'esprit.

– Hum, je suis pleine de bonne volonté, là, mais vu que le parapluie est mon jouet favori, je peux peut-être prendre autre chose comme cobaye ?

Elle se lève.

– Essaie avec le canapé. On dirait qu'il a déjà survécu à quelques megels.

– Trop lourd.

Elle pivote sur elle-même pour essayer de repérer des objets megelisables.

– La télé.

– Et si je la fais tomber ?

Elle sautille jusqu'au lecteur de DVD et ramasse le boîtier de *Harry Potter*.

– Et ça, c'est assez léger pour toi ? (Elle l'envoie valser sur la moquette.) Vas-y.

Bonjour la pression. Je me concentre sur la boîte. Je m'efforce de mobiliser toute mon énergie, et soudain mes bras se couvrent de chair de poule. J'essaie de diriger toute cette énergie vers la boîte – vole, Harry, vole ! –, et le plastique se met à frémir. Ça marche ! Il se soulève de quelques centimètres au-dessus du sol...

– Plus un geste ! m'ordonne Miri. Garde-le à cette hauteur. Tu peux y arriver ?

J'essaie, mais la boîte se met à trépider follement, j'ai les bras et les jambes qui tremblotent, et avant que j'aie eu le temps de dire ouf, la boîte s'ouvre d'un coup, s'envole jusqu'au plafond puis s'écrase par terre.

– Oups, je dis. Désolée, maître Yoda. Je vous ai déçu.

Elle rigole.

– T'as besoin d'entraînement.

Non, sans blague ?

– Je pourrais pas m'entraîner avec des vrais sorts du A^2 ? Ils sont plus faciles à contrôler, non ? Les formules et les ingrédients font pratiquement tout le boulot, alors je ne peux pas me planter complètement.

– C'est vrai, ils sont plus faciles à contrôler, mais ils sont aussi beaucoup plus puissants. Et comme ta Force est détraquée, ça pourrait être dangereux. Qui sait ce que tu pourrais inventer ? Ou écrabouiller, ajoute-t-elle en regardant le boîtier de DVD en morceaux.

Tout d'un coup, on entend un gros craquement de l'autre côté de la porte.

– Y a quelqu'un qui vient, chuchote précipitamment Miri.

– Qu'est-ce qu'on fait ? je demande, paniquée.

Elle agite la main en direction de la porte.

– Je vais tenter (elle souffle comme un bœuf) de la retenir.

– La porte est coincée, lance un type dehors.

– Pousse plus fort, dit une autre voix.

Une voix féminine.

– L'écran d'invisibilité ! me rappelle Miri en continuant à se battre avec la porte.

Malheureusement, le parapluie est à l'autre bout de la pièce.

– Il est trop loin !

J'essaie d'utiliser ma Force pour le faire voler jusqu'à nous, mais évidemment, pile maintenant, ça ne marche plus.

– Tu peux pas le faire venir par ici ?

– Trop dur – humpf – de faire – humpf – deux sorts – humpf, humpf – à la fois ! Sers-toi de tes pieds !

Ah oui, bien sûr ! Je les avais oubliés, ceux-là. Je traverse la pièce en courant, ramasse le parapluie, et le déploie juste au moment où Miri perd sa bataille. Le battant s'ouvre à toute volée tandis que Miri plonge à côté de moi sous le parapluie.

– Bien joué, s'exclame la voix de fille.

Je ne vois pas qui c'est, vu que le parapluie nous bouche la vue. Mais je reconnais la voix. C'est Deb.

J'entends la porte se refermer. Formidable. Nous voilà prises au piège. Ma mono est sur le point de roucouler avec un type, et je vais rester coincée là jusqu'à ce qu'ils aient fini.

Je crois que j'aimerais encore mieux regarder ma mère avec Lex plutôt que d'avoir à écouter ça.

– Embrasse-moi, fait le mec.

On dirait bien Anthony. Au moins, Deb a bon goût.

Deux heures plus tard, Miri et moi sommes enfin libres. Libres, fatiguées, et de mauvais poil.

— La prochaine fois, faudra qu'on trouve un endroit un peu moins fréquenté, je déclare tandis que nous traversons l'Alpage. Oh, le soleil se lève sur la montagne. Tu veux aller au lac pour admirer le spectacle ?

— D'ac, pourquoi pas ?

Nous filons au bord de l'eau. Le lac est lisse comme un miroir, mais traversé de traînées jaunes, orange et bleues. Nous laissons nos chaussures sur le sable, nous asseyons sur le ponton et nous trempons les pieds dans l'eau fraîche.

Je cogne le pied de ma sœur avec mon gros orteil, faisant courir des vaguelettes à travers le lac.

— C'est beau, hein ?

— Ouais, dit-elle, d'un ton presque mélancolique. C'était marrant, cette nuit.

— T'en fais pas, Mir. Ça va s'arranger, au camp. Tu verras.

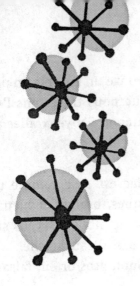

11
LA REINE DES ABEILLES

Dès que je suis seule un moment, je travaille mes megels.
Je pense tout d'abord trouver un coin tranquille dans les bois,
mais tout compte fait j'ai encore trop peur de tomber sur un
ours. Ou un cerf. Ou un raton laveur. Ou n'importe quel animal non domestiqué.

Donc, je me rabats sur le plan B. Malheureusement, le
plan B consiste à utiliser l'un des cabinets de notre bungalow.
Que dire ? Certes, ça ne sent pas très bon, mais c'est tout près,
ce qui est bien pratique, et c'est le seul endroit de tout le
camp où l'on puisse être vraiment seul. Je m'entraîne sur le
rouleau de papier de rechange. Les portes descendent jusqu'au sol, si bien que personne ne croit que je fais pipi debout
comme un garçon.

C'est l'heure de temps libre, et cela fait environ dix minutes
que je m'entraîne. Je progresse un peu. Plus haut. Stop. Plus
haut. Stop...

Bam, bam, bam.

– Ça fait des heures que t'es là-dedans. Ce ne sont pas tes toilettes personnelles.

Oups. Je tire la chasse, bien que je n'aie rien fait qui le nécessite, et j'entrouvre la porte.

– Désolée, je...

Je m'arrête au milieu de ma phrase. C'est Liana. Pourquoi est-ce que je passe mon temps à m'excuser auprès de cette fille ?

– Tu peux pas monopoliser les toilettes, me fait-elle sèchement.

Il y a quelqu'un par ici qui a un méga-problème d'agressivité.

– Je t'ai dit que j'étais désolée.

Elle rejette ses cheveux en arrière et entre en claquant la porte dans une cabine – pas celle que je viens de quitter. Et c'est là que je réalise quelque chose de bizarre : les deux autres étaient libres. Humpf. Pourquoi Liana tenait-elle à me virer ? Qu'est-ce que ça peut bien signifier ?

Puisqu'il nous reste encore un quart d'heure de liberté, je traverse le vestiaire jusqu'à notre dortoir et je m'installe confortablement avec mon oreiller sur le lit d'Alison, les pieds calés contre l'échelle.

Caniche et Carly jouent au gin-rami.

– Tu veux jouer, championne ? me demande Carly. Tu vas nous mettre la pâtée ?

On dirait que j'ai le truc avec le gin-rami. Qui l'eût cru ?

– Bien sûr, si on a le temps.

– J'ai le courrier ! dit Deb, les bras chargés de feuilles, de lettres et de colis.

171

Elle nous tend d'abord les e-mails imprimés.

– Alison, Caniche, Rachel, Carly, Caniche, Alison, Morgan, Morgan, Rachel.

Chouette ! J'ai un e-mail de Tammy (qui sort toujours avec Bosh et adore son job d'été de baby-sitter à New York), et un autre de papa.

Les mails de mon père sont adorables. Et quelque peu mal écrits, vu qu'il les envoie depuis son BlackBerry. Prenez par exemple celui d'aujourd'hui :

> Temps superbe. Vais à une conférence demain. Serai de retour maison lundi.
>
> Joué golf hier. Jennifer coud étiquettes du camp pour P. Elle aussi hâte de vous revoir.
>
> Envoyez e-mails pour raconter activités et comment se passe le camp.
>
> Bises à vous 2
>
> Papa
> _____
>
> Envoyé depuis mon BlackBerry Sans Fil Manuel

Je lui ai déjà écrit que nous n'avions pas accès à l'ordinateur (Deb imprime tous les mails une fois par jour), mais visiblement le principe lui échappe.

Deb balance un gros paquet rose sur le lit de Caniche.

– Pour toi, princesse.

– J'espère que c'est le dernier *Entertainment Weekly*, dit-elle en déchirant l'emballage. Oh, super, y a aussi *People* !

– Un paquet pour toi, Rachel.

Pour moi ? Un paquet ? Je ne me tiens plus de joie.

– C'est de qui ? s'enquiert Alison.

Je retourne l'enveloppe pour lire l'adresse de l'expéditeur. Jennifer Weinstein.

– De ma belle-mère.

Comme c'est gentil de sa part ! Qu'a-t-elle pu m'acheter ? Un livre ? Un CD ?

Je déchire l'emballage et je découvre... un flacon de Nair. *Épilation de la lèvre supérieure.*

Hein ? Il y a un petit papier plié : *Profites-en bien ! Bises, Jennifer.* Dites-moi que je rêve !

– T'as de la moustache ? me demande Morgan.

– Non ! je rétorque en cachant le paquet derrière moi.

Je peux pas croire qu'elle m'ait envoyé un truc pareil. Essaierait-elle de me faire passer un message ?

– Enfin, je crois pas. J'en ai ?

Je tortille ma lèvre supérieure.

Alison m'examine le visage.

– Je vois rien.

– Sois honnête.

– Je te jure ! Quel cadeau bizarre.

Non, sans blague ?

– Rachel, il y a encore une lettre pour toi, annonce Deb.

– Merci.

Je l'ouvre et découvre qu'elle est de ma mère. C'est la lettre de base, type « je vais bien, comment vas-tu, tu me manques ». J'ai au moins un parent normal.

Enfin, mis à part le côté sorcière.

– Vous ne trouvez pas que Harris ressemble à une star de cinéma ? soupire Caniche avant de se replonger dans son magazine.

– Il n'est pas si canon que ça, dit Morgan en s'épilant les sourcils dans un miroir de poche. Will, en revanche... est un vrai régal pour les yeux.

– Au fait, t'en es où avec Harris ? je demande à Caniche.

Elle garde les yeux rivés sur son magazine.

– Quelque part...

– Quoi ? on s'écrie toutes.

Caniche sourit et met son doigt devant sa bouche pour nous faire taire.

– Je veux pas (elle fait un signe en direction du 15) qu'elles nous entendent.

Morgan jette son miroir et sa pince à épiler sur son lit.

– T'as intérêt à cracher le morceau, et plus vite que ça !

Caniche entortille une mèche de ses cheveux blonds autour de son index.

– Hier, pendant la voile...

On se penche toutes pour mieux entendre.

– ... on a dessalé et, pendant qu'on était dans l'eau, il m'a embrassée.

– Oh ! Mon ! Dieu ! on hurle en chœur.

– Alison et moi étions aussi à la voile, et on n'a rien remarqué, je m'exclame, incrédule.

– C'est pour ça que Harris vous a mises avec Anderson et Brandon, confie Caniche.

– Ah, fait Alison. J'avais pas complètement gobé le coup du « ils s'entraînent pour devenir moniteurs de voile », vu qu'ils nous ont fait dessaler deux fois.

– Je crois que c'était exprès, dis-je. Ils étaient pliés de rire chaque fois qu'on s'est retrouvées dans l'eau glaciale. Carly était morte de jalousie quand on le lui a raconté.

– Est-ce qu'on peut revenir à Harris, s'il vous plaît ? gémit Morgan.

– Si l'une d'entre vous le répète à qui que ce soit, continue Caniche, je l'étrangle.

– Méfie-toi, l'avertit Alison. Tu pourrais t'attirer de gros ennuis.

– Il risque de se faire virer, ajoute Carly.

Caniche parcourt la pièce d'un regard lourd de sens.

– C'est pourquoi vous avez toutes intérêt à la boucler. Parlons d'autre chose.

– Et toi, Rachel ? me demande Morgan, qui a déjà repris son épilation. Ça y est, il y a eu un peu d'action avec Raf ?

– Non. Et maintenant ça me rend encore plus malade que ça prenne autant de temps.

– C'est pas pareil, dit Alison. Harris habite à Boston. C'est pas comme si leur affaire risquait de devenir sérieuse. (Elle regarde Caniche.) Hein, t'es pas sérieuse avec lui ?

– Moi, sérieuse ? Allons, mon histoire la plus longue a duré une semaine.

– Ils n'ont que cet été, poursuit Alison, donc ils sont obligés d'agir. Alors que Raf et toi... ce n'est pas juste une amourette de vacances. Il y a des conséquences ! Vous allez au lycée ensemble. Si ça ne marche pas, vous allez devoir vous éviter non seulement durant les quatre semaines du camp, mais pendant trois ans. Raf veut juste être sûr de ce qu'il fait.

Logique. Faut croire.

– Et puis tu es sortie avec son frère... ajoute Carly.

– Veinarde ! bougonne Morgan.

Toujours cette histoire. Je soupire.

– Sans doute.

Mais à supposer que Raf passe de nouveau à l'action, que va-t-il se passer si ma magie détraquée me fait rallumer la lumière et gâche encore tout ?

– Le problème, c'est peut-être qu'on est toujours dans les parages. Vous devriez vous trouver un coin tranquille, conseille Caniche. Il ne fera rien si le monde entier est assis dans notre véranda.

– Bien parlé, je dis.

Ça marchera peut-être. Après tout, j'ai fait régulièrement mes megels.

Après l'activité du soir, je propose à Raf d'aller faire un tour.

Il écarquille les yeux de surprise (à cause de mon dévergondage éhonté ?) et s'empresse de répondre :

– Bien sûr.

Ça, c'était fastoche.

– On va par où ? demande-t-il.

– L'Alpage ?

Comme il y a moins de dortoirs par là-bas, c'est plus tranquille. On se promène dans le noir en discutant. L'air nocturne est tiède et sec.

– Allons nous asseoir sur les gradins du terrain de base-ball.

Il monte sur le premier gradin et me prend la main pour m'aider. Dzing ! Bonjour l'électricité. On grimpe tout en haut et on étend les jambes sur la rangée du dessous.

– On voit la Grande Ourse, déclare Raf en renversant la tête en arrière.

J'avais oublié combien ses lobes d'oreilles étaient mignons. Je dois me retenir pour ne pas tirer dessus. Je suis son exemple et regarde le ciel. Je ferais bien un vœu, mais il y a trop d'étoiles pour que je sache laquelle j'ai vue en premier. Et de toute manière, je n'ai pas franchement besoin d'étoiles pour faire des vœux.

– Je voudrais qu'on reste au camp pour toujours, dis-je tout de même. C'est tellement joli ici.

– Je te comprends. Sous un ciel pareil, on se demande comment on peut vouloir vivre en ville.

– Hum, parce que nos parents nous y obligent ?

Il rit.

– C'est vrai, il y a de ça. Mais j'aimerais aller à l'université dans un endroit sympa.

– Où ça, par exemple ?

Sa peau luit doucement au clair de lune.

– Je sais pas. Un endroit comme ici, perdu au milieu de nulle part. L'université de... l'Iowa.

– Pourquoi l'Iowa ?

Il baisse la tête et examine ses mains.

– Ils ont un bon cursus d'écriture.

– C'est ce que tu veux faire ? Écrivain ?

– Je crois. Et toi ? C'est quoi, tes projets ?

Mon seul projet, à ce moment précis, est de l'amener à m'embrasser.

– Je crois que je veux faire des études de maths.

– Cool. Tu crois que tu resteras à New York ?

– Ces derniers temps, j'ai fantasmé sur la Californie. Peut-être que j'irai à la fac là-bas.

Il fredonne « California Dreamin' » des Mamas and the Papas, et je l'accompagne.

On éclate de rire.

– Ça te manquerait pas, New York ? je demande.

Il chante : *If I can make it there...*

À mon tour : *I'll make it* – boum, boum – *anywhere !*

En chœur : *It's up to you, New York, New York !*

– On devrait former un groupe, je plaisante.

– J'adore cette chanson, dit-il.

Moi aussi ! Ômondieu, Raf et moi on a une chanson !

– Avoue, Raf, tu ne quitteras jamais Manhattan.

– Ça me manquerait trop. Et ma famille, aussi. Pas toi ?

– Nan !...

On se marre de nouveau.

– Je rigole. Je m'entends bien avec ma famille. La plupart du temps. Enfin, une partie du temps. Mais j'aime bien être toute seule. Ma sœur me manquerait, quand même.

Je renverse la tête en arrière et je regarde les étoiles.

– Ouais, j'ai remarqué. Si j'allais dans l'Iowa, mes frères me manqueraient.

– T'as trop de chance d'avoir des frères. J'aurais bien aimé avoir un frère.

Il fait la grimace, et je prends conscience de ma gaffe magistrale. Je n'aurais *jamais* dû prononcer le mot *frère*. Qu'est-ce que j'avais dans la tête pour mettre Will sur le tapis ? !

– Rachel, j'ai une question à te poser.

Mon cœur. Bat. À toute pompe.

– Oui ?

178

– Tu n'es pas... Est-ce que tu as encore des sentiments pour Will ?

– Quoi ? Non !

Non, non, non. Voilà ma chance. De tout expliquer ouvertement.

– En fait... Je voulais te dire, Raf... Je n'aurais pas dû sortir avec Will. Après ce qui s'était passé entre nous. Ça a vraiment dû te faire un drôle d'effet.

Il se réinstalle sur les gradins, appuyé sur les coudes.

– Ouais, ça, tu peux le dire. Mais ce n'est pas ta faute. J'aurais dû lui dire que ça me dérangeait.

Ça le dérangeait ? Youpi !

– J'aurais dû tout t'expliquer au sujet du mariage de mon père, je bredouille. T'expliquer pourquoi j'ai dû louper le Grand Bal de Printemps. J'aurais dû...

Il secoue la tête, refusant mes explications d'un geste.

– J'aurais dû être plus compréhensif. Je suis sûr que ça n'a pas été facile pour toi quand ton père s'est remarié.

C'est vrai ! Comme il est intelligent.

On se tait tous les deux pendant une minute, puis il sourit :

– J'aimerais bien avoir une sœur.

– Ah bon ?

Meilleur sujet. C'était devenu un peu lourd, là, pendant une seconde.

– Bien sûr. Ce serait chouette. Ta sœur est trop mignonne.

– Merci.

– Elle a toujours l'air tellement sérieuse ! Comme si elle méditait sur le destin du monde.

Pauvre Miri.

– C'est un peu ce qu'elle fait.

179

– Ça lui plaît, le camp ?

– Elle s'y fait.

Il m'adresse un sourire nonchalant.

– Et à toi, ça te plaît ?

Je pense au lac, aux étoiles, à l'air frais. À mon bungalow douillet. Au plaisir d'aller en pyjama assister au lever des couleurs ou de rigoler avec mes copines jusqu'à pas d'heure.

– J'adore.

– Tu crois que tu reviendras l'année prochaine ?

Mon genou gauche n'est qu'à une trentaine de centimètres de son genou droit.

– Comme animateur-stagiaire, tu veux dire ? C'est sûr. Et toi ?

– Sûr et certain. Je reviendrai jusqu'à ce que je sois mono en titre.

– Comme Mitch ?

– Je ferai mieux que Mitch. Je ne comprends même pas qu'on lui confie des responsabilités.

– Oh, allez. Je vois comment il est avec ses gamins. Il est marrant ! Ils l'adorent.

Et là, silence. Ce serait le moment parfait pour s'embrasser.

Allez. Maintenant.

Maintenant.

– Bon, dit-il.

– Bon...

On se tait. Le sang me monte à la tête.

Il se tourne vers moi pour me regarder. Ses yeux sont d'un marron intense. Ses doigts effleurent les miens, et j'ai la main en feu. Il se penche vers moi et...

Bang ! Aouuuuuuuuuuuuuuuuuuuh !

Quelque chose me cogne le front. J'ai dû pousser un hurle-
ment, parce que Raf saute sur ses pieds.

– Ça va ?

– J'en sais rien. (Ma tête est comme une toupie.) C'était
quoi ? On m'a tiré dessus ?

Il se penche et ramasse...

– Un ballon de foot.

– C'est ça qui m'a frappée ?

– Ouais. C'est trop bizarre. Il est arrivé de nulle part. Je ne
crois même pas qu'il y ait quelqu'un dans le coin. (Il regarde
au loin.) Hello ? Il y a quelqu'un ? Il y a forcément quelqu'un !

Pas de réponse.

Ce n'est pas que ça me surprenne. Parce que je connais la
vérité. C'est moi qui ai fait ça. J'ai recommencé. Je me suis
porté la poisse. Mais qu'est-ce que j'ai ? Mon front m'élance.

– Je me sens pas très bien.

Il pose sa main sur la mienne.

– Ça a dû te faire très mal. Je t'emmène à l'infirmerie.

Non ! Pas l'infirmerie !

– Cet endroit sort d'un film d'épouvante.

Il éclate de rire.

– Le docteur Dina est cool. T'inquiète pas. Je te laisserai pas
seule.

– Promis ?

– Promis. Je te protégerai du croque-mitaine.

Ce n'est pas du croque-mitaine que j'ai peur. C'est d'une
sorcière incontrôlable.

Moi.

O thus be it ever, when free men shall stand...
Alison me tapote la tête pendant l'hymne national.
– Pauvre Rachel.
– Pauvre de moi, dis-je en écho.
Pauvre de moi, en effet. On est le lendemain matin, et j'assiste au lever des couleurs avec un énorme hématome bleuté sur le front.
– Je suis hideuse.
– Mais non. Ça se voit à peine. On va le couvrir avec du fond de teint, et hop, on n'y verra plus rien.
– Je l'ai déjà recouvert de fond de teint. Tel que tu le vois, il est *déjà* camouflé.
Snif.
Then conquer we must, when our cause it is just...
Le seul bon côté de cette mésaventure, c'est que dans l'épreuve Raf s'est révélé un véritable amour. Il a bipé le docteur Dina pour moi, et puis il est resté à attendre trois quarts d'heure avant qu'on me dise que je n'avais pas de traumatisme crânien. Je le repère de l'autre côté du cercle et lui fais un petit signe qui signifie : *Oh là là j'ai encore mal à la tête.*
Il me fait une grimace de compassion et un petit signe de la main.
– Tu l'as eu, ce baiser, au moins ? me demande Alison.
Je secouerais bien la tête, mais j'ai trop mal.
– Non.
O'er the land of the free and the home of the brave !

– Je n'ai jamais vu deux personnes avoir tant de mal à sortir ensemble, dit-elle. Vous êtes maudits !

– Pas de précipitation, on va au réfectoire en marchant ! nous ordonne Anthony.

Et la malédiction, c'est moi.

Je passe les quelques jours qui suivent à me presser des poches de glace sur le front et à faire mes megels. Je m'entraîne même sur la poche de glace, mais j'arrête après l'avoir laissée tomber sur mon front sans le faire exprès, ce qui me donne encore plus mal à la tête. Mais en dépit de la chute de glace, je progresse. Vraiment. C'est aussi l'avis de Miri.

Nous décidons de nous retrouver à deux heures du matin, au réfectoire cette fois.

– Pourquoi ici ? me demande Miri quand je me pointe avec dix minutes de retard.

– Il y a plus d'endroits pour se planquer si besoin.

Elle bâille.

– On devrait faire ça pendant la journée.

Mets tes pendules à l'heure, Missy.

– On ne peut pas se retrouver pendant la journée. On nous verrait.

Elle pose sa joue sur la table.

– Et alors ? Qu'est-ce que ça peut faire ?

Elle est folle ?

– T'es pas bien ? Tu veux que le monde entier sache que t'es une sorcière ?

– Qu'est-ce que ça changerait ?

– On te traiterait comme un monstre.

Elle ferme les yeux.

– C'est déjà le cas.

Mon cœur se brise un peu.

– Encore ?

– Je me fiche qu'elles m'aiment ou pas. Je ne déborde pas de copines à New York non plus. Mais les filles de mon dortoir sont vraiment odieuses. Enfin bref. Elles ne valent pas la peine que je perde mon temps avec elles.

– Peut-être que tu devrais leur jeter un sort pour qu'elles t'apprécient.

– J'aime pas jouer avec les sentiments des gens. Tu sais bien. (Elle ouvre les yeux d'un coup et se redresse.) Mais si elles savaient que je suis une sorcière, elles me ficheraient la paix. Elles n'oseraient pas m'embêter ! Elles auraient trop peur de moi.

Ses yeux brillent dans le noir.

Sur le moment, j'ai un peu peur d'elle, moi aussi.

– Apparemment, il faut que vous vous trouviez un endroit encore plus tranquille, dit Alison.

Elle fait un lob par-dessus le filet.

J'aurais bien aimé le lui renvoyer, mais malheureusement je n'arrive pas à faire coïncider ma raquette avec la balle. Tout comme je n'arrive pas à faire coïncider mes lèvres avec celles de Raf. Ces derniers jours, malgré mon séduisant front violacé, Raf a eu envie de passer du temps avec moi. Toutefois, même ainsi, pas moyen de réaliser la connexion des lèvres. Par exemple, il y a eu la fois pendant la BG où une vague gigantesque l'a renversé dès qu'il s'est penché vers moi.

D'où pouvait bien sortir cette vague ? On était dans un lac !

– Montez au belvédère ! crie Caniche depuis le court d'à côté, où elle joue avec Carly.

Je me baisse pour ramasser la balle et m'efforce d'adopter la position que m'a indiquée Lenny, le prof de tennis.

– C'est où, le belvédère ?

Alison m'indique le sentier derrière le local de tennis.

– À peu près à mi-chemin du sommet. Tu suis le sentier. C'est à dix minutes de marche, grosso modo.

– C'est tranquille, et hyper-romantique, ajoute Caniche avant d'envoyer sa balle dans le filet. Oh non ! Qu'est-ce que j'ai aujourd'hui ?

Carly agite sa raquette au-dessus de sa tête.

– Et si tu essayais de te concentrer sur la partie ?

– Rachel, continue Caniche, dis-lui juste que tu as entendu dire que c'était beau, et demande-lui de te montrer où c'est.

Attendez une minute.

– Vous croyez qu'il connaît déjà ? Et avec qui il est monté là-haut, d'abord ?

Alison se marre.

– Oh, du calme. On grimpait tous là-haut quand on était petits.

Je ne sais pas si je vais pouvoir réessayer. C'est vrai, quoi, pourquoi est-ce tout le temps à moi d'arranger le coup ? S'il est amoureux de moi, il pourrait s'en occuper lui-même, non ?

– Oscar ! Oscar ! Oscar !

Oscar sort de la cuisine et s'incline devant ses fans en délire.

– Oscar ! Oscar ! Oscar !

Apparemment, chaque fois que le cuistot fait ses célèbres lasagnes à dîner, on l'ovationne.

– Oscar ! Oscar ! Oscar !

Il salue de la main la foule en adoration, puis disparaît de nouveau dans sa cuisine.

Je n'ai rien à redire : les lasagnes sont un délice. Je me sers pour la troisième fois.

– Hé, Rache, me dit Raf en s'approchant nonchalamment de notre table. Tu veux aller faire une randonnée pendant le temps libre ?

– Une randonnée ? Je ne suis pas une grande marcheuse.

Caniche me donne un coup de pied sous la table.

– Où est-ce que tu veux aller te balader ?

Raf pique un fard.

– Je pensais monter au belvédère.

Aha ! Le belvédère ! Ouais ! Il veut qu'on sorte ensemble ! Pas trop tôt.

– Ça m'a l'air chouette.

Du moins, le côté rendez-vous romantique. Pas le côté marche. Mais peut-être que ce soir, j'aurai enfin ma chance ?

– Super. Je passerai te prendre à ton dortoir.

Yes !

186

– C'est toi qui débarrasses, Rachel ! tout le monde hurle.

Hein ? Je lève les yeux et je vois des doigts sur des nez.

Zut. J'ai raté le coche sur ce coup-là. Pas trop grave, cela dit. Mon record est plutôt bon. Je n'ai desservi que sept fois de tout l'été. Morgan en est à vingt-trois fois. Caniche n'a jamais débarrassé. Elle est un peu la championne du monde du « plus un geste », et elle est toujours la première à repérer le cochon.

Après une tranche de pastèque en dessert, je vire les assiettes vite fait puis fonce à mon dortoir pour me préparer. Je commence par me brosser les dents. (Oscar n'y va pas de main morte avec l'ail dans ses lasagnes.) Ensuite, je double Cece en coup de vent dans le vestiaire et je m'interroge : que porte-t-on pour une randonnée-rendez-vous romantique ? Plutôt sexy, ou plutôt sport ?

Je mets mon short noir le plus court et un haut vert vif. Puis je remets une couche de déodorant, juste au cas où. Pas trop sûre qu'on va sortir ensemble, mais je sais que la randonnée ça peut être assez sportif.

Je défile devant Alison, qui s'est mise au lit.

– Comment je suis ?

– Spectaculaire. T'as mis de l'anti-moustique ?

– Pas ce soir. Je veux sentir délicieusement bon, pas le Bzzz de chez Baygon !

– Bon, tu prendras les bestioles à la course !

– Merci ! Et toi, ça va ?

Elle est un peu pâlotte.

– Ouais, répond-elle en se frottant les tempes. J'ai un léger mal de tête.

– Tu ferais bien de te reposer. Il paraît que l'activité de ce soir, c'est la course au drapeau.

– C'est ce que je vais faire. (Elle remonte la couverture sur ses épaules.) Amuse-toi bien.

Je croise Morgan dans la véranda, qui me souhaite bonne chance.

Depuis les marches, je regarde Raf venir à ma rencontre.

– Prête ? demande-t-il.

– On y va.

Côte à côte, nous longeons les courts de tennis et prenons la direction du local.

– Il y a des marches juste derrière, dit-il.

– Super.

On grimpe en papotant. La randonnée n'était peut-être pas une si bonne idée que ça. Je suis déjà en nage. Même mes mains sont en nage. Ou alors, c'est nerveux. Je manque de me casser la figure en trébuchant sur un caillou, mais Raf me rattrape par le bras.

On continue à marcher.

C'est encore loin ?

On marche encore un peu.

Et là, c'est encore loin ? Je ne pose pas la question, vu que je ne veux pas jouer à la gamine insupportable à l'arrière de la voiture. C'est la plus longue balade de dix minutes que j'aie jamais faite.

– Tu veux de l'eau ? me demande Raf en agitant une bouteille.

Enfin, nos bouches vont entrer en contact ! Même si c'est indirectement, *via* une bouteille d'eau. Je prends une gorgée et la lui rends.

– Merci.

On marche encore quelques minutes, jusqu'à ce qu'il me montre enfin du geste une corniche en annonçant :

– Et voilà.

Ouaaah ! Je savais qu'on montait vers un point de vue panoramique, mais je n'avais pas compris à quel point c'était impressionnant. Je regarde en bas. Le camp se déploie tout entier en dessous de nous comme une peinture à l'huile. Les bungalows, le lac, les montagnes, les bois... et le soleil qui se couche sur le lac, l'embrasant de rouge. Waouh...

– C'est beau, hein ?

– Magnifique.

Il prend ma main.

C'est parfait. Je suis tellement heureuse que ce soit le lieu de notre premier vrai baiser ! Je suis en sueur, j'ai les mains moites, et alors ? C'est magnifique, on est tout seuls, et il y a un coucher de soleil !

Il se détourne du panorama pour me regarder. Et là, sans me lâcher la main, il se penche vers moi.

Maintenant ! Maintenant ! Maintenant ! Il ferme les yeux. Je ferme les miens, et je sens son souffle sur mon visage.

Et c'est là que j'entends le bourdonnement.

Qu'est-ce que...

Bzzz ! Bzzz ! Bzzz ! J'ouvre les yeux et je vois... un essaim d'abeilles au-dessus de nos têtes.

C'est une blague. C'est forcément une blague.

Raf ouvre les yeux en battant des paupières, puis il les ouvre grands comme des balles de tennis en voyant la tornade d'insectes.

On se sépare d'un bond. Il se met à battre l'air, ce qui ne doit pas être une bonne idée. Elles se mettent à piquer. Aïe !

Ouille ! Aïe ! Mon cou, mes bras, mes jambes... Le cou de Raf, les bras de Raf, les jambes de Raf...

Qu'est-ce que j'ai fait ? Comment j'ai réussi à faire ça ? Il faut que les abeilles s'arrêtent ! Stop ! Stop ! Elles ne s'arrêtent pas. Je savais que les bois, c'était dangereux ! Il me faut un sort. Oui, un sort ! Je crie :

Abeilles stupides et détestables
Cessez ce foin, allez au diable !

Soudain il se met à faire froid, le bourdonnement cesse, et les abeilles s'envolent au loin.

Aïe, aïe, aïe. Ne pas pleurer devant Raf, ne pas pleurer devant Raf...

– C'était trop bizarre, déclare-t-il, blanc comme un linge. Et ça fait super mal. Elles t'ont piquée ?

Je lève mes bras enflés et ravale mes larmes.

– Ouais.

Il lève *ses* bras enflés.

– Moi aussi. T'as dit quoi à ces abeilles ?

– Hein ?

Oh non ! Mes mains se font encore plus moites. C'est mauvais, ça. Très mauvais. Et s'il comprenait que je suis une sorcière ? Ou alors pire, s'il me prenait pour une dingue qui parle aux insectes ?

– Tu leur as crié quelque chose, comme quoi elles étaient détestables, mais je n'ai pas trop bien entendu avec tous ces bourdonnements.

Oufff.

190

– J'ai eu peur, c'est tout, je réponds, et tout d'un coup, je fonds en larmes.

– Oh, pauvre Rachel, dit-il en passant le bras autour de mes épaules. Ça craint, hein ? Je crois qu'elles ont même eu mes oreilles.

Entre les larmes qui me coulent sur les joues, je vois que ses adorables lobes ressemblent à présent à des cerises géantes.

Je me mets à rire. C'est plus fort que moi. C'est trop. Et voilà que Raf se met à rire aussi.

Et je sais exactement ce qui effacera notre douleur. Un baiser. Un bon gros...

– Et l'une de ces saletés m'a piqué à la lèvre, ajoute-t-il.

Évidemment. Baiser reporté... une fois de plus.

Raf et moi retournons à l'infirmerie.

C'est la seconde fois en une semaine. La sorcellerie peut se révéler dangereuse, c'est un fait. Pendant qu'on attend le docteur Dina sur le banc, à l'extérieur, je déclare que je ferais mieux de m'installer ici.

– Ouille, arrête de me faire rire, dit Raf. Ça fait mal.

– Ça fait mal de bouger.

Mes mains et mes bras commencent déjà à avoir l'air atteints de la varicelle. La seule bonne chose dans ce désastre apicole, c'est que c'est un peu comme d'annoncer à tout le camp qu'on est ensemble. On ne peut pas faire plus voyant que des piqûres d'abeilles assorties provenant du belvédère.

Hi hi ! C'est comme des tatouages assortis, ou des suçons, ou – oserai-je le dire ? – des alliances.

Si seulement nous étions vraiment ensemble. Maintenant, il faut que j'attende que sa lèvre cicatrise pour que nous puissions sceller notre union. Bonjour la contrariété. Je me demande s'il y a un sort « cicatriser-sceller » dans le A^2 de Miri.

– Tu t'étais déjà fait piquer ? je demande.

– Non. Et toi ?

– Non. Ça fait mal, hein ?

Il rit.

– Ouille. Je t'ai dit d'arrêter de faire ça.

– Attenfion, attenfion, campeurs et moniteurs ! Attenfion, attenfion, campeurs et moniteurs ! F'est la fin du temps libre ! Dirizez-vous à présent vers vos activités du foir. Les Koalas à l'Alpaze. Les Finzes dans l'auditorium, et les Lions au zymnase.

– On va rater l'activité, je dis.

– C'est pas grave. Quelqu'un leur dira où on est.

Quelques minutes plus tard, le docteur Dina passe la tête par la porte. Elle a l'air surprise de nous voir.

– Encore toi ?

– Encore moi.

– Je vais bientôt t'obliger à porter un casque.

Ha ha, très drôle.

– Et toi aussi ? demande-t-elle à Raf.

– Ouaip.

Elle examine nos piqûres.

– Elles vous ont bien eus. Qu'est-ce que vous avez fait ? Vous avez shooté dans une ruche ?

– Pas tout à fait.

– Pourtant, on dirait bien. Je n'ai jamais vu autant de piqûres. Heureusement que vous n'êtes pas allergiques.

Raf soupire.

– Quel bol on a.

Après avoir retiré les dards à l'aide d'une lame métallique qui me fait froid dans le dos, le docteur Dina nettoie les zones touchées, nous donne à tous les deux de l'ibuprofène et des poches de glace, et enfin propose que nous appelions nos parents.

Nous hochons la tête tous les deux. Maintenant que j'ai mal, ma mère me manque un peu. Elle saurait comment arrêter ça. Au moins, elle connaîtrait un sort qui pourrait l'arrêter.

J'y vais en premier.

Dring, dring, dring.

« Bonjour ! Vous êtes bien chez Carol, Rachel et Miri. Nous ne sommes pas là pour le moment... »

Je raccroche. Inutile de lui laisser un message, ça ne ferait que l'inquiéter.

– Je peux essayer de joindre mon père ? je demande au docteur Dina.

– Bien sûr.

Mon père ne répond pas non plus. Je m'efforce d'avaler la boule qui s'est formée au fond de ma gorge.

Mes parents ne sont pas précisément confinés à la maison à se languir de nous, semble-t-il.

Raf passe après moi, et bien sûr ses parents sont chez eux, et ravis d'avoir de ses nouvelles, piqûres d'abeilles comprises.

Pour la toute première fois de l'été, je suis envahie par une vague de nostalgie. Ma mère me manque. Mon père me manque. Ainsi que ma chambre. Mon lit sans bosses. Même la cuisine de ma mère me manque. Oui, bon, pas vraiment, mais le son de sa voix me manque sincèrement.

193

Une fois que Raf a terminé, le docteur nous renvoie. Lentement, puisque nous pouvons à peine marcher.

À mi-chemin, nous tombons sur Mitch.

– Justement, je te cherchais, dit-il.

– Moi ? fait Raf. Pourquoi ? Tout va bien. Je viens de parler aux parents.

– Pas toi. Rachel. Ses monitrices se demandent où elle est. (Il remarque nos bobos.) Qu'est-ce qui vous est arrivé ? Pourquoi t'as appelé les parents ?

– On a croisé quelques abeilles, déclare Raf.

– Aïe. Écoute, Rachel, tu ferais bien de rentrer tout droit à ton dortoir.

– Pourquoi ? Et la course au drapeau, alors ?

Raf lève son bras enflé.

– Je ne crois pas qu'on soit en état de courir après quoi que ce soit.

– Oublie la course au drapeau, dit Mitch. Retourne à ton dortoir. Je sors tout juste d'une réunion extraordinaire de la direction.

– Qu'est-ce qui s'est passé ?

– L'une des filles de ton dortoir est renvoyée chez elle.

– Quoi ? je crie. Qui ? Pourquoi ?

Il secoue la tête.

– La grande.

La grande ? C'est tout ce qu'il est fichu de me dire ? Oh, non. Oh, non. Ça doit être Caniche. Elle s'est fait prendre avec Harris ! J'oublie mon corps perclus de douleurs et, serrant mes poches de glace, je pique un sprint jusqu'à mon dortoir en espérant de tout mon cœur que ce ne soit pas vrai.

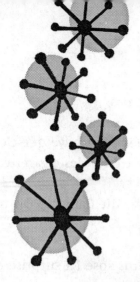

12
ÉCRAN DE FUMÉE

Le temps d'arriver à mon bungalow, je suis complètement essoufflée. Tout mon dortoir est réuni dans la véranda avec Deb. Non, pas tout le dortoir. Morgan, Carly et... Caniche ? C'est Caniche ? Attendez une minute. Où est Alison ?

– Les filles ? Qu'est-ce qui se passe ?

Caniche descend les marches en courant et se jette à mon cou. Aïe, aïe aïe. Je ne suis pas en état d'être enlacée.

– Je comprends pas, je dis.

– Alison s'est fait virer du camp, pleurniche-t-elle.

– Je comprends pas, je répète.

– Elle est dans le bureau avec Janice en ce moment. Ses parents viennent la chercher ce soir !

– Mais pourquoi ?

Qu'est-ce qu'Alison a bien pu faire pour être virée du camp ?

– Elle s'est fait prendre en train de fumer dans les toilettes, m'apprend Morgan.

Quoi ? Impossible !

– Mais ça n'a aucun sens. Elle fume pas.

– Apparemment si, dit Morgan.

– Mais non, je rétorque, catégorique. Elle trouve que c'est dégoûtant de fumer ! Et où aurait-elle trouvé des cigarettes ? Ça n'a pas de sens.

– Il faut qu'on fasse quelque chose, dit Caniche. On n'a qu'à protester !

Deb secoue la tête.

– Il n'y a rien à faire. C'est trop tard. Rose l'a surprise en flagrant délit pendant le temps libre.

– Comment ? je demande.

Que faisait la responsable des sports nautiques dans notre dortoir ?

– Elle a senti de la fumée de dehors, raconte Morgan comme si elle voyait la scène se dérouler sur grand écran dans sa tête. Elle est entrée comme une furie dans notre dortoir et elle a ordonné à Alison d'ouvrir la porte. La cabine puait la fumée, et Alison avait un paquet de clopes sur elle. J'ai tout entendu. Et j'ai aussi senti la fumée.

– Si tu sentais la fumée, pourquoi tu l'as pas empêchée ? je m'écrie.

Morgan hausse les épaules.

– Hé, ho, ne me crie pas dessus. C'est pas moi qui fumais.

– Et alors, elle fumait dans le dortoir, s'énerve Caniche. Je vois pas où est le drame.

Deb pose la main sur mon épaule.

– Tu sais ce qu'a dit Anthony. Tout campeur pris avec des cigarettes sera renvoyé chez lui sur-le-champ. Sans exception. C'est dangereux. Les dortoirs peuvent prendre feu.

196

– Et les plaques lissantes ? Et les bouilloires ? On s'en sert dans le dortoir, et on ne se fait pas virer pour autant, objecte Caniche.

– Eh ben, vous ne devriez pas, réplique Deb. C'est interdit. Quelqu'un ici a des plaques lissantes ?

– Les filles, vous savez que ce n'est pas moi qui décide, poursuit Deb. Cette histoire me désole autant que vous. Mais le règlement, c'est le règlement. Je n'y peux rien.

– Parle à Anthony ! je la supplie d'une voix étranglée. C'est ton copain, non ?

Deb vire au rose vif.

– Quelle idée ! D'où tu tiens ça ?

Euh, je vous ai vus dans le FM ? Je me doute qu'une monitrice sortant avec le moniteur en chef, ça ne doit pas se faire, mais on n'a pas le temps de tourner autour du pot.

– C'est dingue, dis-je finalement. Elle peut pas se prendre juste un avertissement ?

– Je suis désolée, déclare Deb au bord des larmes.

Je n'arrive pas à retenir celles qui coulent sur mes joues piquées par les abeilles.

– On va même pas pouvoir lui dire au revoir ?

– Tout le monde lui a fait ses adieux, m'annonce Carly. On l'a aidée à faire ses sacs. T'étais où, toi ?

– À l'infirmerie.

– T'es malade ? me demande Morgan. On dirait que t'as la rougeole.

Caniche me tapote l'épaule.

– Ça fait mal ?

– Je suis pas malade, je me suis fait piquer.

197

Pour l'instant, je suis trop bouleversée pour sentir la douleur.

– Je peux pas aller lui dire au revoir ?

– Désolée, dit Deb. Je dois vous garder toutes ici.

Je ne vois pas quoi ajouter. Je ne sais pas quoi faire. J'ai envie de crier, de hurler. Je ne peux pas le croire. Je *connais* Alison. Du moins, je crois la connaître. Et la Alison que je connais ne fumerait pas dans les toilettes. Un point c'est tout.

– C'est trop déprimant...

Caniche écrit nos noms sur le mur au marqueur indélébile. Elle veut s'assurer qu'Alison fera toujours partie du dortoir. Du moins jusqu'à ce qu'il soit repeint.

Nous sommes toutes au lit, silencieuses. Les filles du 15 papotent et rigolent, sans une pensée pour leur copine qui s'est fait renvoyer, mais nous, on est trop malheureuses pour parler.

– Elles peuvent pas se taire ? couine Carly de sa petite voix d'ours en peluche.

Je me sens seule dans mon lit superposé, sans Alison. Son matelas a été dépouillé de ses draps. Son casier, vidé.

Si seulement je n'étais pas partie me balader avec Raf ! J'aurais pu obliger Alison à écraser sa cigarette dès que j'aurais senti la fumée. Je lui aurais fait pleuvoir dessus. C'est vrai, quoi, j'ai déjà fait pleuvoir une fois. Je suis capable de le refaire. Au moins, j'aurais pu l'avertir que Rose se pointait. Ou faire un vœu pour qu'elle s'éloigne du dortoir.

Si seulement la sorcière que je suis avait le pouvoir d'inverser le cours du temps !

– Eh, pourquoi tu prends pas le lit du bas ? suggère Morgan.

– Comment tu peux penser à une chose pareille ? fais-je, glaciale. Ce serait un sacrilège !

Je me retourne pour essayer de trouver une position confortable.

– Et d'abord, qu'est-ce qu'elle faisait du côté de notre dortoir, Rose ? Elle vient jamais par ici.

Caniche lâche son marqueur qui tombe bruyamment par terre.

– Vous croyez qu'elle a été tuyautée ?

J'essaie de me rappeler s'il y avait quelqu'un dans le bungalow quand je suis partie avec Raf. Je crois que j'ai vu Cece... mais elle n'aurait pas fait ça. La crème à raser, c'est une chose, mais faire virer une vieille amie ?

Je sais que Morgan était là, mais elle n'aurait pas bavé sur Alison.

C'est bien ma chance, ça. Je me trouve une PP, et elle se fait jeter.

C'est moi qui me sens jetée. À coups de pieds aux fesses.

Au lever des couleurs, on fait la tronche. Au petit déjeuner, on fait la tronche. On fait la tronche en faisant le ménage. Aujourd'hui, je suis de balayage et de poussière à la place d'Alison, vu que Morgan, qui n'est pas de corvée, prétend qu'elle est trop déprimée pour aider. Tsss. Ce n'est pas facile de faire les deux tâches à la fois. C'est, comme au softball, devoir lancer et rattraper en même temps.

Au fait, à propos de softball, nous devons disputer un match contre le dortoir 15. Comme c'est nous quatre contre elles six, ça ne va pas ressembler à grand-chose.

– L'une d'entre vous devrait venir jouer dans notre équipe, dit Deb à Penelope.

– Quelqu'un veut changer ? demande cette dernière à son groupe.

– On n'a pas besoin d'aide, marmonne Caniche.

– On est très bien comme ça, renchérit Carly.

Exactement. On peut y arriver. Je peux y arriver. Avec un petit coup de pouce magique.

Toutes les bases sont attribuées. Liana joue première base, Cece deuxième, Natalie troisième, Kristin est receveuse, et Molly voltigeuse. Trishelle, la lanceuse, fronce ses yeux charbonneux, plisse les lèvres, balance le bras en arrière et m'envoie la balle.

Le truc, c'est que je ne suis pas une bonne batteuse. Et mes sept mille piqûres d'abeilles ne vont rien arranger. Mais ça m'est égal. Je vais me payer un *home-run*. Maintenant.

Je concentre toute ma Force et...

Dzoïïïng ! La balle vole au-dessus de nos têtes, bien au-delà du toit du dortoir numéro 3.

Tout le monde retient son souffle. Deb siffle.

Morgan, Carly et Caniche courent jusqu'à la plaque pendant que Deb s'époumone. J'arrive dans une glissade, et renverse accidentellement Kristin.

– Ma boucle d'oreille ! braille-t-elle. J'ai perdu une boucle d'oreille !

Je suis trop déchaînée pour m'en soucier. Allez, l'équipe Glinda ! On va gagner, en hommage à Alison !

Mon euphorie du *home-run* est de courte durée. Pour commencer, nous devons passer vingt minutes à fouiller le fossé à la recherche de la précieuse perle de Kristin ; ensuite, Liana et Trishelle échangent leurs positions, et Liana nous balance un retrait sur trois prises. En clair, on est battues.

La méchanceté doit être plus puissante que la magie. C'est la seule explication qui me vienne à l'esprit. Ou alors, mes exercices de megel n'ont pas marché.

À la manche suivante, toutes les balles du 15 s'envolent vers des espaces dégagés. Deb insiste pour se joindre à la partie avec Penelope histoire d'équilibrer le jeu, mais ça n'arrange rien. Les balles se mettent à pleuvoir directement sur moi, et je les rate à tous les coups. J'essaie de faire appel à la magie pour les rattraper, mais rien n'y fait.

Elles gagnent par dix-neuf à quatre.

Nous gardons le silence pendant le déjeuner. Quand Deb crie son « Plus un geste ! », nous l'ignorons, et chacune dessert son assiette.

Carly a la tête basse.

– J'arrive pas à croire qu'Alison est partie pour de bon. C'est le pire été que j'aie connu.

Je commence à être d'accord avec elle. Je n'y crois pas non

plus. Cet été devait être le meilleur de toute ma vie. Il avait si bien commencé, alors que s'est-il passé ?

Le pain de viande du déjeuner est brûlé et fade, ce qui s'accorde parfaitement avec notre humeur.

— Souriez, les filles, nous dit Deb. Ça ira mieux demain.

De toute manière ça ne peut pas être pire, si ?

Malheureusement, si. Après le déjeuner, ça empire nettement, très nettement.

C'est l'heure de repos, Deb distribue le courrier.

— Morgan ! (Elle lui balance une enveloppe beige.) Caniche reçoit ses exemplaires de *Entertainment Weekly* et de *People*. Je reçois de Jennifer une boîte de quelque chose qui s'appelle Pluie d'Été.

Hein ?

Se pourrait-il que cette fois-ci, Jennifer m'ait envoyé quelque chose de normal, un parfum, par exemple ?

Je lis l'étiquette : *Pour la toilette intime. Hygiène féminine.*

Houlà, houlàlà. Mais c'est quoi, son problème ? Visiblement, elle ne veut pas qu'on soit amies, puisqu'elle fait tout pour m'humilier devant mes camarades de dortoir.

À la poubelle, direct.

Après sa distribution, Deb fait une annonce :

— Réunion de dortoir !

Couchée à plat ventre, j'écris une lettre à Alison. Ou du moins j'essaie. Je ne sais pas vraiment comment commencer ni quoi lui dire. *Chère Alison, Qu'est-ce que tu avais dans le crâne ?*

Pourquoi est-ce que tu ne m'as pas dit que tu fumais ? T'es idiote ou quoi ? Tu m'as gâché mon été. Je soupire, pose mon stylo, et me retourne pour faire face à Deb.

Carly interrompt sa série d'abdos, Morgan cesse de s'épiler les sourcils. Caniche continue à feuilleter son magazine et demande :

– Quoi, encore ? On va en renvoyer une autre ?

– Allez, les filles, fait Deb. Courage !

– C'est ça, grommelle Carly.

Liana se tient en silence à côté de la porte, debout, bras croisés. Qu'est-ce qu'elle fait là ? Encore un peu d'espionnage ?

– J'ai des nouvelles qui vont vous enchanter, j'en suis sûre, dit Deb.

– Tu nous ramènes Alison ? je tente, les yeux fixés sur Liana.

Deb secoue la tête.

– Non, ça c'est impossible. À l'heure qu'il est, elle est...

– Sans doute privée de sortie à vie, marmonne Morgan.

Pauvre Alison.

– ... chez elle, achève Deb. Enfin bref, Janice s'inquiétait que vous soyez si peu nombreuses dans votre dortoir, alors elle a demandé si quelqu'un du 15 voulait bien passer de ce côté... et Liana s'est portée volontaire !

C'est une blague, ça ne peut être que ça. On reste muettes comme des carpes.

Liana rejette ses cheveux en arrière.

In-cro-yable. Pourquoi veut-elle venir de ce côté, d'abord ? On est pratiquement en guerre avec elle et ses copines !

Deb fait signe à l'intruse d'approcher.

203

– Liana, bienvenue dans tes nouveaux quartiers ! Tu vas adorer cette moitié du monde. Apporte donc tes couvertures et fais ton nouveau lit ! lui propose-t-elle avant de désigner – non, ne fais pas ça ! – la place en dessous de la mienne.

Noooooooon ! Pourquoi ne l'ai-je pas prise quand il en était encore temps ? Quoique, pour être honnête, je pense que ce serait encore pire d'avoir Liana au-dessus de la tête, toujours à me passer par-dessus quand elle voudrait grimper dans son lit. La connaissant, elle me piétinerait la figure.

Je vais lui faire voir, moi. Je vais me tourner et me retourner, dans tous les sens, comme ça, elle n'aura jamais une bonne nuit de sommeil.

Liana s'installe sans tarder. À la fin de l'heure de repos, elle a disposé ses draps de satin mauve et rangé sa portion d'étagère. Elle a plus de maquillage là-dedans qu'il n'y a de produits dans la pharmacie, ainsi qu'un coffret à bijoux ancien qui m'a l'air bien lourd. Quel genre de fille apporte des trucs aussi sophistiqués en colo ? Et s'il se cassait ? Et qu'est-ce qu'elle a comme bijoux là-dedans, d'abord ? Je ne la vois jamais les porter.

Les autres filles l'observent avec curiosité. Je l'observe avec énormément de suspicion.

Pendant l'entraînement de basket, dans la Plaine, j'attire Caniche à l'écart pour lui faire part de mes réflexions.

– Liana mijote quelque chose.

Caniche écarquille ses yeux bleus.

– Qu'est-ce que tu veux dire ?

Je fais rebondir mon ballon dans sa direction.

– Je sais pas trop. Mais pourquoi est-ce qu'elle demanderait à changer alors qu'elle est PP avec tout son dortoir ? Elle n'est amie avec aucune d'entre nous.

Elle me renvoie le ballon.

– C'est un argument. Elle a peut-être une idée derrière la tête. On va l'avoir à l'œil. Je le dirai aux autres.

Le lendemain, nous la surveillons avec suspicion. Nous faisons bloc, Liana est exclue, et on lui en fait la démonstration au foot, pendant la seconde mi-temps. Liana est maintenant dans notre équipe – mais ça ne se voit pas. Personne ne lui passe le ballon. On ne me fera pas croire qu'elle jouerait contre ses copines du 15.

Après avoir couru dix minutes, Morgan est à bout de souffle.

– Quelqu'un a de l'eau ? J'aurais juré que j'en avais apporté, mais je ne sais pas où est ma bouteille.

Liana surgit à côté d'elle.

– Tu peux prendre de la mienne, propose-t-elle gentiment.

Morgan recule d'un pas, surprise. Après un instant d'hésitation, elle en prend une longue gorgée.

– Merci, dit-elle en faisant claquer les lèvres.

Liana sourit.

– Quand on peut rendre service !

Après cela, Morgan fait une passe à Liana. Et Liana ne laisse pas filer l'occasion. Elle shoote directement dans le but des 15.

– Allez, Liana ! l'acclame Morgan.

Allez va-t'en, à la rigueur.

D'accord, elle a marqué un but pour notre équipe. Et après ? Manifestement, elle mijote quelque chose. Mais quoi ?

Après le foot, Morgan semble avoir soit oublié, soit abandonné notre plan Prudence et Méfiance. Soudain, elle et Liana sont PP. Elles déjeunent ensemble, jouent ensemble au tennis.

D'un côté, ça ne me surprend pas complètement. J'aime bien Morgan, mais elle est parfois un peu pénible, voire vulgaire.

– Elle a quelque chose de bizarre, me dit Caniche après le tennis, quand nous ramassons nos balles égarées. Mais je saurais pas dire quoi exactement.

– J'ai jamais fait complètement confiance à Morgan, je réplique.

Caniche me regarde d'un drôle d'air.

– Pourquoi tu lui casses du sucre sur le dos ? Je parlais de Liana. Je m'en méfie comme de la peste.

J'ai les joues en feu. Je suis mortifiée, et du coup j'en veux encore plus à Liana. Voyez ce qu'elle fait de moi ! La traîtresse du dortoir.

– Je me méfie aussi de Liana. Je l'aime pas.

En levant la tête, nous croisons le regard de Liana, qui me foudroie. Ensuite, elle chuchote quelque chose à l'oreille de Morgan, et toutes les deux pouffent de rire.

Caniche lance sa balle en l'air et la rattrape.

– Apparemment, c'est réciproque. On dirait bien qu'elle ne t'aime pas non plus.

Je suis avec Raf sur le terrain de jeux et on se balance côte à côte en dégustant notre goûter.

Tout, dans ce moment, est délicieux à la puissance trois. Primo, au lieu de lait tout bête, surprise ! on a eu du lait chocolaté ; deuzio, je suis sur une balançoire ; et tertio... eh bien, Raf.

– Qu'est-ce que tu penses de ta nouvelle voisine de dortoir ? me demande-t-il.

Je lance les jambes en l'air pour prendre de l'élan.

– Elle est pas nette.

– Comment ça ?

– Juste une impression, dis-je sans me mouiller.

Comme j'ai toujours en mémoire ma discussion avec Caniche au sujet du coup de poignard dans le dos, je ne confie pas à Raf toutes les raisons qui font que je ne l'aime pas. Je ne veux pas qu'il me croie méchante. Ou parano.

– Salut !

Quand on parle du loup... Liana est devant nous avec Morgan. Morgan porte son éternel micro-haut de bikini et son mini-mini short de bain. Liana est aussi glamour que d'habitude, en débardeur blanc moulant et longue jupe drapée bleu marine.

C'est vraiment elle qui a les plus belles fringues – et en quantité. Maintenant que j'y pense, je ne l'ai jamais vue porter deux fois la même tenue. Comment fait-elle ? Son casier est trop bien rangé pour contenir autant de vêtements. Mais je suppose qu'elle est obligée d'être ordonnée si elle veut retrouver ses affaires.

Je me sentirais mieux, en ce moment, si je n'étais pas affublée d'un tee-shirt noir particulièrement pourri et d'un short gris que j'adore porter mais que j'oublie tout le temps de mettre au sale.

Liana a les yeux posés sur moi.

– Tu veux que je te pousse ?

– Non merci.

C'est moi qui te pousserais bien hors de ma vue.

Elle se tourne vers mon quasi-petit ami et sourit.

– Raf, j'adorerais te pousser.

Le lait chocolaté caille dans mon estomac. Je n'arrive pas à le croire. Et d'abord, qui les a présentés ? Elle lui sourit gentiment. Pourquoi est-ce qu'elle flirte avec lui ? J'ai envie de lui crier : *Bas les pattes ! Éloigne-toi de cette balançoire !*

– Je suis bien comme ça, dit Raf.

– Tu sais, Raf, minaude-t-elle, c'est fou ce que tu ressembles à Will. Tu trouves pas, Rachel ?

Mais où veut-elle en venir ? Elle n'est pas au courant pour nous, si ? Elle ne peut pas savoir... sauf si Morgan le lui a raconté.

– Je crois qu'il se ressemble à lui-même, je réponds, en lançant un regard noir aux deux filles.

– Tu crois ? roucoule Liana. Moi je trouve qu'il est la copie conforme de Will. Mais en mieux.

Si elle n'arrête pas de draguer mon Raf, je vais... Avant que je puisse me contrôler, son lait chocolaté bondit de son verre et atterrit en faisant une grosse tache sur son débardeur blanc, autrefois propre.

Stupéfaite, elle contemple son haut en silence. Puis elle me lance un regard mauvais.

Comme si c'était ma faute.

D'accord, c'est ma faute, mais elle n'a aucun moyen de le savoir.

Je me sens coupable pendant une demi-seconde, jusqu'au moment où Raf saute de sa balançoire et lui propose d'aller chercher des serviettes à la cuisine. Liana le suit, me décochant un sourire méchant au passage.

Morgan aperçoit Will et s'en va en courant agiter ses seins.

Merci, Liana, d'avoir pourri mon moment romantique aux balançoires. Oui, je sais, c'est ma faute si j'ai laissé ma magie prendre le dessus, mais ce ne serait pas arrivé si elle n'avait pas flirté avec mon mec.

Assise toute seule sur ma balançoire, je me dis que je ferais peut-être bien de rendre de nouveau visite à Miri cette nuit. Il devient très clair que j'ai besoin de quelque chose de plus fort que des megels.

Deb, Caniche, Carly et moi décidons de travailler notre bronzage pendant la BG, tandis que Liana, Morgan et tout le dortoir 15 jouent à s'éclabousser bruyamment dans le bassin des baleines.

– J'arrive pas à croire qu'elles soient pires potes, tout à coup, commente Carly en se remettant de la crème solaire sur les jambes.

– Les filles, soyez gentilles, dit Deb. Elle n'est pas si atroce. D'accord, elle est un peu bêcheuse, mais...

– Toi, t'es obligée d'être gentille, ricane Caniche.

Je repère Miri, toute seule dans la rangée réservée à son dortoir. Toutes ses camarades sont dans l'eau. Je lui fais signe de nous rejoindre.

– Qu'est-ce que tu faisais ?

Elle étale sa serviette à côté de la mienne.

– Je réfléchissais.

– Pourquoi tu ne te baignes pas ?

Elle hausse les épaules.

– Tu veux que j'y aille avec toi ?

– Non merci.

– Pourquoi pas ?

– J'ai pas mon maillot.

– Miri, il faut mettre un maillot quand on va à la plage.

– Je pensais pas trouver quelqu'un pour se baigner avec moi.

– Mais moi, je veux bien.

– J'ai pas mon maillot, t'as oublié ?

Je soupire.

– Tu devrais aller vers les autres pendant la BG, au lieu de passer ton temps à réfléchir.

– Raf va pas vers les autres, lui.

Je regarde dans la direction qu'elle m'indique et vois Raf couché sur le dos, absorbé dans un livre. Comme il est mignon quand il est studieux !

– C'est pas pareil. S'il ne va pas vers les autres, c'est parce qu'il a envie de lire, pas parce qu'il n'a pas d'amis.

Je jure que je ne voulais pas du tout dire un truc aussi affreux.

– Pourquoi t'es tellement méchante avec moi ? me crache Miri en virant au cramoisi.

Elle se lève, ramasse sa serviette et fait mine de s'éloigner.

– Je me suis fait des copines, au fait. Évidemment, t'as pas remarqué.

– Mir, reviens. Je suis désolée. Reste avec moi.

Pendant une seconde, je crois qu'elle va continuer à s'éloigner, mais elle se rassoit.

– On peut glinda-iser cette nuit ? je demande.

C'est le nom de code pour mon entraînement.

Elle hésite.

– Je peux pas.

– Pourquoi ?

Elle joue avec le scoubidou qui lui entoure le poignet.

– Parce que... parce que je suis crevée. J'ai pas bien dormi la nuit dernière, et j'ai besoin de me reposer.

– Oh !... Bon, d'accord. Demain soir ?

– Peut-être.

– Bon. J'aime bien ton bracelet. Il est super bien fait. Je t'admire d'avoir réussi à apprendre la maille ronde.

Une ombre vient s'allonger en travers de mon torse. Liana me bloque le soleil.

– Salut, Rachel ! (Elle fait un grand sourire à Miri.) Salut, Miri !

Pardon ? D'abord Raf, et maintenant Miri ?

– D'où tu connais ma sœur ?

Liana s'agenouille sur la serviette de Miri et Morgan s'assoit derrière elle.

– Miri et moi, on est de vieilles copines.

– Ah bon ?

211

Mir ? Elle se moque de moi ?

– On a tennis ensemble, se hâte de m'expliquer Miri.

Liana boit un grand coup.

– Deb, tu m'as l'air un peu déshydratée. Tu devrais boire un peu.

– Quoi ? Oh, merci.

Elle prend une gorgée et lui rend sa bouteille.

– Caniche, t'en veux ? Toi aussi, t'es un peu rouge.

– Non merci.

Liana hausse les épaules.

– Carly ?

Super, merci : elle en propose à tout le monde, sauf à ma sœur et à moi. De toute manière, je n'en voulais pas. On se passe très bien des microbes de Liana.

– Ta sœur assure, au tennis, Rachel, me dit Liana. Elle a un service d'enfer.

Miri a un sourire radieux.

– Venant de toi, c'est flatteur. Tu savais que Liana était classée ?

Oh, c'est pas vrai. Quelle grosse menteuse !

Morgan siffle.

– Waouh !

Liana balaie le compliment d'un revers de la main.

– C'est peu de chose.

– Ça fera un effet bœuf sur tes candidatures pour la fac, s'exclame Morgan.

Deb observe les jambes musclées de Liana.

– C'est pour ça que t'es toujours dans une telle forme ?

Un point pour Liana. Mais la partie n'est pas encore terminée.

Les jours qui suivent s'écoulent dans une sorte de brouillard. Le dimanche est jour de visite, et les campeurs se préparent pour l'arrivée de leurs parents. Je n'arrive pas à croire que l'été est déjà à moitié passé. Je n'arrive pas à croire que l'été est déjà à moitié passé et que Raf et moi ne nous sommes toujours pas embrassés.

Je ne parviens jamais à trouver un moment pour être seule avec lui. Chaque fois qu'on est tous les deux, quelqu'un se pointe. Raf et moi sommes assis dans la véranda, le soir : Morgan vient se joindre à nous. On se baigne pendant la BG : Trishelle vient nous éclabousser. On est côte à côte pendant l'activité du soir : Liana vient s'asseoir à côté de nous.

C'est sûr et certain qu'il m'embrasserait s'il en avait l'occasion. Pas vrai ?

À moins qu'il ne m'ait pas embrassée parce qu'il ne m'aime pas. Non. Impossible ! Il m'aime ! Il a plaqué Melissa parce qu'il aimait quelqu'un d'autre. Mais si ce n'était pas moi ? Il a tenté de m'embrasser (plusieurs fois, en vain), donc *forcément*, c'est moi. Mais peut-être que c'était moi et qu'il a changé d'avis ? Peut-être qu'il est encore mal à l'aise à cause de mon histoire avec Will ? Non. Il m'aime encore, sinon il aurait déjà abandonné à l'heure qu'il est. Il me faut simplement du temps seule avec lui. Du temps pour cimenter notre accord. Pour cimenter nos lèvres. Ensemble.

C'est marrant, je n'arrive plus à passer du temps seule avec Miri, non plus.

Je fais un saut à son dortoir au moment de la vaisselle du soir, mais elle n'est pas là. Je ne la trouve pas non plus pendant le temps libre. Finalement, je parviens à la coincer le lendemain, avant le cours de natation.

— Comment ça, t'es encore fatiguée ? je lui demande.

On est jeudi matin, trois jours avant les visites. On est sur le banc en haut de la plage, à attendre que l'activité commence.

— Il faut que je dorme plus.

— Et pourquoi pas pendant le temps libre ? On pourrait se servir du parapluie d'invisibilité.

— Je suis occupée, pendant le temps libre.

— À quoi ?

— Des trucs.

— Miri, allez, quoi.

Je ferme les yeux et laisse le soleil me chauffer les joues.

— Non. Pourquoi pas après l'activité du soir, avant l'extinction des feux ? propose-t-elle.

— C'est pas un bon moment pour moi, je dis.

— Ben tiens, t'es trop occupée avec Raf à cette heure-là.

Très juste.

— Si je suis pas avec lui, il pourra jamais m'embrasser.

— Tu me préfères Raf, marmonne-t-elle.

— Tu me préfères ton sommeil !

— De toute façon, t'as pas besoin de moi pour t'entraîner à faire tes megels.

— Mais, Miri, je crois que je suis prête pour...

— Est-ce que tes megels sont parfaits ?

— Non...

— Alors t'as pas besoin de moi. D'ailleurs personne n'a besoin de moi.

Mes yeux s'écarquillent d'un coup et je me tourne pour la regarder.

– Mais qu'est-ce que tu racontes ?

Elle est toute rouge, et ce n'est pas à cause du soleil.

– Hein ?

– Qu'est-ce que ça veut dire, « personne n'a besoin de toi » ?

– Maman t'a écrit combien de lettres ?

– Euh, je sais pas... deux par semaine, à peu près.

Je me penche en avant, ramasse quelques grains de sable et les fais rouler entre mes doigts.

Miri pâlit.

– Oh.

– Quoi, « oh » ? Elle t'en a écrit combien, à toi ?

– Aucune.

– Quoi ?

– Elle ne m'a pas écrit une seule fois.

– C'est impossible.

Elle hausse les épaules.

– C'est la vérité.

– Elles ont dû se perdre.

– Pourquoi est-ce que les lettres te parviendraient et les miennes se perdraient ?

Bonne question.

– Hé, est-ce que tu reçois des colis bizarres de Jennifer ?

– Oui ! C'est quoi, cette histoire ? Cette semaine j'ai eu une boîte de tampons. Qu'est-ce qu'elle a ?

– C'est mieux que ce que j'ai reçu cette semaine : un tube de préparation H.

Elle pouffe de rire.

– Ah oui, c'est pire.

– Mir, tu reçois les mails de papa, quand même, non ?

– Ouais. Papa, qui n'a le temps de nous envoyer que des mails communs.

Qu'elle ne reçoive aucun de courrier de maman me semble toujours aussi insensé.

– Hé, Mir, peut-être que maman n'a pas le bon numéro de dortoir et que Stef envoie toutes tes lettres au mauvais bungalow. La prochaine fois que tu lui écris, n'oublie pas de bien le lui préciser.

– Laisse tomber. Je ne vais pas lui écrire si elle se donne pas la peine de m'écrire.

– Miri, je suis sûre que c'est pas ça...

– Elle est trop occupée avec Lex. Tu as Raf, maman a Lex. Au fait, tu penses pas qu'il va venir pour le jour des visites, si ?

– Je ne sais pas. Sans doute que non.

– Et Jennifer ?

– Ouais, elle va probablement venir. Papa nous a écrit qu'ils amenaient Prissy et qu'ils allaient la laisser ici.

– Je me demande comment il va faire, vu que le camp des petits commence le *lendemain* des visites.

– Il a dû leur verser un petit supplément pour qu'ils prennent Prissy un jour en avance.

– Tu vois ? Lui aussi se fiche complètement de nous.

– Miri !

Elle ramasse une poignée de sable qu'elle laisse couler entre ses doigts.

– Mais c'est vrai, quoi. Tout ce qui l'intéresse, c'est Jennifer, et de faire un bébé avec elle. C'est pour ça qu'on est ici, d'ailleurs.

Elle n'a pas complètement tort. Je veux dire, c'est comme

ça qu'ils ont eu l'idée de nous envoyer en colo, mais je ne crois pas que papa n'en ait plus rien à faire de nous. Il nous aime, et maman aussi. Ils sont très pris par leurs vies, c'est tout.

– Miri ! dis-je en claquant la main sur mon genou nu. Je viens de me rendre compte que maman et papa viennent tous les deux dimanche ! Tous les deux ! Au même endroit ! Ça va être carrément gênant, tu crois pas ?

– Je m'en fiche, marmonne-t-elle. C'est leurs histoires. C'est à eux de s'en faire.

Malheureusement, mon psychisme ne fonctionne pas comme ça. J'en viendrais presque à souhaiter qu'ils ne viennent pas. Je vais passer les prochains jours à me demander si maman et Jennifer vont s'adresser la parole, si voir mon père fera de la peine à ma mère, et si chacun est au courant que l'autre sera là... Je ne peux pas m'empêcher de leur en vouloir. Le dernier mois était dénué de tout problème parental.

Rose souffle dans son sifflet, interrompant mes rêvasseries d'enfant du divorce.

– Il devrait y avoir un mot pour les mauvais rêves éveillés, dis-je à Miri. Pour les cauchemars qu'on fait dans la journée.

– Les jourmars ? suggère Miri en enlevant son short.

– Tout le monde à l'eau ! ordonne Rose. Allez, allez, on se bouge !

Ah mais bien sûr ! Il y a déjà un mot. C'est : *Natation*.

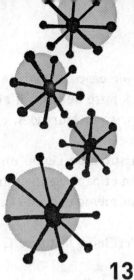

13
LES JOLIES COLONIES DE VACANCES, MERCI MAMAN, MERCI PAPA...

– Dif, neuf, huit, fept, fif, finq, quatre, trois, deux, un...

Les filles du 14 et du 15 attendent, prêtes à bondir, qu'il soit deux heures pétantes. C'est aujourd'hui le jour des visites, et nos parents se rassemblent à l'Alpage, provisoirement transformé en parking. Les campeurs ont interdiction de quitter les vérandas avant le signal de Stef.

– Zéro !

Elle souffle dans son sifflet et c'est la ruée. Notre dortoir étant l'un des plus proches de l'Alpage, nous y serons sûrement les premières.

Nous dévalons la pente au pas de course : les parents sont là par centaines, se déversant comme une marée humaine, tout souriants, des paquets plein les bras, à la recherche de leurs enfants. Je recule vivement pour ne pas me trouver sur leur chemin. Je vais plutôt attendre que les miens viennent par ici. Pas la peine de lutter contre le courant.

Environ dix minutes plus tard, j'entends une voix suraiguë :

– C'est là que je vais dormir, maman ? Ici ? Et pourquoi pas là-bas ?

C'est Prissy ! Une bouffée d'émotion me submerge. Comment ça se fait ? Je ne m'étais même pas rendu compte qu'elle me manquait avant cet instant. Qui l'aurait cru ? Bon, tant pis. Je cours les rejoindre à contre-courant. Ils sont là ! Prissy tente de marcher tout en faisant tournoyer sa robe bain-de-soleil blanche (qui sera crasseuse dans moins de cinq secondes ; j'espère que Jennifer lui a apporté des tenues plus appropriées à un camp de vacances). Ma belle-mère porte une jupe en jean tendance, au genou, et un haut sans manches en soie violet. Ses cheveux blonds sont ramenés en une queue-de-cheval bien serrée, et ses yeux protégés par de larges lunettes de soleil. Mon père a l'air aussi mal fagoté que d'habitude. Ses jambes maigres et poilues dépassent d'un short beige dans lequel il a rentré une chemise de golf à rayures. Mais c'est trop bon de le voir !

– Coucou ! je crie en essayant de les enlacer tous les trois.

L'odeur familière de leur adoucissant au citron me fait, de façon tout à fait inattendue, monter les larmes aux yeux.

– Bonjour, ma chérie ! me dit mon père en me serrant fort contre lui.

Je lève la main pour flatter sa calvitie.

– Vous m'avez manqué, tous !

– Tu es toute jolie et toute bronzée, me complimente Jennifer. C'est fou ce que tes cheveux ont poussé ! Ils sont superbes !

Je soulève Prissy et la fais tournoyer dans les airs.

– Prête pour la colo ?

– Ouais ! J'ai emporté mes tongs et mes maillots de bain et ma poupée princesse et mon ours en peluche et mon...

Une mère angoissée nous bouscule et je manque de tomber.

– Pardon, s'excuse-t-elle d'un ton penaud. J'essaie de trouver mes enfants !

– *No soucy*, dis-je, façon Caniche.

– Vous avez bien reçu mes paquets ? demande Jennifer.

– Ouais-ouais. Heu, merci.

– De rien ! J'espère que ça vous a plu !

Vachement.

Mon père scrute le chemin d'un air interrogateur.

– Où est ta sœur ?

– Elle sera là dans une seconde, je suis sûre. Mon dortoir est juste là. On devrait peut-être laisser la voie libre pour les autres ?

Ils grimpent à ma suite jusqu'à mon bungalow.

Papa s'appuie à la rambarde.

– Alors, c'est là que tu habites ?

– C'est là.

Je guette toujours maman et Miri du coin de l'œil. Elles vont arriver de directions différentes, mais je devrais pouvoir les repérer toutes les deux.

– Est-ce que je peux habiter là, moi aussi ? demande Prissy, avant de se fourrer le doigt dans le nez.

Jennifer lui écarte brusquement la main.

– Ma chérie, on en a déjà parlé, non ? Tu gardes tes doigts loin de ta figure. C'est compris ?

– Et si j'ai quelque chose de coincé entre les dents ?

– J'ai mis du fil dentaire dans tes affaires. Il est dans la trousse de toilette avec la princesse rose.

– Quelle princesse ? Blanche-Neige ou Cendrillon ?

– Blanche-Neige.

– Mais j'aime pas le fil dentaire ! Ça me fait mal aux mains.

Moins de dix minutes après, le trafic parental s'est pour l'essentiel résorbé. Je repère enfin Miri sur le sentier.

– Mir ! On est là !

Elle se renfrogne.

– Pourquoi vous êtes pas venus à mon dortoir ? Je vous attendais.

– Bonjour, toi aussi, dit papa.

Il tend les bras et attend que Miri grimpe la pente et l'embrasse.

– Salut, répond tranquillement Miri, en se dégageant de l'étreinte de mon père. Salut, Jennifer. Salut, Prissy. Maman est là ?

– Pas encore.

Qu'est-ce qui lui prend ? Un peu d'enthousiasme serait le bienvenu ! Et *où* est maman, au fait ? Il est deux heures et quart ! Tous les autres parents jouent aux campeurs depuis une heure et demie. Elle n'a que trois heures avec nous, et elle est en train de les gaspiller !

Miri hausse les épaules.

– Elle a dû oublier.

– Mais non, elle n'a pas oublié, je réplique sèchement.

Pourquoi donne-t-elle une mauvaise image de maman devant papa et Jennifer ? J'essaie de lui lancer un regard du genre « la ferme », mais elle est trop absorbée par ses baskets pour le remarquer.

– Je suis sûre qu'elle va arriver, dit Jennifer d'un ton enjoué. Elle doit être coincée dans les bouchons. Comment est-ce qu'elle vient, d'ailleurs ? Elle n'a pas de voiture. Richard, pourquoi ne lui as-tu pas proposé de venir avec nous ?

En voilà une idée qu'elle est bonne !

– Je peux voir mon dortoir, maintenant ? geint Prissy.

– Pas tout de suite, chérie. On attend la maman de Rachel.

– La maman de Rachel et de Miri, dit Miri.

– Comment, ma chérie ? demande papa.

Ma sœur croise les bras sur sa poitrine.

– Miri. Moi. Est-ce que quelqu'un se rappelle qui je suis ?

– Bien sûr, chérie. On est venus pour te voir.

– Non, vous êtes là pour déposer Prissy.

– Mais qu'est-ce que tu as ? s'étonne papa. On vient d'arriver et tu fais déjà des histoires ? Ça fait presque un mois qu'on ne t'a pas vue.

– Pardon, ronchonne Miri.

– Pourquoi on n'irait pas à l'Alpage ? je propose sur un ton super-jovial, histoire d'insuffler un peu de bonne humeur.

C'est quoi, le problème de Miri ?

– Peut-être que maman ne sait pas où on est.

Je mène la marche jusqu'à l'Alpage et repère immédiatement ma mère sur le parking. Du moins, je crois que c'est ma mère.

Ça lui ressemble. Si on veut. Mais en plus mince et plus souriant, et avec des cheveux courts de la couleur de ceux de Morgan.

– C'est maman ? s'enquiert Miri, incrédule.

– Où ça ? demande Jennifer. Je ne la vois pas.

Quand la rousse – maman – nous voit, elle se met à agiter la main comme la folle du pays.

– Elle a l'air en pleine forme, dit papa. C'est qui, avec elle ?

J'étais trop obnubilée par la nouvelle coiffure de maman pour remarquer Lex, mais il est bien là, lui tenant la main. Ils sont obligés de faire ça devant papa ?

J'observe papa pour voir s'il tient le choc.

Il a les traits figés, comme botoxés, et il agrippe subitement la main de Jennifer. Ouais, on peut dire qu'il est scotché. En vérité, c'est lui qui a largué maman, alors ce n'est pas comme s'il avait le droit de l'être ; mais j'imagine que ça fait un drôle d'effet de voir son ex avec quelqu'un d'autre.

– C'est Lex, marmonne Miri. Elle est gonflée de l'avoir amené.

– C'est son petit ami, note.

– Aujourd'hui, c'est pas le jour J'amène-mon-petit-ami-au-boulot, me rembarre Miri, tapant le sol de la pointe de sa chaussure. C'est le jour Je-passe-du-temps-avec-mes-enfants.

Maman agite toujours sa main libre. Je me précipite pour la serrer dans mes bras.

– Coucou ! je m'écrie. T'es superbe.

– Merci, toi aussi.

– Un petit coup de pouce de ta bonne fée ? je lui chuchote à l'oreille.

– Un petit coup de ciseau d'un salon de coiffure de Soho. Tu aimes ?

– J'adore. Tu fais dix ans de moins ! (J'étudie sa nouvelle minceur.) Tu t'es mise à la musculation ?

– On s'est mis au jogging, Lex et moi.

Si Lex est capable de faire mener à ma mère une vie saine, je pense qu'il est maintenant digne d'une accolade. Je me dégage de maman et l'étreins brièvement.

– Très impressionnant, Lex. T'as réussi à la faire lever du canapé.

Il effleure son chapeau de cow-boy.

– Chaque fois elle me distance.

– C'est parce que t'as cent ans.

Miri a beau avoir murmuré ces mots à quelques mètres de là, je l'entends.

Maman aussi.

– Miri !

– Quoi ? Je rigole. Coucou, maman. (Miri la serre contre elle pendant un millième de seconde et se détache.) T'es en retard.

– On s'est un peu perdus, reconnaît maman.

– Elle n'est pas si en retard que ça, j'interviens. Vous voulez voir mon dortoir ?

– Bonne idée, dit Lex. (Il salue mon père en effleurant le bord de son chapeau.) Vous devez être Richard.

Ma mère pique un fard.

– Lex, je te présente Richard. Et Jennifer. Et Prissy. Je vous présente à tous Lex, mon ami.

Tout le monde se serre la main tandis que je meurs d'embarras.

– J'adore votre couleur de cheveux, dit Jennifer à maman.

Maman fait bouffer sa nouvelle chevelure.

– Merci.

– C'est vraiment très gai. Je vais peut-être me teindre en rousse moi aussi. Ça en jette. Qu'est-ce que tu en penses, Richard ?

J'irais bien me cacher dans la voiture de Lex.

– Suivez-moi ! je lance, ramenant ma troupe au dortoir.

Qu'est-ce que je vais bien pouvoir en faire pendant deux

heures et demie ? Je n'ai aucune envie de passer tout ce temps à discuter de teintures « qui en jettent ». J'ouvre la porte et les invite à entrer.

Le lit de Caniche est couvert de paquets. Carly fait visiter le dortoir à ses parents, qui lui ressemblent beaucoup tous les deux. Je présente mes parents aux siens.

Liana n'est pas en vue, et ça me convient. Avec ma mère et mon père au même endroit et au même moment, ça fait assez de stress pour la journée.

Au bout de cinq secondes environ, Miri ronchonne :

– Quand est-ce qu'on va dans *mon* dortoir ?

Soupir.

– Très bien, allons-y, dis-je. Il n'y a plus rien à voir ici, de toute façon.

– Heu, où sont vos commodités ? demande ma mère.

– Juste après le vestiaire, je lui réponds. Mais je t'assure, mieux vaut ne pas y aller.

Même si on les a briqués à fond en prévision de ce jour, je ne crois pas que les parents apprécieraient nos graffitis, sans parler du format maison de poupée des cabines.

– Je t'assure que si. J'ai bu quatre tasses de café ce matin.

Elle se met à rire et s'y précipite.

– Partez tous devant, je suggère. Je vais attendre maman.

– J'attends avec toi, dit Lex, l'air mal à l'aise.

En voyant partir les autres, je comprends qu'il n'a sûrement pas envie d'aller avec papa et Jennifer. Je ne le blâme pas. Tu parles d'une situation délicate.

– Salut, Rachel.

Liana est perchée au bord de son lit, jambes croisées, très distinguée.

Heu ? Elle sort d'où ? Elle est tellement sournoise.

– Salut, Liana, je marmonne entre mes dents. Où est ta famille ?

– Ils voyagent cet été, alors je leur ai dit de pas se déranger.

– Ah. OK. Bonne journée.

– Je serais absolument ravie de rencontrer ta famille.

Tu poursuis déjà partout mon quasi-petit ami et ma sœur, alors je préfère pas.

– C'est trop tard.

– Dommage. (Tout d'un coup, elle se lève et serre la main du petit ami de ma mère.) Salut, Lex. Ravie de faire votre connaissance. J'adore votre chemise.

Elle est ravie ? Je serais ravie si elle pouvait sauter par la fenêtre, oui. Pourquoi est-ce qu'elle serait ravie de rencontrer Lex, d'abord ? Qu'est-ce qu'elle en a à faire ? Et c'est quoi, ce « J'adore votre chemise » ? Où puis-je trouver un seau pour vomir ?

Maintenant que j'y pense, comment se fait-il qu'elle connaisse son nom ? Ah. Miri. Pourquoi Miri lui fournit-elle tous ces détails sur notre famille ? Je note mentalement de lui poser la question. De la soumettre à un interrogatoire, même. Zut à la fin, qu'est-ce qu'il lui prend, à ma sœur ?

Lex effleure son chapeau.

– Enchanté. Et vous êtes ?...

La porte des toilettes s'ouvre et se referme en claquant. Nous nous retournons et découvrons ma mère en train de se rajuster.

– Ces WC sont vraiment minuscules.

Je fais demi-tour, mais Liana a disparu. Quelle grossièreté.

– Où est-elle passée ? s'étonne Lex.

– Aucune idée.

Très, très loin, j'espère.

– De qui parlez-vous ? demande ma mère.

– D'une des filles de mon dortoir, dis-je. Heu, on peut y aller ?

S'il y a une chose dont je n'ai pas envie de parler, c'est bien de Liana.

Nous prenons le chemin du dortoir de Miri et rejoignons les autres. Prissy sautille d'un pied sur l'autre, l'air morte d'ennui.

– On peut aller voir mon dortoir maintenant ?

– Je voudrais leur montrer les courts de tennis, dit Miri.

– Pourquoi ne pas s'arrêter d'abord au dortoir de Prissy ? On ira voir les courts après, suggère Jennifer.

Et nous voilà partis, direction le dortoir numéro 1, celui de Prissy. Pendant que nous entrons à l'intérieur, ma mère et Lex décident d'attendre dans la véranda.

– Regarde, chérie, tu es là ! s'exclame Jennifer en montrant du doigt une photo posée sur le lit près de la fenêtre. C'est la photo qu'on a envoyée le mois dernier, tu te rappelles ? Et regarde, ils ont écrit ton nom dans un grand cœur rouge. Tout à l'heure, Richard ira chercher tes bagages dans la voiture, et on va tout installer. Qu'est-ce que tu en penses ?

Prissy a d'abord l'air tout excitée, mais elle ajoute :

– Je serai toute seule dans le dortoir ?

– Non, les cinq autres arrivent demain, répond une grande brune. Je suis Tilly, ta monitrice.

– Oh, bonjour ! salue Jennifer d'un ton enjoué. Ravie de vous rencontrer. Prissy, dis bonjour à Tilly.

Prissy est prise d'un accès de timidité et enfouit son visage dans les jambes de sa mère. Puis elle se recule, balaie le dortoir du regard et déclare :

– Je veux rentrer à la maison.

– Qu'est-ce que tu racontes, chérie ? Toi qui étais si impatiente d'être à la colo.

Prissy martèle le sol de sa sandale en cuir.

– Je veux mon lit.

– C'est celui-là ton lit, pour deux semaines, dit Jennifer.

– Je l'aime pas. Il sent le pipi.

– Tu vas l'aimer, je te promets. Hein, Rachel, qu'elle va l'aimer ?

– Mais oui, Prissy, je t'assure. Tu vas t'amuser comme une folle !

Elle réfléchit un instant.

– Pourquoi est-ce que je vais m'amuser ?

Je me sens trop lasse pour tout ça.

– Parce que... parce que tu vas faire de la voile.

– Je veux pas faire de la voile.

– Elle peut sûrement pas en faire, intervient Miri. Il faut avoir le dauphin !

Le visage de Prissy se décompose.

– Mais je veux faire de la voile !

Je lance à Miri un regard mauvais.

– Prissy, tu pourras aller nager.

– Je sais pas nager.

– Tu vas apprendre, dit mon père.

– Je veux pas apprendre.

Elle se met à pleurer puis à sangloter, jusqu'à ce qu'elle remarque mes bracelets en scoubidous.

- Tu les as eus ici ?

J'en fais tourner un autour de mon poignet.

- Je l'ai fabriqué ici. Tu pourras en faire un toi aussi.

- Je peux en faire un maint'nant ?

- Je crois que l'A & A est ouvert, dis-je.

- Je croyais qu'on allait voir les courts de tennis, gémit Miri.

- Allons d'abord lui faire faire des scoudoudous, dit Jennifer.

- Des scoubidous, je corrige. Écoutez, maman et Lex n'ont qu'à aller aux courts de tennis avec Miri, et moi je vous emmène à l'A & A. On les retrouve là-bas après ?

Maman et Lex sont en train de s'embrasser sur les marches de la véranda.

- Beurk ! hurle Prissy.

J'ai trop honte pour dire quoi que ce soit. Il y a des parents qui traînent partout. Des enfants aussi. De jeunes enfants, qui vont être marqués à vie.

Maman et Lex s'écartent l'un de l'autre et ont au moins la décence d'avoir l'air gêné.

- Laisse tomber, dit Miri en fronçant les sourcils. Je veux pas me retrouver seule avec ces deux-là. On n'a qu'à aller d'abord à l'A & A.

Après notre arrêt à l'A & A, Stef annonce le goûter par haut-parleur (« Qu'est-ce qu'elle a dit ? » hurle Prissy à tue-tête. « C'est quoi "manzer" ? »), et nous prenons place aux tables de pique-nique avec nos assiettes de pains aux raisins et de melon. Je présente ma mère et mon père aux copains, qui présentent à leur tour mes parents aux leurs. Je me sens rougir en les présentant aux parents de Raf, parce que la dernière fois que j'ai vu ses parents, je sortais avec Will.

Après ça, on sort les affaires de Prissy de la voiture de papa et on l'installe. Puis on va jeter un œil au lac et papa décide qu'il veut faire un peu de canotage. Harris nous équipe tous autant que nous sommes – c'est ça, oui, toute la tribu – de gilets de sauvetage (Jennifer, ma mère et Prissy pouffent de rire et battent des cils), et vogue la galère.

Vous avez dit *gênant* ? Je ne peux m'empêcher de compter les minutes qui nous séparent du moment où les parents vont rentrer chez eux.

Quand nous regagnons le rivage, les moniteurs distribuent des glaces à l'eau. Stef reprend son haut-parleur et annonce :

– Zour des visites terminé dans dix minutes. Ef-que tous les parents peuvent dire au revoir et fe dirizer vers l'Alpaze ?

Une fois nos parents partis – séparément, bien évidemment – et que je me retrouve avec Prissy accrochée à ma main, refoulant ses larmes en clignant des yeux, je me rends compte que Miri ne leur a jamais montré les courts de tennis.

– Pourquoi tu ne nous l'as pas rappelé ?

Je me rends compte que j'ai oublié autre chose : demander à maman si elle a adressé ses lettres à Miri au bon dortoir. Oups.

– Parce que personne n'en avait rien à fiche, me répond-elle.

– C'est pas vrai.

– Oh si, c'est vrai.

– Qu'est-ce qui t'arrive, ces temps-ci ?

– Qu'est-ce qui t'arrive à *toi* ?

Prissy essaie de m'entraîner vers l'A & A.

230

– Est-ce que je peux avoir encore des scoubidous ?

– Allons voir Tilly, lui dis-je.

– Je retourne à mon dortoir, grommelle Miri.

Après avoir confié Prissy à Tilly, je m'arrête au dortoir de Miri pour tenter de lui reparler.

– Elle est pas là, m'apprend une de ses camarades, une fille maigre avec une choucroute invraisemblable.

Et c'est une de celles qui harcèlent Miri ? Laissez-moi rire...

– Tu sais où elle est ?

Elle hausse les épaules.

Je vérifie près des courts de tennis, mais elle n'y est pas non plus.

Je la retrouve enfin au dîner, mais elle n'est pas plus loquace. Prissy, en revanche, est un vrai moulin à paroles.

– J'ai eu d'autres scoubidous, et Tilly m'a montré comment faire le papillon, mais j'y arrive pas très bien, alors j'ai tressé les fils à la place et après j'ai aidé à préparer les lits des autres filles, et elles s'appellent Mandy et Candy et Dahlia et Caprice, et elles viennent toutes pour deux semaines comme moi, sauf que Mandy, Candy et Dahlia ont sept ans, et Caprice six comme moi...

– C'est super, Prissy, mais je dois retourner à ma table, d'accord ?

Elle parle encore pendant que je me fraie un chemin à travers le réfectoire.

– On aurait dit que t'avais des envies de meurtre aujourd'hui, rigole Caniche.

– C'est vrai. J'étais trop mal. C'est la première fois que ma mère, son petit ami, mon père et sa femme étaient tous réunis. C'était abominable. Trop gênant. Carly, tu me passes les spaghettis ?

Liana, qui est assise à côté de Carly, attrape le plat de pâtes et se sert.

– Raconte, Rachel. Pourquoi c'était si abominable ?

– Ben, c'était abominable, c'est tout. Quand tes parents sont divorcés, t'as pas tellement envie de les mettre dans la même pièce.

– Ça me paraît plutôt immature, tout ça. Si ça leur est égal, je ne vois pas en quoi ça te dérange.

– Ça me dérange, c'est tout.

Et en quoi ça la regarde, d'abord ?

– Elle était où, ta famille ? demande Carly à Liana.

– Ils sont bien trop occupés pour venir ici, répond-elle d'un ton vexé. Ils font du bateau en France. Avec un prince grec.

Morgan ouvre des yeux grands comme des soucoupes.

– C'est vrai ? Un prince ?

– C'est trop cool, dit Deb. Tu l'as déjà vu ?

– Évidemment, rétorque Liana avec encore plus d'arrogance.

Je ne la crois pas une seconde.

– Ouais, c'est ça.

– Vous n'êtes pas obligées de me croire. Contrairement à vous, je me fiche pas mal de ce que pensent les autres.

Je m'apprête à lui dire où elle peut aller se faire voir quand Deb crie de toutes ses forces :

– Plus un geste !

J'ai le nez qui me chatouille. Je crois que je vais...

Non !

– Atchoum !

– Tu t'y colles, Rachel !

Je ne comprends pas d'où venait cet éternuement. J'espère que je ne suis pas en train de tomber malade.

– Oups, s'exclame Liana en renversant de la sauce tomate sur la table. J'espère que tu ne te saliras pas en débarrassant. Désolée, Rache.

Désolée ? Tu parles.

La seule chose qui me rende malade ici, c'est elle.

Comme activité du soir, on a mimé dans l'auditorium. Malheureusement, nous sommes interrompus par Tilly, qui me demande de l'accompagner.

– Prissy te réclame. Elle a un gros cafard.

– J'arrive, dis-je en attrapant mon sweat-shirt. Je te vois plus tard ? je demande à Raf.

– OK.

Miri, assise deux rangs plus loin, se retourne.

– Tu vas où ?

– Voir Prissy. Elle a le cafard.

– Tu veux que je vienne ?

– Qui es-tu ? s'enquiert Tilly.

– Sa sœur.

– Je croyais que c'était Rachel, sa sœur.

– Elle a deux sœurs.

– Oh, fait la monitrice. Non, tu peux rester. Elle a juste réclamé Rachel.

Le visage de Miri s'assombrit.

– Pourquoi on n'y va pas toutes les deux ? je demande.

– Laisse tomber, j'ai pas envie d'y aller, marmonne Miri en tournant brusquement la tête.

– Allez, viens, Miri, dis-je, mais elle m'ignore.

Pourquoi sont-ils tous barges chez moi ?

Je traverse le camp sur les talons de Tilly, jusqu'au dortoir 1, salue de la main la monitrice de garde dans la véranda et entre dans le bungalow.

– Salut, bébé.

Prissy saute de son lit et jette ses bras autour de moi.

– Il y a des fantômes sous les lits, pleurniche-t-elle. Tu restes avec moi ?

– Bien sûr.

Elle serre ses bras encore plus fort autour de ma taille.

Deux secondes de silence, puis :

– Je veux rentrer à la maisooooooooooooooooon...

– Prissy, tu n'es là que pour deux semaines.

– Mais j'aime pas ici. L'eau est froide. Je veux de l'eau chaude. Et je veux mon bain !

– Y a pas de baignoires à la colo, Priss.

– J'en veux une.

– Allez, mets-toi au lit et je te raconterai une histoire.

– Je veux pas d'histoire.

– Tu veux quoi, alors ?

– Un scoubidou ?

– D'accord, on va en faire un.

Je passe les vingt minutes suivantes à lui fabriquer un bracelet. Il est déjà neuf heures et demie, et elle devrait être couchée depuis longtemps, bien longtemps. L'activité du soir doit toucher à sa fin. Si je pars maintenant, je pourrai encore rester un moment avec Raf.

– Tu dors avec moi ?

– Je dois dormir dans mon dortoir, Priss.

– S'il te plaîîîîîîîîîîîîîîîîît ?

– Je peux pas, Prissy.

Elle recommence à pleurer comme une madeleine.

– Je reste jusqu'à ce que tu t'endormes, OK ?

Elle arrête de pleurer instantanément.

– OK.

Ça lui prend des heures de s'endormir. Bon, d'accord, plutôt quelque chose comme quarante minutes, mais ça me semble des heures.

Je m'extirpe doucement de l'étau des bras de Prissy et quitte le bungalow sur la pointe des pieds. J'ouvre la porte avec précaution, en faisant attention de ne pas la faire grincer, et dis bonsoir à la monitrice. Puis je traverse la Plaine, passant devant le réfectoire et la plage. Je remarque avec espoir que quelques campeurs parmi les plus âgés traînent encore dans le coin. Peut-être vais-je voir Raf. Mais pas de Raf. Peut-être m'attend-il dans ma véranda.

Je presse le pas le long du sentier pour arriver le plus vite possible, que nous puissions profiter des dernières minutes avant le couvre-feu. Je tourne à gauche, gravissant le talus vers mon dortoir.

Il y a quelqu'un sur les marches. C'est un garçon ! Ça doit être Raf.

Nan, ça ne peut pas être Raf. Le garçon se penche pour embrasser quelqu'un.

Ils s'embrassent ! C'est peut-être Anthony et Deb ? Bonjour, les ragots !

Ça ne ressemble pas à Anthony et Deb.

Je me rapproche de quelques pas. Mon cœur se glace.

C'est pas possible.

C'est pas possible, mais c'est quand même. C'est Raf.

Qui embrasse Liana.

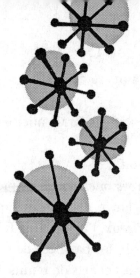

14
LA VOLEUSE DE PETIT AMI

Je suis paralysée. Mes chaussures sont collées au gravier. Ou alors, ce sont mes pieds qui sont trop lourds parce que mon cœur a sombré dans mes orteils. Je ne peux rien faire d'autre que regarder.

Ils s'embrassent. Mon quasi-petit ami en embrasse une autre. Pas un petit bisou genre salut-je-suis-content-de-te-voir, mais un vrai patin dans les règles. J'ai envie de leur hurler d'arrêter, mais aucun mot ne sort.

Je crois que je vais vomir.

Finalement, Liana se dégage. Elle se retourne, me fait face et me sourit.

Raf ouvre brusquement les yeux.

– Rachel, salut ! dit-il.

Soit il n'est pas aussi malin que je croyais, soit il pense que je suis aveugle, parce qu'il me demande :

– Qu'est-ce qui va pas ?

237

Je reste d'abord sans voix. Puis les mots se déversent.

– Tu avalais la langue de Liana.

– Coucou, Rachel, roucoule Liana. Raf, tu ferais mieux de retourner à ton dortoir maintenant.

– Je... je comprends pas, bafouille Raf.

La Force fermente en moi. Mes jambes, mes doigts de pied, mes bras, mes doigts tremblent. J'ai envie de faire quelque chose de terrible. Quelque chose d'affreux. J'ai envie de faire décoller brutalement Raf et Liana et de les balancer dans le lac. De les lâcher tête la première sur les courts de tennis. De transformer Raf en crapaud à six pattes et Liana en dinde – en dinde de Thanksgiving.

Raf m'a préféré Liana.

Raf ne m'a jamais vraiment aimée.

Mais j'étais sa partenaire de natation, non ?

J'ai l'impression d'avoir avalé un ballon de trente kilos. Ah ça, j'étais sa partenaire, sûr. J'étais son... amie.

Les serviettes étendues sur la balustrade de la véranda commencent à frémir. J'inspire un grand coup. Je ne vais pas laisser ma magie s'emballer. Il faut que je me calme avant de faire exploser le camp. Pense megels. Dompte cette énergie ! Concentre-toi !

Les serviettes se calment. Je m'éloigne de la véranda.

Je n'ai jamais autant eu besoin de Miri qu'à cet instant. Et pas parce que c'est une sorcière. Parce que c'est ma sœur.

Je traverse le camp en courant, sous le regard médusé des campeurs, monte quatre à quatre les marches de son bunga-low et me précipite vers son lit. Elle est déjà dedans, sous ses couvertures, à lire son livre de sortilèges. Je grimpe à l'échelle et me glisse à côté d'elle sous le drap.

– Mir, faut que je te parle.

– Qu'est-ce que tu fais là ? demande-t-elle.

Les autres filles dressent l'oreille depuis leurs lits.

– Dans un endroit tranquille, je murmure.

Elle extirpe un petit sac rempli d'une mixture vert et noir dont elle saupoudre l'air en chuchotant :

> *Le jour s'enfuit, la nuit s'allonge,*
> *Ton sens de l'ouïe n'était qu'un songe.*

– C'était quoi, ça ?

– Un nouveau sortilège. Elles ne t'entendront plus de la nuit. Elles n'entendront *plus rien* de toute la nuit.

Ça me paraît plutôt vache.

– T'as appris ça quand ?

– J'ai une vie en dehors de toi, figure-toi.

Je sais, elle me le répète tout le temps.

– Mir, il s'est passé quelque chose d'affreux.

– Quoi ?

– Quand j'ai laissé Prissy, je suis retournée à mon dortoir et j'ai vu Raf et Liana qui s'embrassaient !

Elle en reste bouche bée.

– Naann...

– Siii... Je te jure, je les ai vus de mes yeux.

– Honnêtement, Rachel, je ne crois pas que Liana ferait une chose pareille. Raf ne l'intéresse pas du tout.

Je plisse les yeux.

– Qu'est-ce que t'en sais ?

– Je le sais. Liana et moi, on est amies.

– Liana n'est pas ton amie, Miri. Elle est épouvantable.

Miri serre son oreiller contre sa poitrine.

– C'est pas vrai ! Je te laisserai pas dire des vacheries sur elle.

J'ai la bouche plus sèche qu'une plage de sable fin.

– Tu peux pas être copine avec une fille qui a essayé de me piquer mon petit ami !

– Raf n'est pas ton petit ami.

Les larmes me montent aux yeux.

– Si, un peu.

– Tu ramènes toujours tout à toi, Rachel.

J'ai l'impression de recevoir une gifle.

– De quoi tu parles ?

– Tu peux pas tout avoir, assène-t-elle d'un ton cassant.

– Je n'ai pas *tout*.

Elle balance ses cheveux en arrière, exactement comme Liana.

– Tu te comportes comme si tu méritais de tout avoir. Comme si tout t'était dû.

– Qu'est-ce qui te prend ?

– Tu sais quoi ? J'ai plus envie de te parler.

– Mais moi, j'ai envie de te parler, je la supplie.

Je ne comprends pas pourquoi elle est si méchante avec moi.

– C'est pas toi qui décides de tout, et je ne veux plus t'entendre.

Elle plonge la main dans son sac, saupoudre la poudre vert et noir et chantonne :

Le jour s'enfuit, la nuit s'allonge,
Mon sens de l'ouïe n'était qu'un songe.

– Tu te fiches de moi ? je m'écrie.

Elle me tourne le dos.

– Désolée, je t'entends pas.

Mes mains tremblent de rage. Je sors de son dortoir comme une furie, en faisant claquer violemment la porte – même si personne ne risque de l'entendre.

Je passe les quelques heures suivantes à errer dans le camp. Quand je retourne enfin à mon dortoir, Deb m'attend dans la véranda.

– Où étais-tu ? me demande-t-elle en me lançant un regard noir.

– Par là.

Je ne me sens pas disposée à m'expliquer avec elle maintenant. La tête me lance et j'ai seulement envie de dormir. Peut-être qu'à mon réveil, tout ce gâchis n'aura été qu'un mauvais rêve.

– Je ne sais pas pour qui tu te prends, me gronde Deb. Tu ne peux pas te promener comme ça toute seule pendant plus de trois heures.

– Je suis désolée, dis-je sans conviction.

– Ça ne suffit pas, rétorque Deb. T'es zappée.

Ça, je suis bien d'accord. Miri m'a zappée en plein cœur.

– Pour une semaine, ajoute Deb.

J'ouvre la porte et rentre en titubant dans le 14. Les filles sont déjà toutes au lit, même Liana. C'est la seule éveillée.

– Tout va bien, Rachel ?

– La ferme, Liana.

Je n'ai même pas le courage de me laver. J'escalade mon échelle et tâche de dormir, mais la voix de Liana résonne dans ma tête : *Tout va bien, Rachel* ? Quelle hypocrite.

– *Mon sens de Liana n'était qu'un songe*, je murmure dans le silence.

Si seulement elle était un moustique que je pourrais expédier dans le néant.

Au lever des couleurs, Raf s'approche de moi.

– On peut parler ?

Je l'ignore.

– S'il te plaît, Rache, je comprends pas pourquoi tu m'évites.

C'est une blague. Quand je pense à quel point je me suis trompée sur lui, et depuis combien de temps ! Je l'aime depuis *septembre*. Ça fait onze mois ! Quelle perte de temps. Quelle perte d'énergie.

Quel nase.

Sur le chemin du réfectoire, je raconte toute l'histoire à Caniche.

– J'y crois pas, dit-elle en secouant la tête. Je vais la tuer. Et lui aussi. Comment il a pu te faire ça ? On va la mettre en quarantaine. *No soucy*. J'en parlerai à Carly et Morgan. (Elle passe un bras autour de moi et serre fort.) Il est pas assez bien pour toi.

Ça, c'est une amie.

– Hé, Caniche, ça veut dire quoi exactement, le *zapping* ?

242

– Ouille, ça t'est arrivé quand ?

– Hier soir.

– Ça veut dire que t'as pas le droit de quitter le dortoir pendant le temps libre et que tu dois y retourner directement après l'activité du soir.

– Deb m'a zappée pour une semaine.

– Nan !... C'est raide. Je me demande ce qui lui prend. Elle n'a jamais zappé quelqu'un aussi longtemps. J'ai été zappée l'année dernière, mais seulement pour une soirée.

Peu importe. Ce n'est pas comme si j'avais quelqu'un hors de mon dortoir avec qui traîner.

– Rachel, dit Deb, les mains sur les hanches, c'est pas à toi de faire la véranda aujourd'hui ?

C'est l'heure du ménage et je suis au lit, essayant de dormir pour oublier mon chagrin et éviter Liana dans le même temps.

– Peut-être bien.

– J'apprécierais que tu le fasses, déclare-t-elle. C'est un vrai souk ; il y a des serviettes partout.

– Elle a raison, roucoule Liana tout en passant le balai à côté de notre lit. C'est gênant. Je peux pas faire venir des garçons ici si c'est dans cet état.

Des garçons ? Elle trompe déjà mon Raf ? Ômondieu. Comment peut-elle être aussi horrible ?

– Je suis d'accord, dit Morgan. C'est pas possible.

J'arrive pas à croire que Morgan soit méchante avec moi

alors que j'ai le cœur brisé. Je descends l'échelle et me dirige vers la véranda. Là au moins, je n'aurai pas à l'écouter.

Ou à faire face à Liana.

Après le ménage, on a poterie avec le dortoir 15. J'en profite pour me détendre en pétrissant l'argile entre mes mains, avec une expression aussi menaçante que possible. Les autres fabriquent des bols.

Caniche, l'air préoccupé, m'entraîne vers l'évier dont elle ouvre le robinet de façon que personne ne nous entende.

– Mauvaises nouvelles.

– Qu'est-ce qui se passe ?

– Liana prétend qu'il n'y a jamais eu de baiser. Que t'as tout inventé pour nous monter contre elle.

– *Quoi ?*

– Selon elle, tu as une dent contre elle depuis le premier jour.

Je me précipite sur Liana comme une furie, Caniche sur mes talons.

– T'es qu'une menteuse, dis-je. Je t'ai *vue*.

Liana secoue la tête, l'innocence incarnée.

– Je comprends pas pourquoi tu me détestes autant, Rachel. Je ne t'ai jamais rien fait.

– Si, tu m'as fait quelque chose ! Tu m'as volé mon petit ami !

Je balaie la pièce du regard, à la recherche d'un morceau d'argile durci à lui lancer à la figure.

Elle fait passer ses cheveux brillants d'un côté à l'autre.

– Je sais pas de quoi tu parles.

– Vraiment, déclare Caniche d'un ton glacial. (Puis elle se tourne vers moi.) Pourquoi est-ce qu'on ne demande pas à Raf ? Je suis sûre que *lui* sait de quoi tu parles. On va lui faire admettre la vérité.

Mon Dieu. Je ne peux rien imaginer de plus gênant. Qu'est-ce qu'elle compte faire, foncer sur lui et dire : « Alors comme ça, Raf, t'as trompé Rachel, qui en pince tellement pour toi qu'elle n'y voit plus clair et qu'elle est anéantie pour la vie ? » Je sais que Caniche est pleine de bonnes intentions, mais...

– Heu, je pense pas que ce soit une bonne idée, Caniche.

Liana sourit d'un air suffisant.

– Vas-y, demande-lui. Il confirmera ce que j'ai dit.

Elle ne prend pas de risque. Elle sait très bien que je préférerais frire dans l'huile plutôt que de m'exposer à l'humiliation d'une confrontation avec Raf. Elle bluffe.

À moins que ?...

Bien sûr qu'elle bluffe. Pourquoi est-ce qu'il nierait ? Ce n'est pas comme s'il essayait de se cacher. Il roulait une pelle en plein jour dans la véranda. En plein clair de lune, plus exactement, mais quand même.

L'odeur de l'argile commence à me donner mal au cœur, à moins que ce ne soit ma vie en général.

– Je crois que j'ai besoin d'air, je balbutie en me dirigeant vers la porte de l'atelier.

Caniche m'emboîte le pas.

– Je comprends pas pourquoi elles aiment toutes autant Liana.

On entend des rires de l'intérieur de l'atelier de poterie.

– Liana, t'as trop raison ! dit Morgan d'un ton perçant.

Rien ne va plus.

– Je peux te parler ? me demande Raf après le déjeuner, à la sortie du réfectoire.

– Non.

– Rachel, s'il te plaît.

Je dévale énergiquement les marches comme s'il n'était pas sur mes talons.

– Je supporte pas que tu sois fâchée contre moi.

– Et alors, c'est ma faute ?

Pour ce qui est d'éviter une confrontation, c'est raté. Mais bon, c'est lui qui l'a provoquée.

Et tout à coup, j'ai une idée. Une petite idée agréable. Et si c'était *elle* qui l'avait embrassé ? Et si lui m'attendait dans la véranda, et qu'elle l'ait attaqué, et qu'il s'apprêtait à la repousser quand je suis arrivée et que j'aie tout compris de travers ? Ça arrive constamment à la télé.

Je lui indique la table de pique-nique et m'assieds sur le banc.

– Vas-y, dis-je, incapable de déguiser l'espoir qui s'est glissé dans ma voix. Je t'écoute.

Il me suit comme un petit chiot, la queue entre les jambes.

– Je t'aime bien, Rachel, commence-t-il. Je t'aime beaucoup.

J'attends qu'il me dise : *Et Liana s'est jetée sur moi.* Je le regarde droit dans les yeux et me demande si je pourrais lui pardonner. Je crois que oui. Si c'est elle qui a commencé, je veux dire. Et s'il était sur le point de se dégager.

246

– Et je comprends pas pourquoi t'es furieuse contre moi.

Pas pourquoi ? Il est malade ou quoi ?

– T'as embrassé Liana, je rétorque. C'est pas une bonne raison ?

Il secoue la tête.

– Pourquoi tu dis ça ?

– Je vous ai vus !

On dirait qu'on l'a giflé.

– Tu peux pas nous avoir vus ! C'est jamais arrivé !

C'est une sorte de complot que Liana et lui ont concocté pour me faire croire que je deviens folle ? Je suis peut-être un peu perturbée, mais pas encore bonne à enfermer.

– T'es un menteur, Raf. Un horrible menteur. Tu me dégoûtes.

Son visage blêmit.

– Comment peux-tu me dire une chose pareille ?

– Je. Vous. Ai. Vus.

J'ai du mal à parler. J'ai une boule dans la gorge, tellement grosse que je ne peux même pas déglutir. Je n'y vois rien non plus, parce que mes yeux sont pleins de larmes. Il l'embrasse, et après il me ment ?

– Je sais pas de quoi tu parles.

– T'es vraiment qu'un pauvre type ! Je pensais pas m'être autant trompée sur ton compte ! Je ne veux plus jamais te parler.

Ça me fend le cœur de dire ça, mais ai-je le choix ?

Je me détourne et aperçois Miri et Liana sortir du réfectoire en riant, en pleine conversation.

Je regarde Raf, puis Miri, puis à nouveau Raf.

Qui est cette Liana, et pourquoi me vole-t-elle ma vie ?

247

Il me reste au moins Caniche et Carly. Les jours suivants, ce sont les seules que je fréquente. Liana et Morgan ont formé un petit duo bien soudé, ce qui a pour effet de scinder notre dortoir en deux.

Quant à Raf, je refuse même de le regarder. Je m'attends à chaque instant à les voir jouer au couple, Liana et lui, mais ça ne se produit pas. Il passe tout son temps avec Anderson, Blume et Colton, et avec le groupe de Will. C'est presque comme si, depuis le début, Liana n'avait jamais eu l'intention d'avoir une vraie relation avec lui. Tout ce qu'elle voulait, c'était gâcher ce que nous partagions.

Miri et moi ne nous parlons toujours pas. Je suis trop blessée pour faire le premier pas, et elle n'a pas manifesté la moindre velléité de s'excuser. Elle peut aller au diable avec sa nouvelle amie Liana, ça m'est bien égal. J'ai une autre sœur à la colo. Une sœur adorable et de bonne humeur.

Prissy s'éclate. À n'importe quelle heure du jour, on peut les trouver, elle et ses cinq camarades du dortoir junior, en train de rire, et de gambader en chantonnant à tue-tête :

On est l'dortoir numéro 1,
Où qu'on s'amuse bien !
On est mimis comme des fleurs,
Mais la douche, c'est pas l'bonheur !

Elle a les bras chargés de douzaines de bracelets en scoubi-dou, ses robes blanches de princesse et autres tenues sont raides de crasse, ses cheveux ressemblent à un nid d'oiseaux, et je suis quasi certaine qu'elle n'a pas encore entamé son tube de dentifrice, mais elle s'amuse comme une folle, alors qu'est-ce que ça peut faire ?

Je prends des quantités de photos pour faire flipper Jennifer à mon retour. Ça sera ma vengeance pour tous ces colis embarrassants. Cette semaine, j'ai eu droit à une bombe de déodorant pour les pieds. Enfin quoi, oh ? On est en colo ; c'est normal de sentir des nougats.

Vu que je suis zappée, je passe tout mon temps libre dans les toilettes à perfectionner mes megels. À la fin de la semaine, j'ai fait de nets progrès. Très nets, je vous assure. Je peux lever et reposer le rouleau de papier hygiénique les yeux fermés, une main derrière le dos. Non pas que j'aie besoin de mes deux mains pour le faire, mais c'est du beau boulot. Ça peut servir la prochaine fois que je serai dans des toilettes publiques et que la personne dans la cabine d'à côté passera sa main par en dessous pour demander du papier.

Le samedi qui suit la journée de visites est caniculaire. La direction vote pour un après-midi bain de soleil et baignade, ce qui signifie que tout le monde peut rester à la plage au lieu de participer à des activités d'intérieur. On peut nager, faire du bateau, ou se bronzer.

Caniche, Carly et moi sommes allongées sur nos serviettes, tâchant de nous relaxer. *Tâchant* est le mot juste. Comment suis-je censée me détendre quand Liana et Miri font du pédalo ensemble au beau milieu du lac ?

Que fait Liana avec ma sœur ? C'est incompréhensible.

– Vous avez vu de quelle façon Liana a montré à Morgan ce qu'elle devait mettre aujourd'hui ? demande Carly. Elle la mène à la baguette.

– Morgan se comporte comme une extra-terrestre depuis quelque temps, renchérit Caniche. On dirait qu'elle est sous la coupe de Liana. Et pour les filles du 15, cela ne vaut guère mieux. Elles continuent toutes à la suivre partout, alors qu'elles ne sont même plus dans le même dortoir.

Elles sont comme qui dirait... ensorcelées.

Miri.

Non.

Vous croyez ?

Ma petite sœur, une traîtresse ? Une félonne ?

Mais pourquoi ?

Je regarde fixement le pédalo. Miri dit un truc à Liana qui la fait rire.

Liana, voilà le pourquoi. Je me tortille sur le sable. Et si Miri avait raconté à Liana qu'elle est une sorcière, et que maintenant, ravie de l'intérêt qu'elle lui porte, elle faisait tout ce que Liana lui demande ? Miri m'a dit que ça lui serait égal que quelqu'un le découvre. Par malchance, il a fallu que ce soit Liana, qui adorerait mettre la main (qu'elle a avide) sur ce formidable pouvoir.

Caniche remet sa serviette en place.

– Si j'entends encore un mot sur sa vie de star en Suisse,

je l'étripe. Et c'est quoi, cette fixette sur sa bouteille d'eau ? Elle arrête pas d'essayer de nous en faire boire.

– Elle est peut-être alcoolisée, pouffe Carly. Peut-être qu'elle essaie de te soûler.

Oui, pourquoi Liana est-elle obnubilée par cette bouteille d'eau ? Maintenant que j'y pense, Morgan en a bu. Ainsi que tout le dortoir 15, le troisième jour, pendant le foot, il y a des semaines de ça. Deb aussi en a bu. Mais pas Caniche, ni Carly, ni moi.

Un sortilège ?

Non – impossible. Miri ne ferait jamais une chose pareille.

Mon corps est parcouru de frissons.

Peut-être que j'ai tort au sujet de Miri. Peut-être qu'il y a une autre explication.

Marrant que Liana ait autant de vêtements alors que son casier est si vide.

Marrant qu'Alison ait été surprise en train de fumer alors qu'elle ne fume pas – et par Rose, qui passait par là comme par hasard.

Marrant que Raf ne se rappelle pas avoir embrassé Liana. (Enfin, pas tant que ça.)

Mon cœur cogne de plus en plus fort. Si ça continue, il va exploser.

– Faut que j'y aille, dis-je, enfilant mon tee-shirt et mon short à la hâte tout en glissant mes pieds dans mes tongs.

– Où ça ?

– Au dortoir. Aux toilettes. Je, heu, me sens pas trop bien. Tu préviendras Deb que je suis partie ?

Je file sans attendre de réponse. Je gravis le talus en courant jusqu'au dortoir et me dirige droit sur le lit de Liana.

Il me faut une preuve. Je farfouille sur son étagère. Une brosse. Un miroir. Du rouge à lèvres. Du mascara. Et c'est là que j'aperçois son coffret à bijoux. Je sais que c'est risqué, mais tout vaut mieux que de croire que ma sœur est une traîtresse. Je m'empare du talc de Liana, en saupoudre le coffret en récitant :

Chenille, te voilà papillon,
Que cette poudre passe à l'action !

Dès que la poudre atteint le coffret, celui-ci se métamorphose, pendant que l'odeur de lait caillé se fait de plus en plus envahissante.

Le coffret à bijoux se transforme en exemplaire de l'*A²*.

Liana est une sorcière.

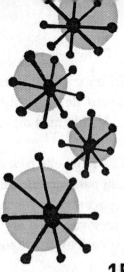

15
LA VÉRITÉ EST AILLEURS
(AU BEAU MILIEU DU LAC)

J'ouvre son livre de sortilèges à la première page et lis :
Propriété de Liana Graff.

Comment se fait-il que tout le monde ait un livre de sortilèges et pas moi ? Y a pas de justice.

Je fais les cent pas dans le dortoir. Liana est une sorcière.
Liana est une sorcière ! Comment ai-je pu mettre autant de
temps à m'en rendre compte ? On pourrait penser qu'une sorcière est capable d'en repérer une autre en pleine foule. Où
était passé mon radar à sorcières ?

Miri va être trop contente qu'on ait quelqu'un d'autre avec
qui discuter sorcellerie.

À moins que Miri ne soit déjà au courant.

Je continue mes cent pas, faisant une boucle par le 15, le
vestiaire et les sanitaires, puis retour au vestiaire, puis retour
par le 14. Miri et Liana sont super-copines ces derniers temps,
alors Miri doit savoir. Mais comment le sujet serait-il venu sur

253

le tapis ? Est-ce que Liana a surpris Miri en train de jeter un sort, puis lui a fait avouer son secret avant de lui confier le sien ? Ou le contraire ? Ou peut-être que Miri le lui a dit spontanément, comme je l'ai d'abord soupçonné ?

Et si Miri était au courant, pourquoi ne m'a-t-elle rien dit ?

C'est vrai, quoi, ce n'est tout de même pas rien. En dehors de notre famille proche, on n'a jamais rencontré de sorcières. On n'en a même pas entendu parler. On savait qu'il en existait, mais on n'a jamais eu de détails si ce n'est à propos de feu notre grand-mère et de notre tante.

Je case le manuel dans mon sac à dos (il dépasse un peu, mais ça m'est égal), cale le tout sur mes épaules et cours à la plage. J'ai l'intention de prendre un canoë, de les rejoindre au milieu du lac et d'exiger une explication.

Pour quelqu'un qui a horreur des confrontations, on peut dire que je suis servie.

Je suis obligée de changer mes plans en les voyant amarrer leur embarcation au ponton. J'attrape un gilet de sauvetage, me hâte le long du ponton et saute à bord avant qu'elles aient eu le temps de débarquer.

– Pédalez, j'ordonne.

– Qu'est-ce que tu fais ? s'étonne Liana.

– Je viens avec vous. On va discuter un peu.

– De quoi ? demande Miri.

Je sors le livre de sortilèges de Liana de mon sac et le brandis :

– De ça.

Miri ouvre le bec mais rien ne sort. Je ne sais pas si elle a le souffle coupé parce qu'elle ignorait que Liana était une sorcière, ou parce qu'elle estime qu'apporter un A^2 sur la plage va à l'encontre d'une sorte de code déontologique de sorcellerie.

– Gaffe ! dit Liana en se mettant à pédaler.

Comme le pédalo n'a que deux sièges, je m'adosse contre le caisson qui protège la roue à aubes. Une fois parvenues au milieu du lac, elles arrêtent de pédaler et se retournent vers moi. Liana me regarde droit dans les yeux :

– Bon, alors ?

– T'es une sorcière, je déclare d'un ton neutre.

Elle soutient mon regard.

– Oui.

Je cligne plusieurs fois des yeux et me tourne vers ma sœur.

– Tu le savais ?

Le visage de Miri se fend d'un grand sourire.

– C'est incroyable, non ?

Hum. Donc, elle savait. Une sensation désagréable (déception ? ressentiment ? jalousie ?) me transperce comme une flèche.

– Pourquoi vous m'avez rien dit, les filles ?

– On allait le faire, affirme Miri. Je te jure.

– Quand ça ? L'été prochain ?

Furieuse, je donne un coup de pied dans le flanc du pédalo.

– C'est pas tout, fait Miri, les yeux brillants. (Elle serre le bras de Liana.) Je lui dis, ou c'est toi ?

Parce qu'il y a autre chose ? Et quoi donc ? Je ne suis pas sûre que mon cerveau pourra en encaisser beaucoup plus.

– Me dire quoi ?

Liana incline la tête.

– Vas-y, toi.

Miri respire un grand coup puis s'écrie :

– C'est notre cousine !

C'est là que ma tête explose. OK, pas littéralement, mais c'est l'impression que j'ai.

– *Quoi ?*

– Liana... (Miri marque une pause théâtrale) est la fille de tante Sasha.

Mon regard passe de Miri à Liana, avant de revenir à Miri. Liana est la fille de l'unique sœur de ma mère ? La fameuse tante dont je ne me souviens pas ? D'après maman, je ne l'ai vue qu'une fois, quand j'avais un an.

– Qu'est-ce que vous racontez ?

– Tante Sasha a une fille. Liana. Que tu as dû voir quand tu étais bébé.

– Mais pourquoi maman nous aurait pas dit qu'on avait une cousine ?

– Qui sait ? Après la brouille, elle ne voulait plus qu'on ait le moindre contact avec ce côté de la famille.

Je me sens tiraillée par un million d'émotions. Dans un sens, super ! Une cousine ! J'ai toujours rêvé d'avoir une cousine de mon âge. C'est dingue, non ? C'est comme avoir une jumelle sans avoir à partager sa chambre ni son ADN. En même temps, parmi toutes celles qui auraient pu être ma cousine, fallait-il que ça tombe sur Liana, ma nouvelle ennemie jurée ?

D'ailleurs, je ne suis pas entièrement convaincue qu'elle soit ma cousine.

– Tu trouves pas qu'elle nous ressemble ? demande Miri.

Elle a les cheveux plus foncés et plus raides que les nôtres. Plus sorcière. Mais ses yeux et son menton ont un peu la même forme, je le concède.

256

Et elle a la même prédisposition génétique que nous.

Je suppose que c'est possible...

– Je ressemble beaucoup à ma mère, dit Liana. C'est pour ça que je voulais pas que votre mère me voie le jour des visites. Elle ne m'a pas vue depuis la brouille, mais je ne voulais pas courir ce risque.

– Comment t'es au courant pour la dispute ? je lui demande.

Leur grande brouille *secrète*.

Miri se met à rire.

– C'est Liana qui en a parlé. Et c'est comme ça que j'ai su qu'elle était vraiment notre cousine ! (Elle lance à Liana un regard adorateur.) Pas que j'en aie douté.

– Mais comment tu savais qu'on était tes cousines ? j'insiste.

– Maman ne m'a pas caché votre existence. Je savais que j'avais deux cousines, Rachel et Miri Weinstein, mais elle ne voulait pas que je prenne contact avec vous.

C'est trop injuste que sa mère lui ait parlé de nous alors que la nôtre nous a caché son existence.

– Tu sais à propos de quoi elles se sont disputées ?

Le squelette va peut-être enfin sortir du placard !

Liana hausse les épaules.

– Maman me l'a jamais raconté.

Raté. Vieux sac va réintégrer son placard.

– C'est pas inouï ? continue Miri tout excitée. Après leur dispute, nos mères ne se sont plus jamais parlé, et nous, on se retrouve par hasard en colo treize ans et demi plus tard ! C'est comme dans un film.

257

Ouais, un film que j'ai vu deux fois, *À nous quatre*, puis son remake. Je ne sais pas quoi dire. Je ne sais pas quoi penser.

— C'est vrai que c'est incroyable, dis-je enfin.

Comment avons-nous pu atterrir dans la même colo ?

— Où as-tu entendu parler de Wood Lake ?

Liana ramène ses cheveux en arrière et sourit à ma sœur.

— Je voulais partir pour l'été et j'ai vu le site sur Internet. J'ai su tout de suite que c'était le bon. J'ai senti que c'était là que je devais aller.

— C'est le destin, déclare ma sœur. Ça peut être que ça.

Ça me paraît louche. Attendez une minute.

— Mir, ça fait combien de temps que t'es au courant ?

Elle rougit et contemple ses doigts rongés.

— Quelques semaines.

— Quoi ? Tu le savais avant le jour des visites ? Maman était là, et tu lui as pas appris que sa nièce était là aussi ?

Je dévisage Miri, stupéfaite.

— Je... on avait peur que maman me retire de la colo si elle l'apprenait. Tu sais ce qu'elle pense de tanta Sasha. Elle veut pas en entendre parler. Je... on avait peur que Liana soit bannie au même titre que tante Sasha.

— Mais je croyais que tu voulais quitter la colo, dis-je. C'était le moyen idéal.

— Avant, oui.

Elle sourit à notre cousine.

Me voilà à nouveau transpercée par cette pointe de déception-ressentiment-jalousie.

— T'aurais au moins pu m'en parler.

— Je voulais, mais Liana m'a dit de pas le faire. Elle a dit que tu l'aimais pas.

C'était et c'est toujours vrai : je ne l'aime pas. Elle a embrassé mon petit ami ! D'ailleurs, pourquoi ma cousine voudrait-elle me piquer mon petit ami ? Et plus grave, pourquoi ma sœur voudrait-elle me cacher quelque chose ?

Liana lui prend le bras.

Ah. Évidemment. Miri avait enfin trouvé quelqu'un qui lui soit entièrement dévoué, et elle ne voulait pas la partager.

– T'as pas été très sympa avec elle, insiste Miri. Comme quand t'as dit à tes copines de se méfier d'elle, quand elle s'est installée dans votre dortoir.

– Comment tu sais ça ? je demande.

– Les nouvelles vont vite par ici, réplique Liana.

– Tu vois ? continue Miri. T'as fait courir des bruits sur elle sans raison. Alors que Liana a toujours été gentille avec toi.

Elle se paie ma tête ?

– Liana, tu m'as pris mon petit ami !

Elle écarquille les yeux innocemment.

– Honnêtement, Rachel, je ne vois pas de quoi tu parles. J'ai jamais embrassé Raf, je le jure.

– Je vous ai vus !

– C'est pas possible. T'as dû imaginer tout ça. Les sorcières débutantes ont quelquefois des hallucinations quand leurs pouvoirs commencent à se manifester.

Miri hoche la tête.

– Ça arrive à beaucoup de sorcières, ne le prends pas mal.

– Miri m'a parlé de ton problème, dit Liana. Alors je te pardonne d'avoir fait circuler des bruits sur moi.

Premièrement, je n'arrive pas à croire que Miri lui ait parlé de mon problème. Je lance à Miri un regard bien furibard. Deuxièmement, je n'ai pas halluciné le baiser. Ou si ?

– Je sais plus quoi penser.

– Je suis désolée, Rachel. La jalousie déclenche souvent des hallucinations. Alors, je te pardonne. Quelquefois, je pense que ma beauté est une malédiction. Que j'aimerais mieux te ressembler, Rachel.

Merci bien, sans façon. Je rêve ? J'aurais tout imaginé ? Raf a nié... Et ma magie s'est avérée un peu capricieuse jusqu'à maintenant.

Ma nouvelle cousine est vaniteuse, odieuse et manipulatrice, mais – soupir – c'est tout de même ma cousine.

– Tu dois la croire, s'exclame Miri. Laisse-lui le bénéfice du doute ! C'est notre cousine !

Je regarde Liana.

– Très bien.

Je vais lui donner une chance. J'aime bien sa version des événements – la version dans laquelle Raf ne l'embrasse pas. Chouette ! Si seulement je ne m'étais pas montrée aussi dure envers lui...

– Vous allez vous adorer, les filles ! s'écrie ma sœur avec effusion. Il faut juste que vous passiez des bons moments ensemble. Je parie que vous avez joué dans le même bac à sable quand vous étiez bébés.

Le sifflet de Rose trille à la surface du lac.

– On rentre ! hurle-t-elle.

– Je crois que c'est la fin de notre petite conversation, dit Liana. Miri, pédale en marche arrière, moi je vais nous faire faire demi-tour.

Miri s'exécute de bonne grâce.

Encore ce sentiment désagréable.

Liana est peut-être sa cousine, mais je suis sa sœur. Elle se prend pour qui, cette fille, à dire à ma sœur ce qu'elle doit faire ?

Ça, c'est *mon* rayon.

Oh, say can you see...

Au lieu de chanter, au lever des couleurs, je scrute tous les campeurs et les moniteurs. Si Liana est une sorcière, y en a-t-il d'autres parmi eux ?

Deb ? Tilly ? Will ?

Raf ?

Je surprends le regard de Raf et détourne instantanément les yeux. Je suis trop gênée de lui avoir dit tout ce que je lui ai dit. Je n'ai pas encore trouvé de quelle façon m'excuser après ces folles accusations.

J'observe Rose qui sort un Koala du rang pour lui hurler de se tenir tranquille. Ah. S'il y a une autre sorcière ici, c'est elle...

Ou peut-être qu'elle n'a pas véritablement grondé l'enfant. Que je l'ai juste imaginé. Peut-être que c'est l'enfant qui lui a crié dessus.

Je continue à observer le cercle. Prissy chante à tue-tête en langue de « fe ».

« Surfur lefe payfé-isfi defe lafa lifiberfertéfé, aufo payfé-ysfi desfé brafaves-feu !... » Parler langue de « fe », c'est son nouveau truc. Désormais, elle se présente ainsi : « Moifoi, jefe m'afappefèllefeu Prifissyfi. » À la fin de la chanson, elle fourre son doigt dans son nez et l'essuie sur la manche de Tilly.

J'espère pour Tilly que je suis en train d'halluciner.

261

Tandis que Carly s'y colle (son bras gauche a tremblé pendant le « Plus un geste »), Deb se plante au bout de notre table en tapant des mains.

– Devinez quoi, les filles !

– Quoi ? demandons-nous en chœur.

– Sortez vos tee-shirts Camp Wood Lake ! Demain matin, on part pour un raid en canoë de deux jours !

Deux jours sur un bateau ? Je n'ai fait que deux fois du canoë à la colo, et ça n'a pas été très concluant. Et ça représente un paquet de bons moments à partager avec Liana. De très bons moments. J'ai certainement envie de la connaître mieux, mais... on ne peut pas dire que, de son côté, elle ait fait un effort pour mieux me connaître. J'étais déjà là quand elle est arrivée, et elle a choisi une place à l'autre bout de la table.

Je ne savais pas si on allait vendre la mèche « cousinage » au dortoir, mais vu qu'elle n'a rien dit, j'ai décidé de suivre son exemple – ce qui m'arrange. C'est vrai, quoi, il ne me reste que deux amies ici. Deux amies qui n'ont pas une passion pour Liana. Je ne voudrais pas me les aliéner avec mon népotisme.

Pourvu que je puisse emprunter un tee-shirt, ça m'éviterait d'avoir à porter mon Mac Wok Pedalo.

– Juste nous cinq ? s'enquiert Morgan. Ou est-ce que le 15 vient aussi ?

– Le dortoir 15 vient aussi, nous indique Deb. Plus moi. Et un accompagnateur.

Caniche dresse l'oreille.

– Qui ? je demande pour elle. Harris ?

– Non, Harris n'accompagne que les groupes de garçons. C'est Rose qui vient avec nous.

Huée générale.

– Oh, ça va, les filles, dit Deb. Elle n'est pas si méchante.

– Si, réplique Caniche.

Elle est manifestement déçue, mais pour d'autres raisons.

– Et on va où ? interroge Carly.

Deb lève un pouce victorieux.

– Harbor Point.

– Il paraît que c'est chouette, déclare Carly. Ma sœur y a été il y a deux ans et elle a adoré.

Je ne comprends pas totalement ce qu'est un raid en canoë. Est-ce qu'on dort à bord ?

– Où est-ce qu'on dort ? demande Liana.

Ômondieu, elle lit dans mes pensées ! Belle manifestation de cousinage !

– Sous la tente, répond Deb.

Je ne suis pas une fan de tentes. Je suis sûre que c'est plein d'araignées, les tentes. Et s'il pleut ? Elles sont étanches, les tentes ? Je n'ai pas envie d'être trempée.

– Et qui les monte ? je m'interroge à voix haute.

– Nous, dit Deb.

Nous ?

– Et on fait comment pour les toilettes ?

Caniche rit.

– On utilise le WC, m'explique Morgan. Le Water Champêtre.

Ou on fait pipi près d'un arbre. Ou dans des toilettes en branchages si on veut être plus convenable.

Je viens de Manhattan. Je ne fais pas pipi dans les bois.

– J'ai horreur des raids en canoë, geint Carly. On est obligées d'y aller ?

– Oui !

– Ça peut être sympa, s'exclame ma lèche-bottes de cousine.

– Alors, voilà l'idée, dit Deb. Ce soir, au lieu d'aller à l'activité, on fait nos sacs, et on embarque demain à neuf heures. On rame jusqu'à treize heures environ, et on s'installe à Harbor Point. Et on repart le lendemain matin.

Combien de rouleaux de papier hygiénique doit-on emporter ? Je suppose que je pourrai toujours en megeler au camp. J'ai un megel tout prêt pour ça, noté par écrit. Dommage que ce soit la seule chose qui semble marcher dans ma vie.

– Liana est vraiment une bonne sorcière ?

Je n'aimerais pas être amenée à lui casser du sucre sur le dos ou quoi que ce soit. C'est temps libre, et Miri et moi quittons le réfectoire pour nous diriger vers les gradins de l'Alpage.

– Absolument. Elle m'a appris plein de sortilèges marrants ! Entre autres, un qui fait les lits et un qui balaie automatiquement. Et d'autres plus difficiles, pour communiquer avec les animaux par exemple. Je vais les tester sur Tigrou et Goldie en rentrant.

Je peux comprendre qu'elle veuille communiquer avec

notre chat – après tout, les chats abritent souvent des sorcières – mais avec notre poisson rouge ? Je demande à voir.

– Tu savais qu'elle connaît des quantités d'autres sorcières ? Elles se fréquentent toutes en Suisse. Elles vont en pension ensemble.

Je lève les sourcils.

– Ah bon, elle est à Poudlard ?

– Mais non, Rachel. Sois pas idiote. C'est plutôt un truc clandestin. On a trop de la chance d'avoir une sorcière aussi rancardée pour cousine, s'extasie Miri.

Pour être honnête, ça me donne la nausée.

– Je la trouve un peu bizarre, dis-je.

– Moi, je la trouve formidable.

Retenez-moi, je vous en prie.

– Miri, c'est pas un peu étrange qu'elle ait envie de passer autant de temps avec toi ?

Miri s'arrête net.

– Non, Rachel. Il y a des gens qui aiment être avec moi. Tout le monde ne me considère pas comme un boulet.

Bonjour, la tragédienne.

– Je le sais, figure-toi, mais Liana a deux ans de plus que toi. Je me demande pourquoi elle s'est donné tout ce mal pour être amie avec toi et pas avec moi, c'est tout.

– Tu peux décidément pas envisager que quelqu'un me préfère à toi ?

– C'est pas ce que je voulais dire.

– Si, y avait de ça. Oui, Liana préfère être avec moi qu'avec toi. Et tu sais quoi ? Je préfère être avec Liana qu'avec toi. Elle me respecte vraiment, elle apprécie ma compagnie. Elle s'intéresse à des choses importantes, plus importantes qu'avoir la cote, les cheveux raides, ou des garçons qui ne l'aiment même pas.

Je m'étrangle.

– Je peux pas croire que t'as dit ça.

– Ben si. Je peux plus supporter que tu ne t'intéresses qu'à toi.

– C'est faux. T'as intérêt à t'excuser, je grogne.

– Pourquoi ? Tu vas me changer en rouleau de PQ sinon ?

Je suis tellement furax que je pars au pas de charge et la plante au beau milieu du chemin.

– Je te parle plus avant que tu te sois excusée, je crie par-dessus mon épaule.

– Ça m'est bien égal. J'ai quelqu'un de mieux à qui parler !

Pauv' dinde. Quand on sera parties pour le raid canoë, Liana et moi, la seule qui voudra bien lui parler, c'est Prissy.

J'espère pour Miri qu'elle parle la langue de « fe ».

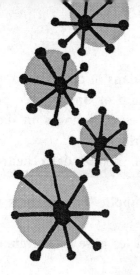

16
TENTES ET AUTRES DÉSASTRES

– En dehors, les coudes, Rachel, en dehors, me rappelle Carly.

Malheureusement, je suis encore une piètre canoéiste. Ce qui est surprenant, si on considère que c'est d'une simplicité déconcertante. Dedans-dehors, dedans-dehors, et on recommence un million de fois.

Carly est à la poupe, derrière moi, parce que c'est là qu'on place le meilleur. Caniche s'est installée d'autorité à la proue. Je me retrouve au milieu, la seule place pourrie où on ne peut pas s'asseoir et où on doit rester péniblement agenouillé.

– Quelqu'un a pété ? demande Carly.

– Non, quelle horreur, proteste Caniche.

– En tout cas, je sens quelque chose.

– C'est ç'ui qui dit qui est, je rétorque.

– C'est peut-être les sandwichs à la dinde.

– Ça sent pas, la dinde, j'objecte.

Nous transportons notre déjeuner dans le canoë. Le dîner (hot-dogs), le petit déjeuner de demain et une plâtrée peu ragoûtante que Rose appelle purée végétarienne sont dans une glacière dans le canoë des monitrices.

– Ça sent quand ça cuit au soleil depuis deux heures, déclare Carly.

– On peut faire une pause ? je supplie. J'ai les bras en compote.

On sort nos pagaies de l'eau et on les pose en travers du bateau. Ah. Ça va mieux.

Dans le canoë, on a aussi la tente et trois sacs-poubelle (pour garder nos affaires au sec). À l'intérieur du mien, j'ai mon sac de couchage bien roulé, une serviette, une tenue de rechange et des bouteilles d'eau.

Cece, Liana et Morgan sont juste derrière nous.

Caniche se retourne pour nous regarder.

– Rachel, t'es en train de cramer. T'as mis de la crème solaire ?

– Ouais, mais j'ai l'impression que ça fait aucun effet. Toi aussi, t'es toute rouge.

Carly nous passe le flacon et on s'enduit à nouveau.

Je trempe la main dans l'eau.

– On en a encore pour combien de temps, d'après vous ?

– Il est que onze heures, alors je dirais encore deux heures, répond Carly.

– C'est magnifique, non ? soupire Caniche en admirant le paysage de montagnes.

Je regarde autour de moi.

– On se croirait dans une carte postale. Si seulement il faisait pas si chaud. Je sauterais bien à l'eau.

268

– Surtout pas, dit Carly. T'arriverais jamais à remonter à bord sans nous faire chavirer.

– Je sais, je sais, je grommelle.

Caniche fait une coupe de ses mains, la remplit d'eau dont elle s'asperge le front.

– Essaie ça.

Je me penche et joins mes mains et...

On gîte à droite. Oh-oh.

On gîte à gauche. Oh-oh-oh...

– Attention, Rachel ! crie Carly.

On tangue encore à gauche, et hop, à l'eau tout le monde.

Splash !

Je plonge dans le lac la tête la première, et me cogne le mollet sur le bord du canoë.

– Aïe !

Comment diable ai-je fait ça ? Je ne me suis pourtant pas penchée plus que Caniche !

À quelques mètres de nous, l'écho renvoie des rires.

Je lève la tête et j'aperçois les filles du bateau de Liana, qui se tordent de rire.

C'est elle qui a fait ça ? Non... sûrement pas. C'est ma cousine. Elle veut qu'on soit amies.

– Elles sont vraiment infectes, marmonne une Carly dégoulinante, en frappant l'eau de ses poings. Liana ferait mieux de pas revenir l'année prochaine. (Elle claque des dents.) Mon Dieu, c'est l'océan arctique, ce lac !

– Mince, ma pagaie fiche le camp, dit Caniche en nageant à sa poursuite.

Par malchance pour elle, c'est Liana qui rit le plus fort, ce qui me donne à penser : c'est ç'ui qui dit qui est. Mais pourquoi supposer le pire ? Liana n'avait aucune raison de faire chavirer mon bateau. Elle a autant envie que moi qu'on s'entende bien.

Alors pourquoi rit-elle encore ?

Tandis que je me débats dans l'eau, la voix de Miri me trotte dans la tête, m'enjoignant de laisser à Liana le bénéfice du doute.

Carly empoigne son sac-poubelle et tente de le maintenir au-dessus de la surface. Elle se marre.

– Mais quelle empotée !...

– *No soucy*, déclare Caniche, qui fait la planche. C'était rafraîchissant.

– Aidez-moi à redresser le canoë, dit Carly en nageant vers le bateau.

Nous nous rejoignons et parvenons à le redresser et à grimper à bord.

Tout en me penchant avec précaution pour récupérer nos affaires, je lance un regard en direction du bateau de Liana.

Désolée, articule Liana avec un sourire mauvais.

Quel culot ! C'est donc elle !

À quoi elle joue ? Elle m'a bien regardée ? Je suis devenue une experte en megels ces derniers temps. Elle va voir ce qu'elle va voir. Force, viens à mon secours ! Mes doigts commencent à fourmiller. Force, ne me laisse pas tomber ! Je chuchote :

Ton air innocent ne m'a pas trompée.
À ton tour maintenant d'être trempée !

270

J'ai les bras tout mous et froids, et j'observe avec attention le bateau de Liana osciller sur sa droite, puis sur sa gauche, sur sa droite à nouveau...

Allez, allez, dessale !

... puis finalement se stabiliser.

Zut de zut.

Liana lève les yeux vers moi, pince les lèvres, et l'instant d'après, je me retrouve à l'eau, une fois de plus.

– C'est une blague !... maugrée Carly.

Experte, mon œil. C'est Liana la pro. Je ne lui arrive pas à la cheville.

Deux heures plus tard, nous voilà enfin à Harbor Point. Nous tirons nos canoës sur la plage, nous débarrassons des gilets de sauvetage et traînons nos affaires jusqu'à une clairière. Avant de nous installer, nous nous rafraîchissons dans l'eau et nous apprêtons à déballer notre déjeuner.

Où est-il passé ?

Toute nourriture a disparu de notre canoë.

– C'est probablement au fond du lac, soupire Rose. Vous avez de la chance que j'aie du rab de purée végétarienne.

Pourquoi ai-je le sentiment que ça aussi, c'est la faute de Liana ?

– Vous avez aussi perdu vos boissons ? demande Liana. (Elle fouille dans son sac-poubelle et passe sa bouteille d'eau à Carly.) Tiens.

– Ne bois pas, dis-je, le cœur battant.

Carly hésite.

– Bon, t'en veux ou pas ?

Carly hausse les épaules et tend la main.

– Non, ne bois pas ! je crie.

Trop tard : elle en a déjà sifflé la moitié.

Carly cligne des yeux une fois, puis une deuxième.

Puis elle me regarde, en plissant les yeux.

– C'est quoi, ton problème ? J'ai soif. Pourquoi je devrais pas boire de sa bouteille ?

Eh bé, ça n'a pas traîné.

– Oui, Rachel, ronronne Liana. Pourquoi elle devrait pas ?

– Parce que... parce que...

Parce que tu l'as empoisonnée pour qu'elle devienne ton amie et qu'elle se mette à me détester ?

– Parce que j'ai vu une bestiole dedans.

– Ah bon, pas moi, me lance Liana. Rachel, je crois que tu t'imagines des choses. Une fois de plus.

Carly se met à rire et mon cœur se serre. Oubliez la bestiole : c'est *Sa Majesté des Mouches* par ici, mes amies tombent comme des mouches.

– Hé, Caniche, sers-toi si tu veux, propose Liana à ma dernière amie.

S'il te plaît, dis non, s'il te plaît, non !

– Nan, dit Caniche avec un regard lourd à Liana. Je touche pas trop aux insectes.

272

Après le déjeuner, Caniche essaie de me persuader de faire pipi dans les bois.

– Imagine que t'es sur des toilettes.

– Mais je n'y suis pas.

Au lieu de me concentrer sur ce que j'ai à faire, je me demande si je devrais raconter la vérité à Caniche. *Toute* la vérité, je veux dire.

– Tu t'accroupis comme si t'étais sur des toilettes publiques et que tu voulais pas que tes fesses touchent le siège.

Nan, je crois qu'il ne vaut mieux pas. Lui raconter, pas m'accroupir. Et si elle en parle à quelqu'un ? Et si elle en parle à Harris ? Et si elle me prend pour une dingue ? Maman n'a jamais rien confié à personne, pas même à mon père. Comment pourrais-je sortir ça à quelqu'un que je connais seulement depuis un mois ? Je dis donc :

– Et si j'éclabousse mon short ?

– Ça devrait pas arriver si tu t'accroupis correctement.

– Mais si j'en mets quand même ?

– Enlève-le, alors.

J'enlève mon short et mon bas de maillot de bain, puis je m'accroupis au-dessus de la racine d'un arbre. Et j'essaie de faire pipi. J'essaie encore.

– Ça vient pas.

– Concentre-toi.

C'est plus difficile qu'un megel.

Ça me prend environ cinq minutes, mais je finis par y arriver.

– C'est vraiment dégueu, je marmonne. Je remercie le ciel d'avoir inventé la plomberie.

En remettant mon short, je remarque une vilaine tache d'herbe, juste là où le soleil ne brille pas.

Elle n'a pas osé ? Ou bien si ? Je regarde autour de moi, mais pas de Liana en vue. Ça ne prouve rien. Elle a peut-être son propre parapluie d'invisibilité.

L'étape suivante consiste à monter la tente, ce qui n'est pas une mince affaire, d'autant plus que Carly a changé d'équipe et qu'elle insiste à présent pour dormir avec Liana, Morgan et Cece, qui n'ont qu'une tente de trois places.

– Pourquoi tu veux faire ça ? demande Caniche, complètement dépassée.

– Parce que je préfère être avec elles, explique-t-elle.

– Mais ce matin, tu les détestais.

– C'est pas vrai, se vexe Carly.

– Laisse-la y aller, dis-je. (Je sais que c'est sans espoir.) On sera plus au large. Laisse les autres lui faire de la place pour ses abdos.

Deux heures plus tard, on a enfin terminé. Je pensais bien que ce ne serait pas de la tarte, mais on a quand même mis dix fois plus de temps que le groupe de Liana. Il fallait s'y attendre, puisque Liana ne s'est pas gênée pour appeler ses super-pouvoirs à la rescousse. Ça ne m'étonne pas non plus. Je suis juste jalouse parce que mes pouvoirs ne sont pas aussi performants.

Quand on a enfin réussi à faire tenir notre tente, on découvre un trou de la taille d'une assiette à soupe dans le toit.

– Comment est-ce possible ? s'écrie Rose. Je les ai toutes vérifiées avant de partir.

Je connais la réponse à cette question. Mais ce que j'ignore, c'est pourquoi.

Je coince Liana pendant qu'elle se baigne.

– Pourquoi ?

Elle penche la tête en arrière pour se mouiller les cheveux.

– Pourquoi quoi ?

– Pourquoi est-ce que t'essaies de me pourrir la vie ? Je croyais qu'on allait être amies.

– Tu veux dire, pourquoi j'ai fait chavirer ton canoë, je t'ai piqué tes copines, j'ai taché ton short et fait un grand trou dans ta tente ?

Elle n'essaie même pas de nier ?

– Ouais, tout ça.

– Parce que je ne t'aime pas.

– Tu te fiches de moi ?

– Non. C'est pour ça. Tu me demandes, je te réponds. Maintenant, dégage.

Elle sort nonchalamment du lac, comme si rien ne pouvait l'atteindre.

Je suis trop choquée pour réagir. Si elle ne m'aime pas, elle a très bien pu se faire embrasser par Raf et effacer ensuite ce souvenir de son esprit rien que pour me pourrir la vie. Qu'est-ce que je vais faire ? Je reste quelques instants dans le lac pour me calmer. (OK, c'est un mensonge. Je reste quelques instants dans le lac parce que j'ai peur des bois et que j'ai encore envie de faire pipi. Que ça reste entre nous !)

Il pleut toute la nuit.

Je comprends mieux le trou dans la tente.

Le lendemain matin, Caniche et moi sommes toutes les deux gelées et tremblantes, et pas du tout d'humeur à pagayer quatre heures pour retourner au camp. Surtout que nous sommes toutes les deux les pires rameuses qu'on ait jamais vues et que Carly semble décidée à rentrer avec les autres.

– Carly, on t'a laissée dormir dans l'autre tente, mais tu *dois* rentrer dans le canoë de Rachel et Caniche, dit Rose en bouclant son gilet de sauvetage. Elles ne sont pas assez fortes sans toi.

– Mais il y a de la place pour moi dans le canoë de Liana !

Rose prend son expression je-ne-plaisante-pas, qui ressemble comme deux gouttes d'eau à son expression chuis-pas-sympa.

– On ne discute pas.

Ah ! Je demande pardon en silence aux autorités compétentes pour les méchancetés que j'ai dites sur Rose. Carly est une canoéiste de premier ordre et on a besoin d'elle. Malheureusement pour nous, si Rose a pu être mauvaise, ce n'est rien à côté de Carly maintenant.

– Laisse glisser ta pagaie, Rachel, ne frappe pas l'eau avec. T'arrêtes pas de m'éclabousser.

– C'est ce que j'essaie de faire, désolée.

Croyez-moi, je fais de mon mieux. Je suis impatiente de rentrer au camp pour plusieurs raisons. Un, Liana est une sorcière. Deux, Liana est mauvaise comme la gale. Trois, j'ai longuement réfléchi au cas Raf, et même si je ne suis pas sûre d'avoir halluciné leur baiser, ce dont je suis sûre, c'est que s'il a eu lieu, c'est Liana la responsable. Dans un cas comme dans l'autre, Raf pense que je me comporte comme une cinglée, et je dois m'excuser. Implorer son pardon. Lui dire que j'avais de la fièvre ce soir-là et que je délirais.

Comment ai-je pu seulement douter de lui ? C'est déjà ça qui m'avait attiré des ennuis au Bal de Printemps.

– En dehors, tes coudes, Rachel, en dehors !

Je vais lui flanquer mes coudes dans les côtes si elle continue.

– On peut faire une pause ? je supplie une heure plus tard, épuisée. J'ai les bras en compote.

– Je me demande bien pourquoi, dit Carly d'un ton cassant. C'est pas comme s'ils faisaient quelque chose.

J'enfonce ma pagaie dans le lac, envoyant une grande gerbe d'eau derrière moi. Et cette fois, je l'ai fait exprès.

Quand on arrive en vue du camp, j'entends l'annonce du déjeuner au haut-parleur. Parfait. Je pourrai parler à Raf au réfectoire. Ou l'embrasser. Si je suis pardonnée.

Après avoir jeté mes affaires sur mon lit, je cours au réfectoire, droit sur la table de Raf – la table vide de Raf.

– Ils viennent de partir pour leur raid en canoë, m'apprend Caniche.

– C'est une blague ?

– J'ai bien peur que non. Harris est parti avec eux. Il m'a laissé un mot.

277

Mes épaules s'affaissent sous le poids de la déception.

– Ça craint.

Il va falloir que j'attende encore une journée pour lui parler.

– Ils seront là demain matin, de toute façon.

Caniche secoue la tête.

– Ils sont partis pour trois nuits. Ils ne seront pas là avant jeudi.

– C'est monstrueusement sexiste, je m'écrie. Ils partent trois nuits et nous une seule ?

– Tu voulais rester plus ?

J'en ai des frissons.

– Aucune chance.

Mais trois nuits encore dans un monde sans Raf... je ne sais pas si je vais pouvoir encaisser ça.

Après le déjeuner, Rose nous autorise à utiliser les douches de la piscine pendant que le dortoir 15 monte à l'Alpage. Est-elle gentille parce qu'elle pense qu'on a tissé des liens pendant le raid en canoë, ou parce qu'elle ne supporte plus notre odeur ? (Mais qui va s'en plaindre ?)

Liana, Morgan et Carly passent en premier, pendant que Caniche et moi attendons sur les gradins de la piscine.

Morgan et Liana terminent les premières, et Caniche et moi prenons notre tour. J'accroche mon peignoir à la patère à l'extérieur de la cabine et je passe sous l'eau brûlante. Ah ! ça fait du bien. L'eau chaude me fouette le dos et les bras. Quand j'ai fini, je tends le bras vers mon peignoir.

Je recommence.

Où est mon peignoir ? J'ouvre le rideau : rien sur le crochet.

– Caniche ! je crie. Caniche !

– Quoi ? T'as besoin d'après-shampooing ?

– J'ai besoin de mon peignoir !

– Il est pas là ?

– S'il était là, je le chercherais pas, si ?

– Attends, j'ai presque fini, dit-elle en coupant l'eau.

Par l'interstice, je la vois inspecter les alentours de la piscine.

– T'as raison. Il a disparu.

– Liana. C'est elle, évidemment.

– C'est vraiment dégueulasse, lâche Caniche en secouant la tête.

Carly est partie depuis longtemps, elle aussi. Il n'y a plus que nous deux.

– Bouge pas. Je fonce au dortoir et je te rapporte une serviette.

Caniche file et je reste plantée là, grelottante. En attendant, j'essaie d'invoquer ma Force et de zapper un peignoir. Je ferme les yeux très fort et tâche de visualiser du tissu-éponge. Je sens quelque chose sur mes doigts de pied, et mes yeux se rouvrent d'un coup. C'est un gant de toilette. Un gant de toilette minuscule, même pas assez grand pour couvrir mon sein le plus petit.

Je fais couler l'eau chaude pour être au chaud. Je vais tuer Liana. La tuer. Me venger, en tout cas. Prendre ma revanche, pas un coup de sang, d'accord ? Dix minutes plus tard, je crois entendre un léger coup sur la porte et je ferme le robinet précipitamment. D'ailleurs, je n'ai pas le choix. Il n'y a plus d'eau chaude.

Je passe la tête par le rideau de douche et j'entends Caniche crier :

– La porte est fermée à clé ! Il faut que tu m'ouvres !

Ça doit être une blague. Rien ne va plus. Je vérifie les baies vitrées de la piscine pour m'assurer que la voie est libre, cours à la porte, l'ouvre, empoigne la serviette et la drape autour de moi d'un seul mouvement.

Je suis médusée d'avoir réussi.

Peut-être pas tant que ça, finalement. De mon nouvel emplacement, je me rends compte que j'avais un angle mort depuis la douche. Prissy et cinq de ses copines du camp des juniors me regardent bouche bée à travers la vitre.

Ça aurait pu être pire. Ça aurait pu être les petits garçons.

Ou pire encore, les Lions.

– Je sais que c'est toi qui l'as pris.

Je suis debout devant notre lit superposé, toujours drapée dans ma serviette, menaçant ma cousine du doigt.

Elle lève le nez de *Vogue* et bat des cils.

– Je ne sais pas de quoi tu parles.

– Si, tu sais très bien.

– Elle n'a pas touché à ton précieux peignoir, dit Morgan. On était là. On l'aurait vue.

– L'une de vous l'a pris. Il a pas disparu tout seul, rétorque Caniche.

C'est pourtant plus que probable.

C'est bon. J'ai ma dose. Je ne peux plus supporter ça sans rien faire. Fini de jouer. Il faut que je mette ma magie à niveau dans les plus brefs délais. On combat le feu par le feu, pas avec de misérables allumettes.

Il n'est plus question de revanche ; c'est la guerre !

J'ai besoin de l'aide de Miri. Malheureusement, elle ne me parle toujours pas. Il me faut un plan B.

– Pourquoi tu prends un parapluie ? me demande Caniche le lendemain alors que nous partons pour la plage faire de la voile. Il ne pleut pas.

– Ce nuage me paraît plutôt menaçant. (Je mets la main sur mon estomac et pousse un petit gémissement.) Tu sais quoi, Caniche ? Je ne me sens pas très bien. Je vais aller à l'infirmerie voir le docteur Dina. Tu préviendras Harris, OK ? Et Deb, si je ne peux pas venir à la BG.

Étape suivante, les Oscars !

Je me hâte le long du chemin mais, au lieu d'aller à l'infirmerie, je me glisse dans le dortoir vide de Miri. Je vais droit sur son étagère et fouille dans ses affaires jusqu'à ce que je trouve ce que je cherche : sa fausse trousse.

J'ai apporté mon propre talc.

Je me faufile dans le réfectoire, ouvre mon parapluie écran d'invisibilité, saupoudre la trousse de talc et passe le reste de l'après-midi à étudier.

C'est l'heure du cours intensif de revanche.

– Ômondieu ! hurle Carly.

Nous venons de rentrer de dîner, et juste comme nous arrivons en haut de la colline, un sconse sort du bungalow, dévale les marches et file dans les bois.

Nous nous précipitons toutes les cinq à l'intérieur pour constater les dégâts. On suit l'odeur à la trace jusque dans le vestiaire.

Carly est au bord des larmes.

– Il s'est fait lequel ?

Trishelle fait une moue dégoûtée et pointe le casier du coin – le casier nickel qui a l'air de n'avoir jamais été touché.

Le visage de Liana est plus blanc que mes draps.

– Quelle honte, je ronronne. Vraiment, Liana, je me demande pourquoi il a choisi le tien !

Elle serre les poings.

– Je me demande aussi. Je peux vous dire un truc. Cette mouffette va le regretter.

C'est ça, que la fête commence.

– Debout, tout le monde, debout ! dit Janice en faisant irruption dans notre dortoir le lendemain matin.

Je me retourne dans mon lit.

Scratch. Scroutch.

Scroutch, scroutch.

Ma tête me démange. Pourquoi ma tête me démange-t-elle ?

Je me gratte encore et passe doucement la main devant mes yeux.

Un petit insecte brun-rouge dégringole de mon doigt. Des poux.

Je hurle et hurle, je ne peux plus m'arrêter.

– Liana, t'as quelque chose sur le bras, j'entends dire Carly. Et sur l'autre aussi. Et sur tes jambes.

Elles viennent de revenir des douches et se changent dans le vestiaire. Je ne les ai pas accompagnées parce que j'ai déjà passé la moitié de la journée dans celles de l'infirmerie avec une bouteille de Para-poux. L'autre moitié, je l'ai passée assise sur un banc, toujours à l'infirmerie, avec l'infirmière et un peigne à lentes. Comme mes draps et ma couverture sont encore à la fumigation, je suis allongée sur mon sac de couchage.

– C'est rouge, dit Carly.

– C'est moche, dit Morgan.

– C'est du sumac vénéneux, siffle Liana.

On est quittes.

– Je veux ma trousse. Tout de suite ! crie Miri, les mains fermement plantées sur ses hanches étroites.

– Oh, tu me parles, *maintenant*.

Je retourne une main sûrement gagnante sur le sol de la véranda. C'est temps libre, et Caniche et moi sommes en pleine partie de gin-rami.

– Je te parle pas, réplique Miri d'un ton cassant. Je te crie dessus.

– Je reviens, j'avertis à Caniche tandis que ma sœur me traîne par le bras à l'intérieur du dortoir.

J'attrape la trousse de Miri et la lui lance.

– Tiens.

– Dehors ! aboie-t-elle.

Je la suis derrière le bungalow.

Ses yeux lui sortent de la tête, on dirait qu'ils sont montés sur ressort.

– C'est toi, le coup du sumac vénéneux ?

– Miri, calme-toi...

– Ne me dis pas de me calmer. Dis-moi juste la vérité !

Bon.

– Oui.

Elle perd le souffle puis s'étrangle.

– Et tu t'es servie de mon livre de sortilèges pour ça ?

– Oui.

Un instant de répit avant qu'elle explose à nouveau.

– Comment as-tu pu faire ça à ma meilleure amie ?

– Ta meilleure amie (je n'arrive pas à croire qu'elle vienne d'appeler cette peste sa meilleure amie !) m'a collé des poux !

– C'est faux. Je suis sûre que c'est Prissy ou une de ses copines cradingues qui te les a refilés.

– Prissy n'a pas de poux. C'est Liana qui t'a raconté ça ?

– Oui, c'est elle.

Je suis furieuse à présent.

– Et tu la crois ? C'est vraiment super, Miri. Tu crois quelqu'un que tu connais depuis cinq semaines plutôt que ta propre sœur ?

– Elle, au moins, elle tient ses promesses.

– Tu gobes n'importe quoi, ma pauvre.

– J'en ai assez de toi ! crie Miri. Faut toujours que tu me rabaisses ! Y en a que pour toi ! Et c'est comme ça depuis que je suis née !

– Change de famille, si tu me détestes autant !

– C'est ce que je vais faire, assène-t-elle. Liana veut que je vienne en pension en Suisse avec elle, et je vais y aller.

C'est vraiment la chose la plus grotesque que j'aie jamais entendue.

– Tu peux pas aller en pension, dis-je d'un ton méprisant. Maman ne te laissera jamais.

– Eh ben, je vais t'apprendre quelque chose, Rachel. Elle ne pourra pas m'en empêcher.

– Bien sûr qu'elle pourra ! T'as que douze ans !

– Elle n'aura pas son mot à dire. Tu savais que les sorcières considèrent qu'une fille est adulte à douze ans ? Comme dans le judaïsme.

– Peut-être, mais c'est pas pour ça qu'elle t'autorisera à y aller.

285

– C'est pas elle qui décide pour moi.

– Euh, je crois bien que si, Mir. Et je vais lui parler de tes projets.

– Vas-y. De toute façon, elle finira bien par savoir.

– Je vais lui écrire de ce pas.

– Dommage qu'elle soit en voyage. Et oublie toute idée de MSN ou de mail. Liana a déjà concocté un sort de blocus. Le temps que maman rentre, je serai partie.

– Ah oui ? Tu penses partir quand exactement ?

– Samedi soir. On voit aucune raison de rester au camp plus longtemps, avec Liana. On perd notre temps. Liana s'intéresse aux mêmes choses que moi. On va passer les dernières semaines de l'été à faire des trucs utiles. On compte utiliser nos pouvoirs pour aider les gens. Et on commencera les cours à la fin du mois.

– Tu peux pas partir. Maman t'a mis ce bracelet de repérage autour de la cheville pour l'éviter, justement.

Et toc !

Miri balaie mes paroles d'un geste.

– Liana est une sorcière exceptionnelle. Elle sait comment s'en débarrasser.

Liana par-ci, Liana par-là.

– Je peux savoir comment tu comptes payer cette école ?

– Je suis une sorcière, Rachel. Je peux zapper de l'argent. Je peux zapper des autorisations parentales. Je peux le faire : je suis une sorcière super-puissante, tu sais. (Elle joue avec son bracelet en scoubidou.) Liana affirme que je suis une des sorcières les plus puissantes qu'elle ait jamais vue. Plus puissante même que maman.

Elle a attrapé la grosse tête, là.

– On te recherchera. On te ramènera de force à la maison.

– Sûrement pas. Ils s'en ficheront pas mal. Maman s'apercevra même pas que je suis partie.

Je soupire.

– Oh, Miri, bien sûr qu'elle s'en apercevra.

– Je te dis que non ! Personne s'en apercevra. Maman n'en a que pour Lex, papa que pour Jennifer et Prissy et il sera encore plus occupé avec le nouveau bébé. Et toi, ben... t'es toujours fourrée avec tes copines et tes petits amis.

C'est ce qu'elle ressent ?

– Mir, tu sais que c'est pas vrai.

Pas ces derniers temps, en tout cas, vu qu'il ne me reste qu'une copine et zéro petit ami. La culpabilité m'envahit. J'admets, j'ai été assez préoccupée, dernièrement. Mais je suis une ado ! On est censé être occupé quand on est ado !

Elle mordille ses doigts tout en disant :

– Tu m'as ignorée tout l'été. Tu ne t'es souciée de moi que quand ça t'arrangeait. Quand t'avais besoin de mes pouvoirs magiques. Maintenant que t'as les tiens, t'auras plus besoin de moi pour quoi que ce soit. Mais Liana s'intéresse à moi, elle.

J'attrape son épaule.

– Miri, je m'intéresse à toi. Je ferais *n'importe quoi* pour toi.

Elle regarde par terre et évite mon regard.

– Personne ne remarquera rien à l'école. C'est pas comme si j'avais des amis.

– Mais tu fais aucun effort !

Elle secoue la tête.

– Tu sais que j'arrive jamais à m'intégrer. C'est pas comme

toi. Et Liana connaît des tonnes de sorcières de notre âge dans le monde entier. Des filles comme moi.

– Il est pas question que je te laisse partir.

– T'as pas le choix. Et maman non plus. Je suis une sorcière bien plus puissante qu'elle et, avec le pouvoir de Liana en renfort, rien ne pourra m'arrêter.

C'est à ce moment-là que je réalise qu'elle pourrait bien réussir. On pourrait bien finir comme maman et tante Sasha, et il se pourrait que je ne la revoie plus jamais. Pourquoi est-ce que je ne peux pas lui faire entendre raison ?

– S'il te plaît, ne fais pas ça, je balbutie tandis que ma voix se brise.

J'ajoute doucement :

– Tu... tu vas me manquer.

Elle hésite.

– Quoi ? je demande.

Elle me regarde avec de grands yeux pleins d'espoir.

– Si tu m'aimes tant que ça, viens avec nous.

Je recule d'un pas.

– Je peux pas m'en aller comme ça !

Est-ce que je pourrais ? C'est sûr que mes parents sont zinzins. C'est sûr que j'habite un appartement exigu avec une seule salle de bains, et que je n'ai qu'une seule véritable amie à l'école. Mais on ne peut pas juste s'enfuir sous prétexte que les choses sont dures. On emporte toujours ses problèmes avec soi.

– Non, dis-je. C'est pas une solution.

– Tu vois ? murmure-t-elle. T'es qu'une menteuse. Tu ferais pas *n'importe quoi* pour moi.

Là-dessus, elle part sans se retourner.

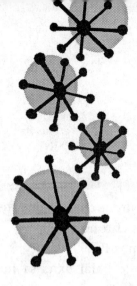

17
FAISONS UN DEAL

Je descends mon échelle et me plante près de notre lit.

– Il faut qu'on parle.

Le clair de lune qui entre par la fenêtre illumine son mauvais sourire.

– J'en serais ravie.

– Allons ailleurs, dans un endroit tranquille. Le FM ?

– La salle de drague nocturne ? Pas franchement intime. Je préfère le belvédère.

– Je me sens pas d'humeur pour une randonnée.

Ni pour les abeilles, en l'occurrence.

– Je t'en prie, grommelle Liana. Pour quelle genre de sorcière me prends-tu ?

D'un claquement de doigts, le balai du dortoir s'élève de son coin près de la porte, s'élance à travers la pièce, et atterrit dans sa main.

– Allons-y.

J'aurais bien aimé avoir mon casque.

Nous décollons de la véranda, et montons comme une fusée jusqu'au belvédère en trente secondes chrono.

Je saute sur la terre ferme dès que possible.

– Alors, dit-elle, faisant tournoyer le balai dans sa main comme un bâton, de quoi veux-tu parler ?

– Il est hors de question que tu emmènes Miri dans ta pension.

Je tremble. Il fait plus froid que je ne l'aurais cru.

– Je crois pas que t'aies ton mot à dire, répond-elle calmement.

– Elle n'est pas comme d'habitude. Tu lui as jeté un sort ?

Je suis sûre qu'elle l'a fait.

Liana rit.

– Il faut que tu acceptes le fait que ta sœur *m'aime*. À choisir, elle préférerait être avec *moi*. Je peux lui enseigner des trucs que tu ne pourras jamais lui apprendre. Tu dois tenir compte de ce qui est mieux pour elle, Rachel. Il est grand temps que tu penses à quelqu'un d'autre que toi.

J'essaie de m'éclaircir les idées en regardant le ciel rempli d'étoiles. Suis-je égoïste ? Miri ferait-elle mieux de partir avec Liana ?

Non. Qu'est-ce que Liana enseignerait à Miri ? Comment devenir méchante ? Et Miri est bien trop jeune pour être livrée à elle-même.

– T'es dingue si tu penses que je vais te laisser faire.

Elle rit – glousse – à nouveau.

– Et toi t'es dingue si tu crois que tu peux m'arrêter.

Elle a raison sur ce point. Comment pourrais-je la stopper ? Sa magie est infiniment plus pointue que la mienne. Si je la combattais, ce serait comme de vouloir se mesurer à elle dans un match de tennis, une débutante contre une pro. Il faut que je procède autrement – en suppliant.

– Je t'en supplie, Liana. Dis à Miri que c'est une mauvaise idée. Tu pourras quand même passer du temps avec elle. Tu pourras passer l'été prochain avec elle si tu veux. T'as pas besoin de la kidnapper. Pense à mes parents, ils seront ravagés.

Elle incline la tête de côté, comme si elle réfléchissait à la chose.

– Eh bien, vu sous cet angle...

Mon cœur bat la chamade. Ça marche ! La supplication marche ! Qui aurait cru que la supplication pouvait être aussi efficace ? J'aurais dû supplier Raf de m'embrasser depuis le premier jour. Non, on oublie. Une fille doit avoir sa fierté, après tout. Mais quand il s'agit d'une sœur, on remballe sa fierté.

– Et comment je ferais pour annoncer ça à mon père ? Il sait même pas qu'on est sorcières !

– Y a une autre option, dit Liana. Ça dépend plus de toi que de Miri.

Je reste un moment interdite.

– C'est quoi ?

Elle me fixe droit dans les yeux.

– Je n'emmène pas Miri en pension avec moi si tu échanges ta place contre la mienne.

Hein ?

– De quoi est-ce que tu parles ?

– D'un sortilège de transfert : deux personnes peuvent échanger leurs psychés sans que personne s'en rende compte, explique-t-elle précipitamment.

Pourquoi la sublime, la glamour Liana voudrait-elle prendre la place de mon vieux moi rasoir ?

– Mais pour quelle raison voudrais-tu être moi ?

Ça n'a pas de sens. Je ne peux pas croire qu'elle prendrait ma place juste pour pouvoir rester avec Miri. Elle mijote autre chose dans son petit esprit maléfique. J'en suis certaine.

Elle hausse les épaules.

– C'est juste un sortilège vraiment super que j'ai toujours eu envie de tester. Une fois que t'as échangé, tu vois les souvenirs de l'autre, tu vois tout, en fait.

Elle croise les bras sur sa poitrine.

– Bon, écoute, tu veux l'essayer, ou pas ?

– Ça serait pour combien de temps ? je demande, tandis que mes soupçons se précisent.

Elle regarde ailleurs.

– Peu importe. Pas longtemps.

– Combien de temps ? je répète.

Elle hésite avant de répondre.

– Jusqu'à ce qu'on ait toutes les deux envie de retourner dans notre peau.

Des frissons me courent le long de l'échine. Et si Liana ne veut jamais retourner dans sa peau ? Certes, j'ai mes problèmes comme tout le monde mais, vous savez quoi ? en dépit de mes problèmes, je suis heureuse d'être moi.

– Je n'aime pas beaucoup cette idée, dis-je.

Je l'aime encore moins, elle. C'est la dernière personne au monde que j'aimerais être.

– Allez, Rachel. T'arrêtes pas de te plaindre de ta vie. De ta famille, qui t'ennuie tellement. De ce que le garçon qui te plaît ne t'embrasse pas. De ce que tu n'as pas d'amis. Tu ne donnerais pas tout pour être moi ?

– Je ne me plains jamais de...

Je m'interromps. Elle a raison. Il m'arrive de me plaindre. Mais, encore une fois, j'ai beau avoir des problèmes, je n'échangerais pas ma vie contre quoi que ce soit, pas même contre une paire de seins parfaitement symétrique.

– Non, dis-je. Certainement pas.

– Alors c'est retour à l'option numéro un, déclare-t-elle. J'emmène Miri.

– C'est du chantage ! je crie. Tu peux pas faire ça !

Si la situation n'était pas aussi terrifiante, je pourrais en rire. Si Liana m'avait fait cette proposition au tout début, avant de commencer à devenir méchante, j'aurais peut-être accepté. Hé, je suis capable de goûter une bonne plaisanterie autant que n'importe qui. Après tout, ça pourrait même être marrant un moment, peut-être un jour ou deux, voire une semaine. Et je pourrais enfin en battre certains à plate couture au tennis. Mais pour l'heure, c'est purement et simplement du chantage.

La question est : pourquoi Liana veut-elle ma vie ? Je ne crois pas un seul instant qu'elle se soucie le moins du monde de Miri.

Elle enjambe lestement le balai.

– Je peux faire ce que je veux. T'as pas pigé, Rachel ? Quand je veux quelque chose, je l'obtiens.

Là-dessus, elle s'envole, m'abandonnant dans le noir. Comme si ça n'était pas déjà assez moche comme ça, il va maintenant falloir que je rentre à pied.

Sur le chemin du retour, j'ai une crise de panique généralisée. Pour commencer, je jurerais que j'entends hurler au loin. Formidable. Pour couronner le tout, je vais me faire dévorer par un loup.

Mais il y a pire : qu'est-ce que je vais faire ? Comment arrêter Liana ? Comment la battre à son propre jeu ?

Si seulement je pouvais joindre ma mère. Mais Miri a dit que Liana avait jeté un sort de blocus. Tout ce que j'ai à faire, c'est débloquer le blocus, et pour ça il faut que je mette la main sur le manuel de Liana. C'est ça, et après vous pourrez me sacrer reine d'Angleterre.

J'écrase un moustique dans mes cheveux.

Il faut que je tente le coup. Est-ce que j'ai le choix ? J'entre à pas de loup dans mon dortoir et découvre mon ennemie profondément endormie. Ha ! L'imbécile. Je pensais qu'elle était plus futée que ça. Je vais juste embarquer son coffret à bijoux et...

Où est passé son coffret à bijoux ?

Son coffret à bijoux a disparu. Est-ce qu'elle l'a caché, ou est-ce qu'elle l'a transformé en autre chose ? En peigne, peut-être ? En flacon de lait solaire ? Je balaie nos affaires du regard. Elle pourrait avoir transformé le manuel de magie en n'importe quoi. J'attrape mon talc et en verse, d'abord sur les affaires de Liana puis un peu partout dans la pièce, tout en chantant tout bas le sortilège approprié.

Rien ne se transforme. On dirait plutôt qu'il a neigé là-dedans. Soit c'est ça, soit quelqu'un a un sérieux problème de pellicules.

Carly me réveille en poussant un cri :

– Mon Manchot est tout blanc !

Le rire de Liana résonne dans la pièce.

Je remonte ma couverture au-dessus de ma tête. Ce n'est pas fini. Loin de là.

Génial ! Raf revient aujourd'hui ! Non pas que j'aie l'énergie de m'occuper de ça pour l'instant. Je veux dire, allez, quoi. Pour le moment, j'ai d'autres soucis en tête que de présenter des excuses et de conclure avec mon quasi-petit ami.

Encore que... Si je mets de l'ordre dans un aspect de ma vie, le reste suivra peut-être. Comme quand on commence par les crochets dans un problème de maths et que le reste de l'équation commence à faire sens.

On n'attend pas les garçons avant quatre heures et des

poussières, ce qui tombe pile en pleine BG. Caniche et moi patientons sur nos serviettes de plage, les yeux rivés sur le lac, guettant le moindre signe de bateaux. Je vais marcher droit sur Raf et l'embrasser à pleine bouche. Ensuite, je m'excuse. Ça m'est égal si on nous voit. C'est aujourd'hui ou jamais. Maintenant. À l'instant même où il aura fait atterrir son canoë. (Je ne suis pas sûre qu'on fasse atterrir son canoë, mais ça me semble correct, vu qu'on le ramène à terre.) Peut-être que cette vision choquera suffisamment ma sœur, qui m'ignore et lit un livre à l'autre bout de la plage, pour la forcer à changer d'avis.

– Harris me manque tellement, soupire Caniche, en jouant avec ses cheveux. Je suis comment ?

– Sublime, comme d'hab'.

Pour ma part, je me contrefiche de ce dont j'ai l'air. Raf m'a déjà vue en pyjama, avec un énorme bleu sur le front, et couverte de piqûres d'abeilles. Je doute que me lisser les cheveux fasse pencher la balance. J'aimerais l'avoir déjà embrassé !

– Tu sais que tu peux pas embrasser Harris en public, n'est-ce pas ? Il fait toujours partie de l'équipe d'encadrement.

Nouveau soupir.

– Je sais. Mais j'ai envie de le voir. Je sais que j'ai dit que c'était juste un flirt d'été pour moi, mais je crois que je suis en train de tomber amoureuse.

– Mais tu vis à l'autre bout du pays.

Ses yeux brillent.

– Il nous reste encore deux semaines de colo. Et peut-être qu'il envisagera son transfert à l'université de Los Angeles.

– Oh, c'est pas chou, ça ? fait Liana, qui prend ses aises à côté de nous sur le sable.

– Ça te regarde pas, je rétorque.

– Sans rire, Liana, dit Caniche, se lissant les cheveux encore une fois. Casse-toi.

Liana sourit.

– Mais si, ça me regarde. T'as toujours pas pigé, Rache ?

– Les voilà ! s'écrie Caniche, en se redressant tant bien que mal. Je vais les attendre sur le ponton.

Les quatre canoës sont maintenant en vue, et se rapprochent du camp. Harris est à la poupe de la première embarcation, Raf à la proue de la seconde.

– J'arrive dans une seconde ! je crie à Caniche tandis qu'elle descend la plage en courant.

– Non, t'iras pas, lâche Liana.

Je la foudroie du regard.

– Mais si, j'irai.

– Pauvre Rachel. Quand comprendras-tu que c'est moi qui mène la barque ?

Elle pousse un soupir théâtral.

– J'ai bien réfléchi, voilà ce qu'on va faire. Tu m'as étonnée hier soir, vois-tu. Je pensais que tu accepterais mon plan sans discuter. Je pensais que tu sauterais sur l'occasion de passer du temps dans ma peau. Le choix aurait dû être facile pour toi : ta sœur vient avec moi, ou tu deviens moi. Au lieu de ça, tu me forces à rendre les choses bien plus difficiles que nécessaire.

– Qu'est-ce que tu racontes ?

– Tais-toi et écoute, ordonne-t-elle d'une voix glaciale. Nous allons bel et bien changer de peau. Tu piges pas ? C'est pour ça que je suis là. C'est même la raison pour laquelle je suis venue en colo.

Pardon ?

Ses yeux s'égarent sur la plage.

– La question est : jusqu'où faut-il que j'aille pour obtenir ce que je veux ?

Les frissons sur l'échine sont de retour.

– Qu'est-ce que tu comptes faire ?

Elle fixe son regard sur Caniche.

– C'est mignon ces sentiments sincères pour Harris, tu trouves pas ?

Caniche fait signe à Harris et court vers lui.

– Laisse-la tranquille, dis-je.

Liana fait comme si elle ne m'avait pas entendue.

– Non ! je crie.

Impuissante, je sens un courant d'air froid et vois Caniche jeter ses bras autour d'Harris et l'embrasser en plein sur la bouche.

Malheureusement, je ne suis pas la seule à avoir vu. Deb a vu. Anthony, Abby, Mitch, Janice, Houser, et Rose aussi.

Ça ne présage rien de bon.

Liana pousse un soupir.

– Tu peux dire au revoir à Harris. Je te parie qu'il devra quitter le camp immédiatement. Caniche devra peut-être partir, elle aussi. Dommage. Deux semaines trop tôt.

Je suis submergée par la nausée.

– T'es cinglée.

– Non, je sais ce que je veux, c'est tout. Prête pour le transfert ?

Je ne réponds pas.

Ses yeux sont rivés sur le ponton.

298

– Regarde Raf dans son canoë. Ne dirait-on pas qu'il passe un bon moment ? demande-t-elle.

Je sens un autre courant d'air froid, et d'un geste du poignet de Liana, Blume, rames toujours en main, fait demi-tour, heurte Raf et le fait tomber du ponton. Il atterrit tête la première dans l'eau et ressort en toussant.

– Laisse Raf tranquille ! je m'écrie.

– Oui, si tu prends ma place.

Au moins Raf va bien. Je le vois se hisser sur le ponton.

– Non, dis-je d'une voix décidée. Je ne vais pas me laisser intimider. Je ne prends pas ta place.

Ses joues s'empourprent de colère. Elle pince les lèvres et jette un autre regard sur la plage, puis repère ma sœur, assise encore une fois dans son coin en train de lire.

– Tu sais, Rachel, ça peut être dangereux de voyager en Europe quand on a douze ans. Vraiment dangereux. Il pourrait facilement lui arriver quelque chose. Elle pourrait disparaître. Qu'est-ce que t'en penses ? (Elle sourit tristement.) J'ai toujours eu envie d'une petite sœur. Quelqu'un comme Miri. (Son sourire s'évanouit.) Dommage.

La peur me fouaille les entrailles. Je contemple ma sœur, plongée dans son livre, qui ne se doute de rien, si mignonne et si vulnérable. Je l'observe un moment avant de me retourner vers Liana.

J'ai perdu. Si je ne fais pas ce qu'elle veut, je pourrais perdre Miri – à tout jamais. Les yeux me piquent.

– OK, je fais l'échange. Mais si j'accepte, tu dois me jurer de ne jamais faire de mal à Miri. Jamais.

– Je suis pas aussi monstrueuse que ça, tu sais. En réalité, je veux faire de mal à personne.

Quelle garce... elle ne fait que ça depuis qu'elle est arrivée au camp.

– Jure-le.

Son visage se durcit.

– Juré.

Je sais que je n'ai aucune raison de la croire, mais est-ce que j'ai le choix ? Et peut-être que je peux la battre à son propre jeu... d'une autre manière.

– Très bien.

Elle se lève et secoue le sable de son short.

– Allons-y, passons à l'action. (Elle a un sourire mielleux.) Après, j'irai me rabibocher avec *ma* sœur, ce qui se fera tout seul. Mettons juste que ta sœur est très malléable. Elle va rapidement s'apercevoir que je suis bien l'horrible créature que tu disais que j'étais, et qu'en fait, toi, t'étais formidable. Fais pas cette tête, Rachel. C'est pas ça que tu voulais ?

J'avale le rocher au fond de ma gorge et remonte la plage à ses côtés. Je regarde Raf une dernière fois. La prochaine fois que je le verrai, ce sera à travers les yeux de Liana. La prochaine fois qu'il me verra, je ne serai pas moi.

Puis je regarde Miri. Je ne comprends pas pourquoi Liana fait ça. Tout ce que je sais, c'est que je dois sauver ma sœur. J'essaie de forcer par télépathie Miri à me regarder, mais elle continue de lire. Quand Liana en aura fini avec elle, Miri ne voudra plus jamais reposer les yeux sur moi.

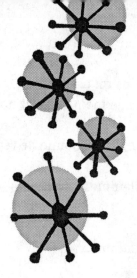

18
LA VOLTE-FACE DU SIÈCLE

Hallucinogène, le transfert.

On fait ça au belvédère. On doit s'asseoir l'une en face de l'autre, les jambes écartées avec nos pieds nus qui se touchent.

Liana me tend une bougie noire et une boîte d'allumettes.

– Je compte jusqu'à trois, et on allume nos bougies. Prête ?

Aussi prête que possible, je suppose. J'ai envie de dévaler la colline en courant, mais ça servirait à quoi ? Si je ne fais pas ce qu'elle veut, elle risque de faire du mal à Miri... sans oublier Raf, Prissy et tous ceux que j'aime.

– Un, deux, trois ! crie-t-elle, et elle allume sa bougie.

Je fais craquer une allumette sur la boîte, et la flamme jaillit dans ma main droite. Je ramasse ma bougie de la main gauche et l'allume.

– Et après ?

Elle pose sa bougie au centre du cercle que forment nos jambes.

– Nos flammes doivent n'en faire plus qu'une, dit-elle.

Rien ne va plus. Ou bien le contraire. Je me penche et nous approchons la flamme de nos bougies.

Au moment où elles fusionnent, Liana m'ordonne de répéter après elle :

– Comme brûle dans la nuit cette flamme...

J'hésite.

– Répète ! aboie-t-elle.

– Comme brûle dans la nuit cette flamme...

– Prête l'oreille à notre malheur...

– Prête l'oreille à notre malheur...

– Fais l'échange de nos âmes...

– Fais l'échange de nos âmes...

Liana :

– Et que tout se passe sans heurt...

Moi :

– Car tu es un oiseau de malheur...

Liana fronce les sourcils et répète :

– Et que tout se passe sans heurt...

Moi, fronçant aussi les sourcils :

– Et que tout se passe sans heurt...

Liana :

– Que toi soit moi...

Moi :

– Que toi soit moi...

Liana :

– Et moi soit toi...

– Et moi... (j'hésite et elle me donne un coup dans le pied)... soit toi.

J'ai d'abord les sinus compressés. Au début, c'est comme

d'être en avion avec un mauvais rhume. Puis la pression s'intensifie, comme si on m'enfonçait un clou dans le cerveau pour essayer d'en extraire quelque chose, ce qui doit être le but de l'opération, j'imagine – m'en extraire.

Soudain, la douleur disparaît. Sans prévenir. Je ne sens plus aucune douleur, juste une grande paix. En fait, je me sens formidablement bien, comme si j'étais un nuage ou un gaz, flottant au-dessus du belvédère. J'ai l'impression de rêver.

Puis à nouveau cette sensation qu'on enfonce quelque chose – mais cette fois, je suis le clou. Un clou carré qu'on essaie de rentrer en force dans un trou rond. Et finalement la migraine se calme et j'ouvre les yeux.

Ômondieu.

C'est moi que je vois. Ça a marché ! Ça a vraiment marché ! Je suis assise en face de moi-même ! Vous savez quoi ? Je suis plus mignonne que je ne le pensais. Mes cheveux ondulent, certes, mais ils ont un beau volume. Mon teint est vraiment joli et mes lèvres ne sont pas trop fines. De quoi est-ce que je me plaignais ? Pourquoi est-ce que je me croyais si quelconque ? Vous savez quoi ? Ne faites pas confiance aux miroirs. Ni aux photos. Le mieux, c'est de se voir à travers les yeux de quelqu'un d'autre. Voilà la réalité. Voilà à quoi je ressemble vraiment. Et je suis adorable !

La Rachel en face de moi m'observe avec autant d'étonnement que celui que je ressens à la regarder. Enfin, à me regarder.

Je baisse les yeux sur mes mains (ce ne sont pas mes mains !) puis sur mes jambes (ce ne sont pas mes jambes !) puis sur mes seins (ce ne sont pas – malheureusement – mes seins !), puis passe mes mains-qui-ne-sont-pas-mes-mains dans mes

303

cheveux-qui-ne-sont-pas-mes-cheveux. Mes cheveux-super-brillants-qui-ne-sont-pas-mes-cheveux.

Mes cheveux super-brillants que Liana a fait défriser avant le camp.

Heu, comment puis-je savoir ça ?

Des millions d'images se téléchargent dans ma tête en même temps.

Waouh. J'accède au passé de Liana. Tout son passé.

Je vais peut-être découvrir quelque chose en elle, une sorte de sortilège, qui me permettra de réintégrer mon corps – tout en m'assurant qu'elle ne fera de mal à personne.

Je ferme les yeux et laisse les souvenirs m'envahir. C'est comme de regarder un film sur la vie de quelqu'un. Sauf que ce n'est pas une biographie. C'est une autobiographie, à partir de maintenant...

Je viens d'avoir cinq ans et je suis sur un balai avec Sasha, ma mère. Ses longs cheveux bruns sont attachés en un catogan bien serré qui me balaie le visage.

– Ça va être tellement sympa, me dit ma mère. Tu vas adorer la vie à Paris. Tu vas apprendre le français.

– Mais je veux pas apprendre le français. Je veux retourner à Londres avec Imogene, je gémis.

Imogene est ma meilleure amie depuis quatre mois, depuis que j'habite au Royaume-Uni. Avant ça, j'étais à Rome, encore avant, à Vancouver, et encore avant, je ne me rappelle pas.

Toutes les villes se sont fondues comme des photos surex-
posées.

– Tu te feras de nouvelles amies, assure ma mère.

Les larmes coulent le long de mes joues jusque dans les
nuages, mais ma mère ne remarque rien.

– Je pourrais avoir une sœur ? je demande.

Nous sommes sur un yacht en pleine mer Rouge. Je viens
de passer une heure à jouer aux dames toute seule, et je n'en
peux plus d'ennui.

Ma mère et son galant ami, sur le bateau de qui nous sommes,
se mettent à rire.

– S'il vous plaît ? Je voudrais pouvoir jouer avec quelqu'un.

– Liana, tu te débrouilles très bien toute seule.

– Mais ça serait tellement chouette d'avoir une sœur ! Ou
un frère. Ça m'irait bien aussi, un frère.

– Sasha ne sait déjà pas quoi faire de toi, rit cet affreux
bonhomme.

Ma mère hoche la tête.

– On est bien assez encombrés avec un enfant.

Mes pouvoirs commencent à se manifester lorsque j'ai dix
ans. Je suis à l'hôtel à San Francisco en train de regarder un
énième film sur une chaîne payante, et je réussis à changer

de chaîne sans la télécommande. Je suis surexcitée à l'idée de l'annoncer à ma mère. Elle va être tellement fière de moi ! J'attends avec impatience près de l'ascenseur (je n'ai pas le droit de quitter l'étage quand elle n'est pas là, mais je peux arpenter le couloir) et j'attends. J'attends. L'attente n'en finit pas. Quand elle rentre enfin de son rendez-vous, je me précipite vers elle :

– J'ai réussi ! Moi aussi, je suis une sorcière ! Comme toi ! Maintenant, on va pouvoir s'entraîner ensemble et je vais pouvoir t'accompagner partout et...

Elle me fait taire d'un mouvement de la main.

– Pas ce soir. J'ai mal à la tête.

Je pleure jusqu'à ce que je m'endorme.

Ma mère et moi nous disputons à tout propos.

Au sujet de ma façon de me coiffer. De mes vêtements. De mon refus de déménager à tout bout de champ.

– Je veux juste une vie normale, j'implore.

– On n'aura jamais une vie normale. Tu es une sorcière. Va étudier ton livre de sortilèges.

– Je veux plus étudier ! je hurle avant d'ajouter : Je voudrais aller vivre avec mon père.

Ma mère ne me parle jamais de mon père. J'ai dû y aller un peu fort, parce qu'elle rétorque en criant :

– Tu n'as pas de père !

– J'ai bien dû en avoir un à un moment donné. Je sors pas

d'une couveuse. (Même la sorcellerie ne peut pas faire un truc pareil.) Qui est-ce ? J'ai le droit de savoir !

– Tu as bien eu un père mais, quand tu avais six mois, je l'ai surpris avec une autre femme.

Avant même d'avoir posé la question, je redoute la réponse.

– Qu'est-ce que t'as fait ?

– Je l'ai changé en souris. Et elle en chat. Comme ça, c'était réglé.

Je passe la nuit à vomir dans la salle de bains de l'hôtel.

Au parc, je rencontre une fille qui s'appelle Joanna. Elle me dit que j'ai des dents longues et qui ressemblent à des carottes.

Je la transforme en lapin.

Puis j'ai des remords et la re-retransforme en fille. Mais je lui laisse des oreilles méchamment tombantes.

Je me sens si seule, j'ai envie de mourir.

Je tombe alors amoureuse d'un garçon qui s'appelle Matthew.

Il me dit qu'il m'aime bien comme amie et qu'il a une petite copine qui s'appelle Ellen.

Je lui jette un sortilège amoureux et donne la varicelle à Ellen.

307

– On va où ? je demande à ma mère.

Elle est en train de zapper nos vêtements dans deux grandes malles Louis Vuitton.

– Je dois retrouver des amis à Rio. Toi, tu pars pour la Suisse.

– Pourquoi ?

– Tu vas à l'internat pour filles de miss Rally. C'est un des meilleurs pensionnats du monde.

– Je veux pas aller en pension !

– C'est pas toi qui décides, dit ma mère.

– Je veux rester avec toi.

– Liana, c'est ce qu'il y a de mieux pour tout le monde. Il faut que tu ailles à l'école et, de mon côté, j'ai des voyages à faire.

– Mais tu peux pas m'abandonner comme ça !

– Je ne t'abandonne pas. Je t'envoie à l'école. D'autres que toi donneraient n'importe quoi pour être à ta place. Tu seras très heureuse chez miss Rally. Il y a d'autres sorcières là-bas, tu pourras enfin te faire de vraies amies.

– Les filles m'aiment jamais.

– Forcément, tu n'arrêtes pas de leur jeter des sorts. Fais un effort. Pour moi, tu veux ?

J'accepte. Je veux lui faire plaisir.

Il y a un serpent dans mon lit. Une fois de plus. J'ai envie de le prendre et de l'enrouler autour du cou d'Olivia, ma nouvelle ennemie jurée.

Même si ce n'est pas une école pour sorcières à l'origine, miss Rally a des pouvoirs. C'est pour ça que les mères qui ne savent pas quoi faire de leurs sorcières de filles les envoient ici. Nous sommes jusqu'à six ou sept de notre espèce pendant un temps, et miss Rally nous a particulièrement à l'œil.

Les autres filles ne se doutent de rien.

Quelle bande de cruches. Elles ne se demandent pas pourquoi on a toujours les plus jolies chambres ? La meilleure nourriture ? Les corvées les plus faciles ?

Non pas que ça rende la vie ici plus désirable. Pas pour moi, en tout cas.

Je déteste miss Rally. Je déteste aussi les autres sorcières, surtout Olivia, qui dort dans la chambre à côté de la mienne et dont l'unique objectif semble être de faire de ma vie un enfer.

Aux vacances de Thanksgiving, je supplie ma mère de ne pas me renvoyer là-bas.

– S'il te plaît, je supplie. Je hais cet endroit.

Je m'enfuirais bien, mais ma mère m'a enchaînée avec un bracelet de repérage qui m'empêche de partir sans son accord. C'est comme un aimant dont je ne peux pas me défaire. Je vais rester coincée là encore quatre ans.

– Liana, il faut juste que tu t'habitues. Tout ira bien. Tu ne peux pas rester avec moi. Je suis bien trop occupée.

– À quoi ?

– J'ai rencontré un homme merveilleux, il s'appelle Micha.

Elle se répand sur le merveilleux macho Micha pendant des heures, tant et si bien que j'ai envie de me jeter d'un pont.

J'étais déjà au courant pour le macho Micha. J'ai découvert un sortilège qui crée une boule de cristal virtuelle. Même si elle ne prédit pas l'avenir, elle me montre ce que les gens font.

– Est-ce que je le verrai à Noël ?

J'ai hâte d'être aux vacances de Noël. Un mois entier hors de cette école sortie tout droit des enfers !

– Oh, à propos de Noël... (Elle marque une pause.) Micha et moi allons passer une semaine à Tahiti. J'en ai parlé à miss Rally : tu peux rester à l'école.

Je veux partir. Je potasse mon livre de sortilèges pour trouver le moyen de briser mon bracelet invisible, mais sans succès. À la place, je découvre un sortilège cinq-balais qui permet à deux personnes de prendre la place de l'autre.

Si je permute avec quelqu'un, c'est elle qui vivra dans cet Enfer Minable (le surnom affectueux que je donne à l'internat de miss Rally), et je serai libre.

Tout ce que j'ai à faire, c'est trouver quelqu'un avec qui permuter. Mes choix sont limités, puisque nous devons avoir des liens de sang. Je commence donc par consulter ma boule de cristal.

C'est là que je découvre Rachel, la fille de Carol, la sœur de ma mère. Je savais qu'il y avait eu une énorme dispute des années auparavant, mais j'ignorais que j'avais une cousine ! Une cousine de mon âge. Une cousine qui a tout ce que j'ai toujours désiré. D'après la boule de cristal, elle a une vie en or, mais elle ne s'en rend pas compte. Pourquoi geint-elle tout le temps ? Ça me met dans une telle colère que je ne peux pas la regarder sans avoir les bras qui tremblent et les dents qui claquent.

Pour commencer, elle n'est pas constamment obligée de déménager. Elle habite depuis toujours au même endroit, et ce n'est pas une pension. Elle mène une vie normale. Une vie formidable. Avec des amis. Une mère qui l'aime. Un père qui l'adore. Mais ce que je lui envie plus que tout, c'est sa sœur. Elle en a même deux. Deux sœurs qui l'adorent. Qui la vénèrent. Mais c'est celle qui vit avec elle qui m'intéresse. Rachel est tellement obnubilée par sa cote de popularité, des défilés de mode débiles et des crétins de garçons qu'elle l'ignore totalement. En ce qui me concerne, Miri est fin prête. Pour que j'en fasse *ma* sœur.

Rachel est la candidate rêvée pour ma permutation.

Je veux la vie de Rachel. Je veux être Rachel.

Comment faire ? Je l'observe dans la boule de cristal en train de parler du camp de vacances, et un plan se met naturellement en place dans ma tête. Si je vais au camp moi aussi, je pourrai faire l'échange. Ce sera un jeu d'enfant de convaincre ma mère de m'y envoyer. Elle n'a aucune envie de m'avoir dans ses jambes et dans celles de Micha tout l'été.

Le hic, ce sera de faire accepter la permutation à Rachel. Elle n'est pas entièrement satisfaite de sa vie, mais acceptera-t-elle pour autant ? Ce qui est ennuyeux, c'est que je ne peux pas lui jeter un sort d'obéissance. Elle doit accepter de son plein gré.

Bien sûr, il n'y a pas de règle m'interdisant de lui pourrir la vie. La lui rendre encore plus insupportable. Lui fournir la goutte d'eau qui fera déborder le vase.

Qui fera qu'elle me suppliera de faire le transfert.

Je me rappelle avoir rallumé la lumière dans le FM.

Je me rappelle avoir lancé un ballon de foot à la tête de Rachel.

Je me rappelle avoir donné à tout le dortoir 15, à Deb, à Morgan et à Carly de mon eau enchantée.

Je me rappelle avoir attaqué Raf et Rachel au belvédère avec un essaim d'abeilles.

Je me rappelle avoir ensorcelé Alison pour qu'elle fume dans les toilettes.

Je me rappelle avoir ensorcelé Raf pour qu'il m'embrasse. Puis avoir tout effacé de sa mémoire.

Je me rappelle avoir fait disparaître le courrier de Miri.

Je me rappelle avoir transformé les envois attentionnés de Jennifer – des gloss et des chewing-gums – en cadeaux épouvantablement embarrassants.

Je me rappelle avoir offert à Miri une amulette amplificatrice, sous la forme d'un scoubidou. Les germes de la colère de Miri étaient déjà là. Je n'ai eu qu'à les aider à sortir.

Je me rappelle avoir persuadé Miri que je pourrais lui enlever son bracelet de repérage. Comme si c'était possible ! Si je savais le faire, je ne serais pas dans cette mouise, pour commencer. Mais j'avais besoin qu'elle croie que j'allais l'emmener. J'avais besoin que Rachel et elle gobent mon baratin, qu'elles marchent dans la combine.

J'ouvre les yeux. Je – la fausse version de moi – suis toujours assise en face de moi, en train de m'observer.

– Tu t'amuses bien ? me demande Liana nonchalamment.

– Je serais désolée pour toi si t'étais pas si infecte.

Je *me* sens infecte – parce que j'aurais dû me douter que Miri n'abandonnerait pas les siens comme ça – sauf intervention magique. Mais... elle n'était pas malheureuse sans raison, me dis-je avec culpabilité. Elle se sentait vraiment mal aimée à la maison.

– Peu importe. Amuse-toi bien en enfer. J'espère que t'as pas peur des serpents.

– Alors, c'est ça ? Je suis coincée ?

L'horrible réalité me frappe de plein fouet. Elle ne reprendra jamais sa place. Je n'arrive pas à croire que j'aie pu me laisser prendre à ses machinations.

Elle hausse les épaules.

– Je verrai si ça me plaît d'être toi. Peut-être que j'échangerai après le bac.

Je n'arrive pas à le croire. Je n'arrive pas à croire que j'aie pu laisser Liana parvenir à ses fins. Je veux récupérer ma vie ! Je veux être moi à nouveau !

313

Mais même si je pouvais permuter, comment pourrais-je prendre le risque de faire du mal à ma sœur ?

– Bien évidemment, dit Liana, il n'est pas question que je permute avant que Miri soit complètement sous ma coupe – sans amplificateur. Tu es une imbécile, Rachel. Regarde ce à quoi tu as renoncé. Et je ne parle pas seulement d'amour entre sœurs. Je parle de pouvoir. Du pouvoir de deux sœurs. Du pouvoir combiné de sorcières du même sang. On ne pourra plus nous arrêter maintenant. M'arrêter moi, puisque j'aurai un contrôle total sur le moindre mouvement de Miri.

Au lieu de me sentir encore plus mal, j'exulte. Liana vient de me fournir la solution. En partie, tout du moins. À nous deux, Miri et moi pouvons la surpasser. À nous deux, nous pouvons l'empêcher de faire du mal à l'une de nous ou à ceux qui nous sont chers.

Le problème est : comment s'y prend-on pour reprendre sa place ?

Miri et moi le résoudrons ensemble. Sinon, il faudra juste qu'elle se fasse à ma nouvelle apparence. (En ce qui me concerne, j'aime assez ma nouvelle poitrine.) Au moins, on sera ensemble.

Il faut que je réussisse à la voir avant Liana. Je me lève lentement pour éviter que Liana ne se doute de mon intention.

– Je pense pas, non, glousse-t-elle.

Elle fait claquer ses doigts, un balai se matérialise dans sa main et elle décolle.

Où est-elle passée ? Comment a-t-elle/ai-je fait ça ? Je réfléchis un instant. Si j'ai accès à tous les souvenirs de Liana, j'ai peut-être accès en prime à tous ses talents de pointe en sorcellerie ? Je fais claquer mes doigts et fais le vœu d'un balai volant.

Nada. Apparemment pas. C'est trop injuste ! Je récolte sa vie et ses souvenirs pourris, mais pas ses compétences. C'est franchement pas drôle !

J'arrive au dortoir de Miri environ dix minutes plus tard, soufflant comme un bœuf. Miri et la fausse-moi m'attendent dans la véranda.

– Miri, dis-je, il faut que je t'explique ce qui s'est passé.

– Je veux pas te parler, déclare-t-elle en agitant son scoubidou. J'aurais jamais imaginé que tu puisses me faire un truc pareil, Liana. Tu dois me trouver vraiment idiote.

Je secoue la tête.

– Il faut que tu m'écoutes.

– Non, sûrement pas. Tu me dégoûtes. Tu croyais que tu pourrais me jeter un sort amplificateur et t'en sortir comme ça ?

– Quoi ? C'est pas moi ! C'est elle !

Je montre du doigt ma cousine, la manipulatrice.

– Rachel m'a tout raconté. Tu voulais que je plante ma famille ! Et t'as presque réussi ! Au début, je voulais pas croire ma sœur, mais elle m'a suggéré d'enlever le bracelet – et *pouf*, plus d'amplification.

J'ai envie de pleurer.

– Non, tu comprends pas ! C'est moi Rachel ! Je ne suis pas Liana ! Elle m'a obligée à prendre sa place !

– Économise ta salive. T'es malade, Liana. Malade mentale. Je croirai plus jamais un mot de ce que tu me dis.

Il faut que je lui prouve la vérité ! Qu'est-ce que je peux faire ?

– Pose-moi une question sur notre passé. Tu verras bien que je connais la réponse !

– Bien sûr que tu la connais ; tu m'as épiée toute l'année dans ta boule de cristal. Je veux plus que tu m'approches.

– Liana, intervient la fausse-moi, tu ferais mieux de rester loin de ma sœur. On a trouvé un sort de restriction.

Miri prend un gobelet en polystyrène posé à côté d'elle, lance son contenu sur moi et psalmodie :

Cet ordre de restriction une fois déclenché,
À moins de vingt mètres, ne pourras approcher !

Je me retrouve subitement dans les airs, à près de quinze mètres au-dessus du sol. J'atterris sur les fesses (dans un tas de sable, merci mon Dieu) près de la Plaine. J'essaie de me frayer un chemin coûte que coûte jusqu'au dortoir de ma sœur, mais un mur invisible m'en empêche.

– Tu peux pas faire ça ! je hurle.

Mais il n'y a rien à faire. Elle ne m'entend même pas.

Pour tous les autres, les deux dernières semaines de camp sont les plus chouettes.

Le temps est beau et ensoleillé, le règlement s'est assoupli et ça flirte dans tous les sens.

Anthony enfreint ses propres règles en sortant avec Deb, il est donc mal placé pour renvoyer Harris. Au lieu de ça, Deb et lui rendent leur relation publique et disent à Harris et Caniche qu'ils peuvent continuer à sortir ensemble du moment que les parents de Caniche donnent leur accord, ce qu'ils font volontiers.

Anderson ose enfin aborder Carly et, si on en juge par ce qu'elle raconte, même Morgan ne peut plus la traiter de sainte-nitouche.

En parlant de Morgan... elle oublie Will et se met avec Blume. Tant pis pour la rumeur de bave séchée.

Même Prissy s'amuse comme une folle.

– Nan, je veux pas partir ! a-t-elle protesté, trépignant et hurlant, à la fin des deux semaines d'initiation des petits.

Ses monitrices l'ont autorisée à téléphoner à Jennifer qui, après l'avoir écoutée s'égosiller, a fini par accepter de la laisser pour la dernière semaine et demie.

Il y a la guerre des couleurs (Anges contre Démons), des fêtes au bord de la piscine, d'autres feux de camp. Il y a le concours de synchronisation labiale, la pièce de théâtre, le spectacle de danse.

Tout le monde s'éclate. À part moi.

Je suis malheureuse comme les pierres. D'abord, dès que je m'approche à moins de vingt mètres de Miri, le mur invisible me renverse comme si j'étais une sorte de quille de bowling humaine. J'ai des bleus énormes et parfaitement visibles sur tout le corps, et personne ne comprend d'où ils viennent.

Ensuite, je retrouve Raf. Je m'excuse pour mes hallucinations

317

et Raf me pardonne presque instantanément. Tous les soirs après l'activité, nous échangeons de gros baisers baveux dans la véranda du dortoir. Malheureusement, je ne suis pas là pour les apprécier, vu que je ne suis plus Rachel.

– Je suis tellement contente que vous vous soyez enfin mis ensemble, dit Carly à la fausse-moi.

Liana a inversé ses sortilèges d'amitié par empoisonnement, et Carly, Morgan et Deb m'aiment à nouveau. La fausse-moi. Et elles détestent à nouveau Liana, alias la vraie-moi. Si bien que maintenant tout le monde me déteste, même Caniche qui n'avait pas été ensorcelée, elle.

La seule personne qui me parle encore, c'est Prissy. Elle m'appelle Lifiafanafa et je la laisse me tresser les cheveux.

– J'ai jamais vu des cheveux aussi beaux. Longs et doux et jolis, comme ceux de Belle dans *La Belle et le Clochard*, babille-t-elle quand je vais la voir à son dortoir.

Je n'ai jamais été aussi heureuse d'avoir une amie de six ans.

C'est le dernier jour du camp et tout le monde pleure.

Quels bébés, je pense en mon for intérieur. Quelle raison ont-ils de pleurer ? Ils ne vivent pas dans le corps de quelqu'un d'autre.

Je range les affaires de Liana dans ses sacs.

– Voilà ce que tu vas faire, me dit-elle. Je vais limiter le sort de restriction à trois mètres pour que tu puisses prendre le car jusqu'à Manhattan avec nous. Ensuite, tu prendras un taxi pour JFK et tu attraperas ton vol de retour pour Zurich. Je pense pas que tu sois encore assez douée pour faire le trajet en balai, alors je t'ai réservé un billet. C'est gentil de ma part, non ?

– Ta mère ne va pas venir me chercher à l'arrivée du car ?

Elle s'étrangle de rire.

– Ouais, c'est ça. Micha et elle vont certainement écourter leur voyage en Antarctique pour venir te chercher. Tu te débrouilles toute seule, cousine. Ta nouvelle mère n'en a rien à faire de toi, et tu ferais mieux de t'y habituer.

Je me traîne comme une âme en peine pendant le banquet final (savourant les lasagnes d'Oscar au passage), la soirée diapos, le dernier feu de camp (j'ai fini par connaître les paroles de l'hymne du camp, mais je n'ai personne avec qui les chanter), et la fête, enfin. Comme je ne peux pas assister au bal (Miri est à l'intérieur et je me heurterais au mur), je reste plantée à l'extérieur de l'auditorium, à regarder par la fenêtre.

Les filles de mon dortoir s'éclatent en faisant « le balayeur », « le joueur de foot » et « le brossage de dents ».

Puis je me vois en train de danser un slow avec Raf.

Je n'y crois pas. Après toute une année passée à rêver et à espérer qu'un jour j'irais danser avec Raf, mon rêve s'est enfin réalisé.

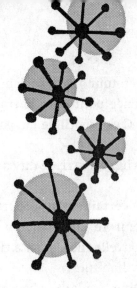

19
RÉUNION DE FAMILLE

À travers le pare-brise de l'autocar, j'aperçois ma mère et Lex sur la 5e Avenue. Ils se tiennent par la main, les yeux dans les yeux.

C'est ma dernière chance. Si je rejoins ma mère avant que Miri ne soit à moins de vingt mètres d'elle, peut-être qu'elle notera ma ressemblance avec sa sœur et qu'elle m'écoutera.

Le car s'arrête et je me faufile vers la portière.

– Pas si vite, me chuchote Liana à l'oreille.

Avant que je réalise ce qu'elle a en tête, elle me frotte la nuque avec une espèce de gelée en murmurant :

Avant que la lune soit là de nouveau,
Tu auras perdu l'usage du mot.

J'ouvre la bouche pour l'insulter, mais je ne peux pas parler.

C'était ma dernière chance ! Et maintenant ? Si seulement mon père était là et pas à l'arrêt de Long Island en train de récupérer Prissy... Je descends du car et me sens poussée de côté quand Miri et son mur invisible (qui a repris sa distance initiale de vingt mètres) disparaissent de ma vie. À part les regarder désespérément de loin dans la rue, je ne peux rien faire. Il faut que je leur dise la vérité ! Mais comment ?

Au milieu de la foule des parents, de leurs enfants et des touristes, j'aperçois maman serrer dans ses bras la fausse-moi. Fausse-moi rosit de bonheur. Puis c'est au tour de Miri. Ma sœur reste contre elle plus longtemps qu'elle ne l'a jamais fait. Je crois que ses plans d'évasion l'ont vraiment fait flipper. Je peux voir bouger leurs lèvres, mais elles sont trop loin pour que j'entende ce qu'elles disent. Je rassemble alors ma Force et pense :

Que sur ce nuage rebondissent leurs mots,
Que le son m'en arrive dix fois plus haut !

Je sais, ce ne sont pas mes meilleurs vers mais, que voulez-vous, je suis sous une pression terrible, là !

– Je vais vous aider avec vos sacs, dit Lex.

Je l'entends ! Waouh !

– Merci beaucoup, roucoule fausse-moi. T'es vraiment un ange.

J'observe le visage de ma sœur pour guetter sa réaction. Allez, Miri, quoi ! Est-ce que je traiterais Lex d'ange ? Non ! Non, jamais !

De vétérange, en revanche...

Miri me dévisage une fraction de seconde de plus que nécessaire, puis détourne les yeux.

Non, Miri, non !

J'essaie de les rattraper, mais je me heurte au mur. Je me cale à une distance de vingt mètres pour les suivre tout en écoutant leur conversation.

Miri et fausse-moi marchent légèrement derrière maman et Lex, qui gagnent le coin de la rue.

– Maman va être impressionnée par tes progrès en magie, déclare ma sœur.

Ne m'en parlez pas. J'ai l'impression que ça fait des années que je suis une sorcière.

Maman et Lex attendent que fausse-moi et Miri les aient rejoints.

– J'ai quelque chose à vous dire, dit ma mère.

Ômondieu. Elle est fiancée. Fiancée ? Je plisse les yeux, essayant de voir si elle a une bague de fiançailles.

– Quoi ? demande Miri.

– J'ai tout raconté à Lex... à notre sujet.

C'est vrai ?

– C'est vrai ? s'exclame ma sœur. Waouh. J'y crois pas. C'est, comment dire, énorme.

– Cette fois, je voulais bien faire les choses. Partir sur des bases saines. Je voulais être honnête. Avec moi-même et avec Lex.

– T'es la meilleure, maman, lance fausse-moi. C'est tellement important d'être honnête.

Menteuse, menteuse, t'es rien qu'une menteuse.

– Je suis contente que tu n'aies pas eu la trouille, dit Miri à Lex.

– La trouille ? D'elle ? Ça m'étonnerait. Mais je dois avouer que j'ai d'abord cru qu'elle était un peu, enfin, barrée ? Je veux dire, de la sorcellerie ? Sans blague. Mais elle m'a donné des preuves, et j'ai été convaincu.

– Quelles preuves ? s'enquiert Miri.

Lex fait un clin d'œil.

– Disons juste qu'il y avait une douzaine de roses dans le coup.

Ma mère pouffe.

– De nos jours, il n'y a plus rien d'anormal à ce qu'une femme offre des fleurs à un homme.

– Ça l'est quand je les vois pousser sur le tapis de mon salon, dit-il.

– T'as pas fait ça, j'y crois pas ! s'écrie Miri.

– Bon, ne nous emballons pas, se ressaisit ma mère. (Le feu change de couleur et ils traversent tous la rue, tandis que je les suis d'aussi près que possible.) Je suis toujours une sorcière non pratiquante. (Elle prend la main de Lex.) La plupart du temps.

– T'es vraiment bien pour maman, dit Miri à Lex, avant d'ajouter : J'ai été plutôt odieuse le jour des visites. Je suis désolée. J'avais des problèmes.

– T'inquiète pas pour ça, répond-il. Des bases saines pour nous aussi.

– T'as intérêt à faire gaffe, lâche fausse-moi d'une voix flûtée. Si t'es pas gentil avec maman, je pourrais bien te changer en souris.

Ma mère me menace du doigt.

– Rachel ! Pas de ça !

Fausse-moi devient cramoisie.

– C'était une blague.

Ma mère passe le bras autour de fausse-moi.

– Et comment va ta Glinda ?

– Elle s'améliore, dit fausse-moi.

– Elle a fait des progrès *énormes*, maman, dit Miri.

– Super. (Maman monte sur le bord du trottoir pour prendre fausse-moi dans ses bras.) Je suis tellement fière de toi, chérie.

Le sourire de fausse-moi illumine mon faux visage tout entier.

Je n'arrive pas à croire que je suis en train d'assister à ces retrouvailles à vingt mètres de là. J'adore les effusions familiales ! Je suis la reine des effusions familiales !

Je touche le fond du fond.

– Bien sûr, dit maman, tu te rends compte que tu as encore beaucoup de travail devant toi. De la maîtrise, de la maîtrise, de la maîtrise !

– On prend un taxi ? demande fausse-moi.

– Non, Lex a pris sa voiture. On est garés dans un parking juste sur Madison.

– Merci d'être venus nous chercher, dit Miri.

– Pas de problème. Mais je suis content que les bagages soient déposés à domicile.

Le sort de restriction m'empêche de les suivre dans la rampe du parking souterrain. Enfin je les vois encore si je m'accroupis. Lex ouvre le coffre de la voiture et y enfourne nos deux sacs à dos. Puis Miri et fausse-moi grimpent dans la voiture.

Et voilà. Ils s'en vont. Qu'est-ce que je dois faire ? Rester plantée là ? Prendre un taxi ? Liana va certainement jeter un sort de restriction sur tout l'appartement. Sur toute l'école.

Sur tout Manhattan. Et d'un jour à l'autre, je serai happée jusqu'en Suisse par le bracelet de cheville de Liana.

Je regarde Lex ouvrir la portière côté passager pour maman, puis la refermer.

Il se dirige ensuite vers le gardien du parking pour payer et sort ses clés.

Il ouvre sa portière. Prend place. Démarre la voiture.

C'est ici que ma vie prend officiellement fin.

– Merci, mon cœur, déclare maman en baissant sa vitre. Je te dois combien pour le parking ?

– Rien, répond Lex en souriant. C'était gratuit.

– Oh, allez. Ça a dû coûter une fortune. Les filles étaient tellement en retard.

– Ah bon ? demande Miri. Vous avez attendu combien de temps ?

– On est arrivés à midi et demi, puisque vous deviez être là à une heure. (Maman farfouille dans son portefeuille.) Il est deux heures moins le quart. Lex, dis-moi combien je te dois.

– Un baiser.

– Rachel, j'ai besoin de ton aide, là, dit maman en désignant le panneau des tarifs. Ça faisait huit dollars pour la première demi-heure, et ensuite quatre soixante pour chaque demi-heure supplémentaire. Combien je lui dois ?

Dix-sept dollars vingt, je pense sans le dire, vu que je ne peux pas parler.

– Pardon ? demande fausse-moi.

– Combien est-ce que je dois à Lex ? répète maman. Tu sais bien que les chiffres, c'est pas mon truc.

Fausse-moi hésite.

– Heu, je sais pas.

Ha ! Je parie qu'elle sait qu'elle *devrait* savoir. Après tout, elle sait tout de moi, non ? Dommage que nos compétences ne soient pas interchangeables.

Ma sœur y réfléchit à deux fois.

– Comment ça, tu sais pas ? Tu devrais savoir.

– Mais si, je sais. Ça fait, heu... heu...

– Tu comptes sur tes doigts ? s'étonne Miri.

– Non ! Pourquoi je ferais ça ?

Comme ils arrivent en haut de la rampe et vont tourner dans la rue, j'entends ma sœur hurler :

– Arrêtez cette voiture ! C'est pas Rachel !

Mille millions de mille youpis !

Lex pile net.

– Pardon ?

– C'est une imposteuse ! s'écrie Miri. C'est Liana déguisée !

Ouf. Qu'est-ce que je peux dire ? Il était moins une.

Lex nous dépose à l'appartement. Il embrasse ma mère (je trouve encore ça dégoûtant, mais je commence à m'y faire) et dit :

– Amusez-vous bien, mesdames.

– Poule mouillée, se moque gentiment ma mère.

Mais je sais qu'elle est soulagée. C'est un combat de poules. Les coqs ne sont pas admis.

Une fois que mes proches ont découvert la vérité, Liana a avoué les sortilèges de silence et de restriction, que ma sœur a aussitôt annulés. J'ai alors couru vers eux en agitant les bras et en pleurant à gros bouillons comme si j'avais cinq ans. Miri, qui pleurait elle aussi comme un veau, a jeté ses bras autour de moi et ne voulait plus me lâcher.

Nous voilà maintenant assises toutes les quatre – maman, Miri, fausse-moi et moi-même – dans le salon. Après avoir été briefée par Miri, maman parvient à annuler presque tous les sortilèges. Tous, sauf le sort de transfert. Pour celui-là, mes deux moi doivent accepter l'échange de leur plein gré. Et fausse-moi n'y met pas beaucoup de bonne volonté.

– C'est pas juste ! répète-t-elle sans fin. Vous pouvez pas me forcer.

– Ça n'a aucun intérêt pour toi de rester Rachel si on sait que c'est pas vraiment elle, remarque Miri à juste titre. (Elle se tourne vers moi, l'air penaud.) Je m'excuse encore. J'aurais dû te croire.

– Je sais, Miri, tu me l'as déjà dit cent fois.

Elle me l'a plutôt dit trois cents fois, mais qui va tenir des comptes ? Je me tue à lui expliquer que ce n'est pas sa faute. Je me tue également à lui rappeler que c'est elle qui m'a sauvée. Si elle n'avait pas relevé cette question de calcul, j'aurais été exilée en Suisse.

– Je veux parler à ta mère, déclare ma mère à Liana.

Stupeur générale.

– Qu'est-ce qui te fait croire qu'elle voudra te parler ? se moque Liana. Ça fait plus de treize ans que vous ne vous êtes pas adressé la parole.

– Où est-elle, Liana ?

Mais Liana est inflexible.

327

– Dis-moi où elle est, la somme ma mère, insufflant cette fois un peu de Force dans son ordre.

Liana crache l'information – littéralement.

– Tu vas voler jusque là-bas et la ramener ? je demande, goûtant le côté dramatique de la situation.

– Je pensais commencer par un coup de téléphone, répond maman, avant de disparaître dans la cuisine.

Ah.

Tic-tac, tic-tac. La tension est palpable. Qui sait ce qui va se passer ? Et s'il y a une autre dispute ?

Soudain, le détecteur de fumée se déclenche.

– C'est maman, annonce fausse-moi. Elle apprécie les entrées fumeuses.

– Elle a toujours été comédienne, ajoute maman avec un sourire triste.

Nous courons à la cuisine. Tandis que la fumée se dissipe, une silhouette longue et fine apparaît près de la cuisinière. Une silhouette longue et fine, aux cheveux bruns, qui ressemble à maman, mais avec plus de poitrine et moins de rides. C'est normal qu'elle ait moins de rides, c'est la plus jeune des deux.

– Salut, Carol.

– Salut, Sasha. Ça fait un bail.

Les deux femmes se tiennent à trente centimètres l'une de l'autre, et se regardent fixement.

Aucune ne bouge.

Aucune ne respire.

Aucune ne...

– Atchoum ! j'éternue.

– Silence ! dit fausse-moi d'un ton cassant.

– À tes souhaits ! dit ma sœur.

– Eh bien, dit Sasha en tournant autour de maman.

– Eh bien, dit maman, tenant ferme, bras croisés sur la poitrine.

– Ça fait longtemps, dit Sasha.

– Très longtemps.

Sasha la regarde de haut en bas.

– T'es rousse.

– Nouveau look, répond maman. Toi, t'as pas changé du tout.

– Je vieillis bien. Mieux que toi.

– Grâce à quoi, la chirurgie ou la magie ? rétorque maman.

– La nature, bien sûr, déclare tante Sasha. (Elle détourne les yeux de ma mère et regarde fausse-moi.) Tu as grandi.

Ben ouais, qu'est-ce que tu crois ?

– En fait, intervient maman, c'est ta propre fille que tu as sous les yeux. Elle est dans la peau de la mienne, et réciproquement.

Sasha regarde fausse-moi, puis moi, puis à nouveau fausse-moi.

– Tu es sûre ? Ma fille ne porterait jamais ses cheveux aussi frisés.

– Maman ! s'exclame fausse-moi. J'y peux rien ; c'est ses cheveux !

Sasha fronce les sourcils.

– Liana, à quoi tu joues exactement ?

Fausse-moi pointe le menton en avant.

– Je ne changerai pas.

– Oh, si.

– Non, dit fausse-moi. Et tu peux pas me forcer. Si je suis pas d'accord, ça peut pas marcher.

Et ma mère qui trouvait que j'étais casse-pieds.

Sasha regarde autour d'elle, en désespoir de cause.

– Qu'est-ce que je suis censée faire d'elle ? Elle est tellement difficile !

Ma mère réagit vivement.

– Tu es censée l'éduquer. Elle n'a que quatorze ans. Tu es sa mère.

– Mais elle n'écoute jamais !

Je lis le chagrin sur le visage de fausse-moi. Je sais ce qu'elle ressent. Je connais ses souvenirs. Je sais ce qu'elle désire plus que tout au monde.

– Pourquoi tu n'essaies pas de l'écouter, *elle* ? je suggère.

Silence dans la cuisine.

– Y a peut-être une idée, là, finit par dire ma mère.

– Elle s'en fiche pas mal, marmonne fausse-moi. C'est comme ça depuis toujours.

Je ne suis pas dupe une seconde de son numéro de dure à cuire. Ses lèvres tremblent, elle est au bord des larmes.

– Dis-lui, Liana, je l'encourage gentiment. Dis-lui à quel point tu es seule. Dis-lui à quel point tu détestes la pension. Dis-lui à quel point tu as besoin d'elle.

– Pour quoi faire ? (Sa voix se brise.) Je lui ai déjà dit tout ça, mais elle m'a pas écoutée. Elle m'écoute *jamais*.

– Je t'écoute, là, alors parle, assène Sasha avec impatience.

– Mais ça t'est bien égal ! Ça t'est bien égal que je déteste l'école. C'est comme si t'avais envie que je sois malheureuse. T'en as rien à faire de moi !

– Bien sûr que si.

S'il s'agissait de ma mère et de moi, nous tomberions dans les bras l'une de l'autre en nous assurant de notre amour. Peut-être même qu'on pleurerait un peu. Mais il ne s'agit pas

330

de ma famille. Enfin, si, peut-être bien, mais c'est la branche siphonnée de la famille. (Chaque famille en a une, non ?)

Fausse-moi frappe du talon sur le tapis.

– Si tu m'aimes, pourquoi tu refuses de passer du temps avec moi ?

Sasha ferme les yeux.

– Liana, on sait toutes les deux que tu es bien mieux sans moi.

Fausse-moi lève les bras au ciel.

– T'es malade ?

– Je ne pourrais pas être une bonne mère, poursuit Sasha. Je n'ai jamais été bonne à rien. Demande à Carol.

Ma mère lève les yeux, surprise.

– De quoi tu parles ?

– De notre enfance. Je n'ai jamais été assez bonne à l'école. Je n'ai jamais été populaire. Je n'ai jamais été jolie.

– Bien sûr que si !

– Non, ce n'est pas vrai ! Pas de façon naturelle. Il fallait que j'utilise la magie pour obtenir ce que je voulais. Je n'ai jamais rien obtenu par moi-même. Contrairement à toi. Tu n'avais pas besoin de la magie pour te faire des amis. Pour réussir à l'école. Pour que les hommes tombent amoureux de toi. (Elle nous regarde, Miri et moi.) Pour être une bonne mère.

– Tu as toujours douté de toi, à un point... dit ma mère en secouant la tête. Je n'ai jamais compris pourquoi. Ce que tu étais capable de faire en magie, toute petite déjà... je t'enviais tellement.

– Tu ne m'enviais pas !

– Bien sûr que si ! Mais tu refusais de le voir. Ça m'a toujours étonnée que quelqu'un doté de tels pouvoirs puisse être aussi peu sûr de soi.

331

– Comment aurais-je pu avoir confiance en moi alors que j'avais Miss Perfection pour sœur aînée ? Tout le monde t'a toujours préférée. Maman. Papa. Les gens faisaient des pieds et des mains pour être avec toi. (Elle se retourne vers Liana.) C'était une bonne idée, de changer de place avec Rachel. Tu aurais été bien mieux avec Carol pour mère.

– Peut-être.

Fausse-moi lève les yeux sur sa mère et ajoute, tandis que sa voix se brise :

– Mais tout ce que j'ai toujours voulu, c'est être avec toi.

Sasha sonde sa fille du regard. Puis elle hoche la tête.

– Bon.

– Bon quoi ? demande Liana.

– Si tu es aussi malheureuse que ça chez miss Rally, dit doucement Sasha, on va trouver une autre solution.

Du moment qu'elle n'entre pas au lycée Kennedy dans la même classe que moi, je m'estime heureuse.

– Maintenant, Liana, si ça ne te fait rien, intervient ma mère en se rongeant les ongles, tu peux permuter avec ma fille, s'il te plaît ?

– Non, répond Liana en détachant les yeux de ceux de sa mère. C'est pas fini.

Quoi encore ? Elle veut mon âme ? Ma chambre ? Mes baskets griffées en daim rose ? *Quoi* ?

Liana s'appuie contre le comptoir de la cuisine, l'air déterminé.

– Plus de voyages, lance-t-elle à sa mère.

Sasha hésite.

– Même *avec* toi ?

Liana esquisse un sourire.

– Bien sûr que si.

– Quoi d'autre ? demande Sasha.

– Heu, je peux avoir une sœur ?

– Pas question.

Le visage de Liana se décompose. Oh-oh. Ce n'est pas ça qui va tout faire capoter, si ?

– Tu peux voir Prissy, je propose.

Liana ne répond pas.

– Elle adore te faire des nattes, j'ajoute, et comme ça, tu ne gardes que le meilleur. Tu peux la rendre à ses parents quand elle devient geignarde.

Je ne suis pas sûre de la façon dont papa et Jennifer réagiraient à ce marchandage de leur fille, même si je pense qu'ils apprécieraient le baby-sitting gratuit.

– Je vais y réfléchir, dit Liana, semblant considérer la proposition.

Sasha prend sa fille par le poignet.

– Liana, tu vas faire l'échange. Comment puis-je essayer d'être une vraie mère si tu n'es pas dans ton propre corps ?

– D'accord. Mais seulement si tu m'ôtes immédiatement le bracelet qui me retient prisonnière.

– Dès qu'on sera à la maison.

– Non, tout de suite. Avant qu'on fasse l'échange.

– Bon, fait Sasha. Carol, tu as du lait de soja ?

Elle ouvre son sac à main et en sort un paquet de sel.

Maman montre du doigt le réfrigérateur.

– Sers-toi.

Quelques secondes et un sortilège anti-bracelet plus tard,

333

Sasha a libéré le corps de Liana, alias moi, et ma cousine s'est calmée.

Ouf...

– Il nous en faut un, à nous aussi ? demande Miri en regardant ses pieds.

– Je me suis occupée des vôtres hier soir, avant que vous ne quittiez le camp, dit maman.

Ah, maman, toujours aussi attentionnée.

– Maintenant, tu fais l'échange, Liana, ordonne Sasha.

– Attendez, je m'écrie en levant la main. Moi aussi, je veux quelque chose.

Toutes les têtes se tournent vers moi. Je fais signe à ma tante et à ma mère.

– Avant qu'on fasse l'échange, je voudrais savoir ce qui s'est passé entre vous deux.

– Ouais, lâche Miri. Pourquoi est-ce que vous ne vous parlez plus ?

Ma mère ne répond pas.

– Des bases saines ? lui rappelle la vraie moi.

– C'est dur pour moi d'en parler, murmure maman.

Sasha se jette à l'eau.

– Carol a tué notre mère, déclare-t-elle sans prendre de gants.

Oh. Mon. Dieu.

– Elle a eu une attaque, Sasha, dit maman.

Sasha pointe un ongle long et verni de rouge en direction de sa sœur.

– C'est la seule chose que tu aies loupée, mais elle était de taille. Maman a eu une attaque. Et tu aurais pu la sauver. Tu aurais pu la guérir. Mais tu ne l'as pas fait.

– Je ne pouvais pas.

La griffe rouge est toujours pointée sur ma mère.

– Pourquoi ? demande Sasha d'une voix pleine de mépris. Parce que Miss Perfection refusait de s'abaisser à utiliser la sorcellerie ? Allons... Tu es une sorcière non pratiquante seulement quand ça t'arrange. Quand il s'agit d'une question de vie ou de mort, on doit agir, Carol. Faire ce qu'il y a à faire. Je ne te pardonnerai jamais de l'avoir laissée mourir.

Miri m'agrippe la main.

– C'est à moi que tu ne peux pas pardonner ? s'exclame maman. Ou à toi ? Laisse-moi te rafraîchir la mémoire, tu n'étais pas là quand c'est arrivé. Tu étais à Paris avec le père de Liana. Ou bien à Londres ? Difficile de se rappeler. Tu passais ton temps à nous fuir.

– J'avais besoin d'être tranquille, dit Sasha. (Ses yeux lancent des éclairs.) J'avais besoin d'être quelque part où je ne serais pas en permanence en compétition avec toi.

– Ça ne justifie pas ton comportement. Tu étais injoignable ! Pourquoi es-tu toujours aussi immature ? Le temps que tu reviennes, il était trop tard. Ça faisait un an qu'elle nous avait quittés.

Sasha devient livide.

– Il ne se passe pas un jour sans que je regrette de ne pas avoir été là. Mais c'est comme ça. J'étais une très mauvaise fille, je le reconnais. Mais toi ! crache-t-elle à ma mère. Tu étais là, toi, et tu n'as rien fait. Tu aurais dû la sauver.

Les larmes ruissellent sur les joues de ma mère.

– Tu ne crois pas que c'est ce que je voulais ? Tu crois que je voulais qu'elle meure ?

335

Ma sœur et moi nous approchons aussitôt de notre mère pour l'entourer de nos bras.

— Mais tu as raison, dit maman tristement. J'aurais pu la sauver. Et je ne l'ai pas fait.

Je retiens mon souffle.

— Pourquoi ?

Ma mère garde un instant le silence. Elle se cache la tête dans les mains, puis la relève doucement :

— Pour sauver une vie humaine, il faut en sacrifier une autre.

Waouh... C'est raide.

— Tu aurais quand même dû jeter le sort ! crie Sasha.

— Elle a refusé. Elle ne voulait pas vivre avec ce poids sur la conscience. Et elle ne voulait pas non plus que je vive avec. Papa avait refusé que maman fasse ça pour lui quand il était malade. On était jeunes, mais je m'en souviens. Et maman l'avait écouté.

— Eh bien, maman a eu tort. Et toi aussi, déclare Sasha catégoriquement. Tu l'as laissée mourir, un point c'est tout.

— Je ne savais pas quoi faire. J'ai hésité longtemps. Après, il était trop tard. Elle était morte.

Sasha secoue la tête.

— Tu aurais dû le faire.

— Mais maman, intervient fausse-moi en regardant sa mère, n'importe qui aurait pu mourir à sa place. Quelqu'un que tu aimais. Et si ç'avait été toi ?

Sasha bat deux fois des paupières.

— Tu ne serais même pas née...

Si seulement on avait eu cette chance. Je plaisante. Si on veut.

Nous restons toutes silencieuses.

Sasha baisse les yeux sur ses mains.

– C'est juste qu'elle me manque tellement. Peut-être que j'avais besoin d'un coupable.

Ma mère pose la main sur l'épaule de sa sœur.

– Papa lui manquait. Elle a dit qu'elle était prête. Qu'on avait besoin d'elle ailleurs. Qu'il l'attendait.

Les lumières vacillent et se rallument. Encore une fois.

Nous levons toutes les yeux.

– Qui a fait ça ? s'écrie Sasha.

– Pas moi, répond maman.

– Pas moi, répond Miri.

– Pas moi, répond fausse-moi.

– Ne me regardez pas comme ça ! je m'exclame.

– Vous croyez... ? demande maman.

Nous échangeons des regards songeurs.

– Hé, c'était une sorcière, pouffe Miri. Tout est possible.

Liana bondit, les yeux brillants.

– On pourrait peut-être entrer en contact avec mon père.

– Qu'est-ce qui est arrivé à ton père ? s'enquiert maman.

– Tanta Sasha l'a changé en souris, dis-je.

– Non ! proteste ma mère, horrifiée. Sasha, tu n'as pas fait ça !

– Si, dit fausse-moi. Elle me l'a dit.

– Je ne l'ai pas vraiment fait, reconnaît Sasha. Mais j'en ai eu envie.

– Tu veux dire que mon père est en vie ? demande fausse-moi, tout excitée.

– Vraisemblablement, dit ma tante en haussant les épaules.

Ma mère secoue la tête.

– Je n'arrive pas à croire que tu aies pu dire à ta fille que tu avais changé son père en rongeur. Même si Sasha a toujours été obsédée par les rongeurs, nous explique-t-elle à Miri et à moi. Elle avait une souris apprivoisée.

Sasha se met à rire.

– Elle s'appelait Mickey.

Très original.

– Est-ce qu'il sait que j'existe ? demande fausse-moi.

– Il sait que tu existes, mais je n'ai jamais voulu qu'il se mêle de ta vie.

– Il savait que t'étais une sorcière ? demande la vraie moi.

Sasha soupire.

– Oui. C'est un magicien.

Fausse-moi pousse un cri aigu.

– Ne t'emballe pas trop, dit Sasha. Ce n'est pas un très bon magicien.

Fausse-moi se dirige vers la porte.

– On part à sa recherche !

Ma mère s'éclaircit la gorge.

– Euh, tu ne crois pas qu'il vaudrait mieux faire l'échange avant de baguenauder à travers le globe ? Tu préfères sûrement que ton père découvre la vraie Liana, non ?

– Oh, d'accord. (Elle baisse les yeux sur ma poitrine asymétrique.) Je ne voudrais pas qu'il pense que je suis mal formée ou quoi que ce soit.

Merci bien.

Au revoir, seins. Salut, moi.

J'espère que tout se passera bien pour Liana. Sincèrement.

Je pense tout de même que c'est moi qui gagne sur tous les tableaux.

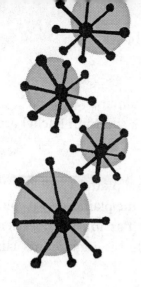

20
PAS TROP TÔT

– Je suis soulagée qu'elles soient parties, c'est mal ? demande Miri.

Nous sommes toutes les trois affalées sur le canapé du salon. La tête de Miri sur un des accoudoirs, la mienne sur l'autre, et nos pieds au milieu, posés sur les jambes de notre mère. J'aime mes pieds. J'aime aussi mes jambes. Et aussi ma tête, et mes cheveux ondulés, et chaque partie de moi-même qui est à moi, tout à moi, rien qu'à moi.

– Elles sont un peu dominatrices, admet maman. J'avoue que moi aussi je suis soulagée. Vous devriez apprécier la chance que vous avez de vous entendre si bien, les filles.

Le regard de ma sœur croise le mien au-dessus de notre mère.

– On l'apprécie, dit-elle. Plus rien ne viendra jamais plus se mettre entre nous.

– Nouvelle résolution, je déclare. Miri ne pensera plus jamais que sa famille ne s'intéresse pas à elle.

– D'accord.

– Excellente résolution, approuve maman.

– Nouvelle résolution, déclare Miri à son tour. Rachel arrêtera de faire comme si sa sœur n'existait pas.

– Ou sa mère, ajoute maman.

– D'accord. J'arrêterai aussi de me plaindre de ma vie pourrie. En fait, je n'ai plus le droit de me plaindre tout court.

– D'autant moins que maintenant t'as un certain talent, dit maman en me gratifiant d'un de ses inquiétants clins d'œil appuyés.

Je lui fais un clin d'œil en retour.

– Tu veux dire que j'ai Glinda.

Pour illustrer mon propos, je nous zappe trois tasses de chocolat chaud.

Ma mère me fait rire en me chatouillant le dessous du pied avec les jointures de ses doigts.

– Dis-moi, Rachel. Comment se fait-il que tu aies autant progressé en magie alors que tu n'étais pas supposée t'entraîner au camp ?

La, la, la ! Diversion ! Vite !

– Ômondieu, maman, est-ce que je t'ai dit que je sais enfin nager ?

– C'est vrai, intervient Miri qui a perçu le SOS dans mon expression. C'est pas formidable ? Et j'ai appris à jouer au tennis.

– Et moi à faire pipi dans les bois, j'ajoute.

Maman se met à rire.

– Vous pouvez prétendre que Rachel n'a pas utilisé ses pouvoirs de l'été autant que vous voulez, les filles. Je ne vous dirai rien.

Ouf.

Elle tend les bras et nous caresse la tête.

– En tout cas, je suis contente de vos nouvelles résolutions. Parce que je vais passer le reste de l'année à faire en sorte que vous les appliquiez.

Je crois que je me suis fait avoir sur ce coup-là.

– Pas de problème, maman. Tu peux y aller. Mais j'ai besoin de connaître tout de suite ta position sur un sujet bien précis.

– Ah oui ? Lequel ? Celui des sortilèges pour faire ses devoirs ? Pour faire des muffins ? Pour voler en balai ?

– Non, je réponds en souriant. Celui des petits amis.

Notre premier coup de fil est pour notre père.

– Vous êtes toutes les deux en ligne ? demande-t-il.

– Miri est juste à côté de moi.

– Ne quitte pas, je vais chercher Jennifer.

Il y a une pause, des bruits étouffés, puis :

– Grande nouvelle ! disent papa et Jennifer dans un ensemble parfait. On attend un bébé !

Miri et moi nous regardons. Et je lis le kaléidoscope de mes propres émotions – le plaisir, l'excitation et l'anxiété – reflété sur son visage. On a certainement envie d'un frère ou d'une sœur, et on est heureuses pour eux, mais on ne peut pas s'empêcher de s'inquiéter : et si ça affecte notre relation avec notre papa ? Et s'il n'a plus de temps à nous consacrer ? Et s'il aime le nouveau bébé plus que nous ? Et s'il...

On respire un grand coup.

– Félicitations, je murmure. Félicitations ! je répète avec un peu plus d'enthousiasme.

– J'arrive pas à y croire, dit Miri puis son visage s'éclaire : J'espère que ça sera une fille.

– Moi aussi.

Excellente occasion de se débarrasser de ces Barbies.

Ensuite, j'appelle Tammy.

– Tu m'as manqué ! je lui hurle dans les oreilles.

– Tu m'as manqué ! répond-elle de la même façon.

– Et toi encore plus ! je hurle en retour.

Après avoir discuté pendant une demi-heure pour savoir laquelle avait le plus manqué à l'autre et pour faire des projets pour le lendemain, j'appelle Alison.

– Je sais vraiment pas ce qui m'est arrivé, me raconte-t-elle. J'ai trouvé des allumettes et un paquet de cigarettes sur mon étagère, je les ai bêtement emportés aux toilettes et j'en ai allumé une. J'ai aucune excuse. Je sais pas à quoi je pensais. J'avais un drôle de mal de tête ce jour-là et je crois que c'est ça qui m'a fait agir bizarrement...

– Tes parents t'ont pas privée de sortie à vie, si ? je lui demande, saisie de culpabilité.

C'est de ma faute – indirectement – si elle s'est fait renvoyer du camp.

– Si, au début, dit-elle. Mais après, mon frère m'a trouvé un boulot de bénévole à l'hôpital, et ils ont relâché la pression.

– Et c'était comment ?

– Génial. Un super-boulot. Je suis désolée de ne pas avoir écrit, mais j'étais trop occupée ! J'ai dû apporter mon aide pour tous les patients. Et tu vas pas le croire, je sors avec un des autres bénévoles ! Il te connaît. Jeffrey Zeigster ? Il était au lycée Kennedy et l'année dernière, il faisait partie du bureau des élèves. Il est trop mignon et trop intelligent.

Intelligent ? Oui. C'est le seul membre du bureau des élèves à avoir été choisi pour sa moyenne générale. Mignon ? Euh... à chacun sa chacune.

Je lui propose de nous accompagner demain, Tammy et moi. Je suis sûre qu'elles s'entendront super-bien.

Je m'apprête à passer un autre coup de fil quand Miri fait irruption dans ma chambre.

– Avant que tu monopolises la ligne, ça t'ennuie pas que je l'utilise ?

– Du tout.

Attendez une seconde. Miri ne se sert jamais du téléphone.

– Pourquoi ? On a déjà parlé à papa.

Ses joues s'empourprent et elle se tortille les doigts.

– Je voulais appeler Ariella. Tu sais ? Du collège. Je pensais lui demander si elle voudrait qu'on se voie. Peut-être.

J'en reste sans voix.

– C'est pas une bonne idée ? s'angoisse-t-elle.

– Franchement, dis-je en m'efforçant de garder un ton dégagé (j'ai envie de crier : *vas-y, Miri, vas-y !*), je trouve que c'est une idée extra.

Pendant que Miri appelle Ariella, je cours jusqu'à la chambre de maman et lui raconte à voix basse ce qui se passe.

– C'est vrai ? s'exclame-t-elle. Elle va se faire une amie ?

Je fais signe à maman de se taire lorsque Miri nous rejoint :

– M'man ? Je peux aller chez Ariella ? Y a des filles de ma classe et...

– Oui ! s'écrie aussitôt maman.

– Ouais ! je m'exclame.

– Oh, ça va, les filles, dit Miri, mais le sourire qui éclaire son visage tient un tout autre discours.

Enfin, j'appelle Raf.

– Salut. Tu fais quoi ?

– Justement, j'allais t'appeler, répond-il.

Waouh !

– Tu veux venir à la maison ce soir ?

– OK. Vers neuf heures ?

À son arrivée, et dès qu'il a dit bonjour à maman et à Miri, je l'emmène sur le toit pour qu'on soit un peu tranquilles. C'est l'un des endroits les plus agréables de l'immeuble. Il y a du goudron par terre et ce n'est pas très sophistiqué, mais la vue sur la ville est magnifique et, la nuit, les lumières scintillent comme des étoiles dans le ciel.

– Tu peux croire qu'on reprend les cours dans quelques semaines ? demande-t-il.

Tut-tut !

– Pas vraiment.

J'ai l'esprit ailleurs. La scène est presque parfaite, mais il manque quelque chose.

Tut-tut ! Tut-tut !

Il prend ma main.

– L'été a passé si vite.

Tut-tut ! Tut-tut ! Tut-tut !

– Trop vite, dis-je.

– On dirait de la musique, les klaxons, tu trouves pas ? demande Raf.

Aha ! De la musique ! Je ferme les yeux et fais un vœu :

> *Pour que l'instant soit parfait,*
> *De la musique, s'il vous plaît !*

Et là, comme sortant d'un haut-parleur placé dans le ciel, les premières mesures de « New York, New York » de Frank Sinatra résonnent dans l'air de la nuit.

Mais curieusement, Sinatra chante :

– *Ftart fpreading the news...*

Je n'ai jamais prétendu que mes sortilèges étaient au point.

Si Raf est étonné d'entendre de la musique venue du ciel, il n'en laisse rien paraître. Non pas que ce soit inhabituel. Après tout, nous sommes à New York, la ville qui ne dort jamais. La ville où les rêves se réalisent.

– Danse avec moi, dit-il.

Enfin. Le Bal de Printemps, le Bal de Promo, la fête du camp... Ça fait longtemps que j'attends ce moment.

– Avec grand plaisir.

Il me prend dans ses bras. Mais au lieu de se mettre à danser, il sourit et enfin, enfin, il m'embrasse. M'embrasse *pour de vrai*.

345

– Waouh, s'exclame-t-il en ouvrant de grands yeux. C'était fabuleux. Notre meilleur baiser.

Je suis d'accord sur le *waouh*.

– J'espère bien, dis-je, puisque cette fois, c'est vraiment moi.

Je l'attire à moi pour un deuxième round.

Et c'est absolument magique.

REMERCIEMENTS

Merci cent mille milliards de fois à :

Wendy Loggia, mon éditrice, au stupéfiant talent. Laura Dail, le meilleur agent dont on puisse rêver. Beverly Horowitz, Pam Bobowicz, Melanie Chang, Chip Gibson, Isabel Warren-Lynch, Tamar Schwartz, Gayley Carillo, Kenny Holcomb, Timothy Terhune, Adrienne Waintraub, Jennifer Black, ainsi qu'au reste de la formidable équipe du département Jeunesse de Random House, pour leur dur labeur. Gail Brussel, la meilleure attachée de presse en ville. L'hyper-talentueuse artiste Robin Zingone. Lisa Callamaro et tout le monde chez Storefront Pictures.

Le camp de vacances Pripstein – la colonie magique et tant aimée où je passais l'été. Merci à Ronnie Braverman, le meilleur directeur qui soit au monde. Merci à Melanie Fefergrad, ainsi qu'à Sohmer, Christine, Samara, Elissa, Brian, Spike, Ronit, Sam et Jess d'avoir bien voulu m'aider à nous remémorer les bons moments partagés.

Ma mère, Elissa Ambrose, qui lit tout en premier. Lynda Curnyn et Jess Braun pour leurs conseils toujours avisés. Mon tout premier fan, Avery Carmichael.

Ceux avec qui je me détends près de la fontaine du bureau (autrement dit les autres auteurs qui m'aident à toujours remettre au lendemain) : Alison Pace, Kristin Harmel, Melissa Senate, Lauren Myracle, E. Lockhart, Carole Matthews et tout le monde sur MySpace.

Ma sœur Aviva, qui continue de m'inspirer.

Mon amie Bonnie Altro, qui m'aide à garder mon calme.

Papa, Louisa, Robert, Bubby, Vickie, John, Jen, Darren, Gary, Jess, Robin pour leur amour inaltérable et leur soutien.

Todd(ie), enfin, pour tout.

D'autres livres

wiz
Albin Michel

www.wiz.fr
Logo Wiz : Cédric Gatillon

Composition Nord Compo
Impression Bussière en mars 2007
Éditions Albin Michel
22, rue Huyghens, 75014 Paris
ISBN : 978-2-226-17405-5
N° d'édition : 17476. N° d'impression : 070977/4.
Dépôt légal : avril 2007.
Loi n° 49-956 du 16 juillet 1949 sur les publications destinées à la jeunesse.
Imprimé en France.